바르트를 읽는 밤

바르트를 읽는 밤

백영 소설

문학나무

|작가의 말|

그림자의 그림자 소설

세상의 변화하는 시간과 흐름의 바깥에서 존재하고 이 세계에서는 생물이라고도 무생물이라고도 이름 붙일 수 없는 존재들이 있다. 나는 그것들을 그림자라고 부른다. 백영(白影)이라는 이름은 그림자로부터 태어난 것이다.

많은 사람들을 싣고 남쪽으로 항해하던 배가 바닷속에 가라앉은 해 11월, 그날의 거리는 천지가 노란빛이었다. 잊지 않겠다는 맹세가 적힌 샛노란 리본이 거리마다 흩날리고 있던 날에 나는 북쪽의 작은 산사에 있었다. 위로를 구하기 위해 찾아간 장소에서 체험한 것은 어떤 위로도 불가능하다는 사실과 더불어 고통의 근원인 기억을 몸속에서 내보내야 숨 쉴 수 있을 것만 같다는 절박함이었다. 그날의 잊을 수 없는 체험이 기억의 고통에서 벗어나기 위해 염소로의 변신을 선택하는 잠수사가 나오는 단편소설 「염소」가 탄생한 배경이 되었다. 이 작품이 나의 등단작이다. 「염소」를 쓴 마음, 헝가리 유람선 침몰 사고가 배경이 된 「첫, 여행」, 길 위에서의 참사를 배경으로 쓴 「루나 이클립스」와 「그늘진 자리」는 하나의 심연에서 태어난 불꽃들이다. 인간으로서 감당할 수 없는 일을 겪은 그림자들이 밤마다 찾아와 들려준 목소리가 이야기로 변해간 것이다.

오래전부터 나는 내 의지와는 상관없이 무언가를 자꾸 쓰고 있는 사람이었다. 빛의 세포 하나가 삶의 모든 깨어 있는 순간에도 잠들어 있는 순간에도 뇌와 마음과 기억에서 언제나 빛나면서 그 무엇으로도 꺼뜨려지지 않았다. 글을 쓰지 않는 오랜 시간 속에 처해 있을 때도 그 빛은 한 번도 꺼진 적이 없다. 여자아이의 기억과 인생의 치명적인 기억을 품고 있는 그 빛은 '쓰는 사람'의 길로 나를 이끌었다.

오래전 어느 날, 한 사람에 대해 쓰겠다고 나를 찾아온 이가 있었다. 아무리 기다려도 그 소설은 발표되지 않았으므로, 언제부터인가 내가 그 소설을 써야겠다고 마음먹게 되었다. 그러나 나 또한 도무지 그 소설을 완성할 수 없었다. 시간이 흐르는 동안 그 소설은 부스러지고 부스러진 끝에 '강가에 두고 온 슬픈 시'로 변해갔다.

또 하나의 사람이 있다. 그분은 선녀의 딸이다. 선녀의 두 딸 중 한 분은 오래 전에 고인이 되었지만, 때때로 나를 찾아오는 그림자들 중 하나였다. 그들은 언젠가 자신에 대해서 글을 쓰겠다는 약속을 환기시키곤 했다.

그동안 내가 한 일은 그림자들이 찾아와서 들려준 말을 번역해서 한 편의 글로 옮기는 일이었기에, 더불어 그 시간은 내 몸과 영혼이 그림자들이 오가는 정류장이 되고 지배를 받은 순간들의 총합이기에 9편의 소설은 '그림자의 수인으로서 산 시간 보고서'라고 할 수 있다.

이제 더 이상 내 것이 아닌 그림자들을 세상에 내보내기로 한 것은 새로운 작품을 쓰기 위해서다.

여전히 어둠 속에서 가느다란 빛을 내면서 소설로 쓰일 때까지 영원히 사라지지 않는 빛이 되어줄 그림자들에게 이 소설집을 바친다. 그들이 아니면 소설들은 태어날 수 없었다. 소설집이 세상에 나올 수 있도록 격려해주신 문학 선배님들과 책을 출판해주신 출판사와 해설을 써 주신 안미영 문학평론가님, 발문을 쓰신 김해자 시인님 감사드립니다. 항상 곁에서 생명의 기운을 불어 넣어주는 사랑하는 가족에게도 깊이 감사한다.

나는 한 편, 한 편, 소설을 쓰면서 미궁 속에서 나아가고 있었으며 이 소설들을 통해 그림자에서 빠져나와 미래에 도착했다.

봄을 기다리며

白影

차례

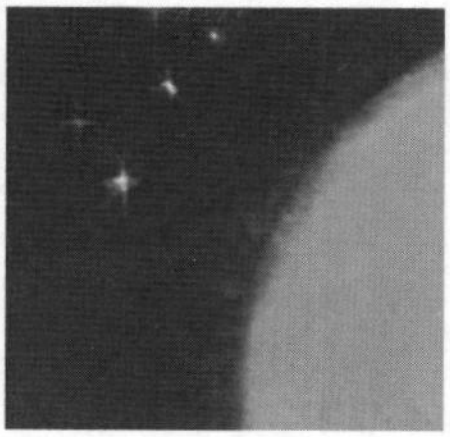

선생님, 대체 그동안 무슨 일이 일어난 것일까요?

바르트를 읽는 밤

바르트를 읽는 밤

가을 학기 리플릿에서는 두 개의 강좌가 눈에 띄었습니다. 하나는 건축가가 영화에 대해 강의하는 것으로, 영화에 대한 공부, 건축에 대한 공부라는 차원을 넘어 삶에 대해 좀 더 깊이 성찰할 수 있는 시간이 되길 원한다고 강사는 밝혔습니다. 또 하나의 강좌는 저녁에 하는 수업이었습니다. 첫날의 강의는, 들어가면서: 사랑, 죽음, 슬픔이었고 애도와 멜랑콜리, 또 하나의 슬픔, 슬픔과 육체, 슬픔과 사진, 슬픔과 음악, 슬픔과 도덕, 슬픔과 글쓰기… 식으로 매주 차 강의의 제목에 슬픔이라는 단어가 들어가 있는 것이 특이했습니다. 처음에 나는 낮 두 시에서 네 시까지 수업하는 영화 관련 강좌를 신청할 생각이었지만 무엇이 마음을 잡아당겼는지 정작 등록한 건 저녁 강좌였습니다.

개강을 이틀 앞두고 실무자가 전체 문자를 보냈더군요. 번역 출판된 책을 교재로 쓸 예정이었으나 출판사 사정으로 아직 번역서가 출고되지 못한 상황에 대한 안내였습니다. 메일 주소를 알려 주면 번역된 텍스트 파일을 보내 주겠다면서, 그걸 프린트해서 수업 시간에 가져오면 된다고 했습니다. 하루 전날, 수신 메일함에 도착한 첨부파일을 프린터로 출력해 보니 스물여덟 쪽 분량이었습니다.

오늘, 누구 만나니?

그날 어머니가 물었을 때, 선배, 이렇게 말하고 집에서는 나왔습니다. 그게 사실이라면 나는 선배를 만나러 가야 했습니다. 하지만 선배는 두 달째 연락이 끊긴 상태고 내가 보내는 문자들을 읽지도 않았습니다. 작업을 시작하면 동굴에 들어간 것처럼 다시 밖으로 나오기까지 꽤 시간이 걸리는 사람이었고 나는 그것에 익숙해져 있었습니다.

전철을 탔는데 환승역에서 반대 방향으로 탄 겁니다. 두 정거장이나 더 간 다음에 거꾸로 간다는 것을 알아채고 황급히 내렸습니다. 반대쪽 열차를 타서 두 정거장을 다시 되돌아간 후에 이번에는 제 방향으로 갈아타고 세 정거장을 더 갔지요. 정신을 어디 두고 다니니? 어머니로부터 그런 잔소리를 종종 들었던 때입니다. 결국 첫 수업부터 지각하고 말았습니다. 그날은 10월의 두 번째 금요일이었습니다.

강의실에는 열대여섯 명의 수강자들이 나보다 앞서 도착해서 등을 보이고 앉아 있었습니다. 문을 열고 들어가자마자 눈에 띄는 빈 의자에 가방을 내려놓고 자리를 잡아 앉았을 때 저만치에서 칠판을 등지고 앉은 강사의 모습이 눈에 들어왔습니다.

그날 당신은 그 수업이 자신이 기획한 저서의 집필을 위한 예비 강의 같은 것이라고 먼저 밝혔습니다. 그러면서 강의계획서에 올라간 순서대로 강의하지 않는다고 말했습니다. 처음에 나의 눈길을 끌었던 목차들은 다 무시하라는 것이었습니다. 나중에 그게 무슨 말인 줄 알겠더군요. 당신은 미리 정한 주제대로 강의하는 스타일이 아니었습니다.

1893년에 태어나 스무 살에 루이 바르트와 결혼했고, 스물두 살에 어머니가 된 앙리에트 뱅제는 1977년 10월 25일에 사망했다고 알려져 있습니다. 그다음 날부터 뱅제의 아들은 매일 일기를 썼습니다. 바르트는 1980년 2월 25일 작은 트럭에 치이는 사고를 당했고 한 달 뒤인 3월 26일에 사망합니다. 어머니의 사망 직후부터 바르트가 사망하기 전까지, 2년간 쓴 일기가 저녁 강좌의 텍스트였습니다.

금요일마다 3호선을 탔습니다. 역에 도착하여 미로 같은 골목길을 걷고 계단을 밟고 올라가 철학 강의실 문을 열고 들어가 앉습니다. 다시 강의실을 나와서 똑같은 길을 걸어서 지하철을 타고 집으로 되돌아오는 시간. 월화수목금 중에서 금요일은 그래서 특별해졌습니다. 하지만 일요일이 다 가기 전에 금요일의 강의실에서 들었던 얘기는 머릿속에서 전부 사라져 버린 듯했어요. 대체 무엇을 듣고 온 거니? 월요일이면 책상 위에 놓인 바르트의 일기를 멍하니 내려다보며 그런 혼잣말을 중얼거리곤 했지요. 애써 종이 위에 검정 펜으로 수업 도중에 기록한 흔적을 눈에 담았습니다. 그러면, 강의실의 맨 뒷자리에 앉은 나와 그 강의실의 정경이 꿈속의 일인 양 떠오르곤 했습니다. 눈앞에 놓인 바르트의 일기만이 며칠 전 금요일 밤의 시간이 꿈이 아니라 실제로 겪은 일이라는 것을 알려 주었어요.

바르트의 일기는 1977년 10월 26일 시작됩니다.

결혼의 첫날밤. 그러나 애도의 첫날밤인가?

여기서부터 나는 벽을 느꼈습니다. 뭘 잘못 읽은 것일까, 눈을 깜박인 후 다시 그 구절을 보았습니다. 다시 보아도 이해가 안 되기는 마찬가지였습니다. 두 번째 날 일기는 첫날보다는 여러 줄이지만 여러 개의 메모를 모자이크해 놓은 듯 보였어요. 혼잣말 같은 메모들이 이어져 있습니다.

11월 1일에 쓴 일기는 주홍색 형광펜으로 전부 칠이 되어 있었습니다. 밑줄을 긋는 대신 한 단락 전부를 칠해 놓은 거였습니다. 몇 년 뒤, 봉인된 상태의 마분지 상자 속에서 책갈피처럼 끼어 있던 일기를 다시 발견했을 때였습니다. 그 칠해진 부분이 먼저 눈에 들어오더군요.

아주 아주 나를 화들짝 놀라게 만드는 것: 딱딱하게 굳어 버린 슬픔—경화증에 걸린 것처럼.

〔경화증에 걸린 슬픔은 깊이가 없어진 슬픔이다. 딱딱하게 굳어 버린 표면만이 있는 슬픔—아니, 안에 들어 있는 것을 단단하게 둘러싸서 덮고 있는 각질층: 그런 각질층들의 커다란 덩어리들〕

인쇄체의 글씨 옆 여백 면에 검정 볼펜으로 쓰인 흘림체가 눈에 들어왔습니다.

Aceidia.

그 철자를 쓴 것은 나였습니다. 분명 나의 필기가 맞았습니다. 기억들이 전부 다 사라진 것은 아니었는지, 잃어버린 블록 조각이 소파 밑에서 툭 굴러 나오듯이 그 철자와 함께 그 순간의 음성이 갑자기 들려오고, 동시에 화이트보드에서 나던 소리가 들려오더군요. 당신은 칠판에 그 단어를 찌익 찌이익 매직펜 소리를 내가며 썼고, 그 단어의 뜻은 마른 개천 바닥, 사막 같은 상태를 의미한다고 풀이해 주었습니다.

첫날 예고했듯이 강의계획서에서 제시된 순서와는 무관하게 수업이 흘러가고 있었습니다.

당신은 늘 나지막한 목소리로 일기를 낭독했습니다. 한 구절이나 한 단락을 읽고 나서는, 잠시 틈을 두었습니다. 이윽고 조금 전 낭독한 구절 속의 단어에서 연쇄되는 또 다른 단어와 이미지들에 대해서 말하기 시작합니다. 그때부터입니다. 내가 이상하다고 생각한 그 일이 일어납니다. 들려오는 목소리와 함께 조금 전까지 종이 위에 납작 엎드린 상태였던 활자들이 소리로 변환되어 펄럭펄럭 눈앞에서 황금빛을 내며 날아다니는 광경이 펼쳐지는 겁니다. 그게, 당신의 목소리에 실린 독특한 리듬, 즉, 시와 같은 느낌을 자아내는 운율 때문인지는 모르겠습니다.

나는 종종 그 운율을 따라가다가 흐름을 놓치곤 했습니다. 그런 순간에는 당신의 눈에 띄지 않게 이마를 오른손으로 덮어 얼굴 가림막을 만든 후, 고개를 책상 앞으로 숙이고 열심히 노트를 들여다보는 자세를 취하곤 했습니다. 마치 고전 음악실 뒷자리에 앉은 관객처럼 나 자신이 여겨지는 순간이었습니다. 주로 맨 뒷자리에 앉아 있었으므로 다른 수강자들의 등을 바라보게 되는데 혹시 저들도 나와 같을까, 나처럼 때때로 흐름을 놓치고 있지 않을까, 얼굴과 표정이 궁금해지기도 하더군요. 그래서 조금씩 눈치채지 않게 그들을 관찰했습니다. 나는 수업 못지않게 그 강의실에 와 있는 사람들도 궁금해지기 시작했으니까요.

그 강의실의 사람들은 나와는 좀 달라 보였습니다. 왠지 당신의 소행성에 각각 초대장을 받고 왔고, 그 별의 정원을 거닐고 있는 사람들처럼 느껴지게 만드는 분위기를 모두 갖고 있었습니다. 너무나 몰입해서 듣는 그 분위기 속에서 자꾸만 한눈을 팔면서 딴생각을 하는 나만이 소행성의 이방인이 아닐까 생각되었으니까요. 수업은 이것으로 마친다는 말이 들릴 때 그 말은, 여행이 끝났습니다, 나의 귀에 그렇게 들려왔습니다. 그 소리는 막 열차의 선내 진입을 알리는 안내방송처럼 들려왔고 나는 그 열차를 놓치기라도 할까, 서두르는 사람처럼 가방을 챙겨서 제일 먼저 강의실을 나왔습니다.

저녁 강의의 수강자들은 대학원생을 비롯해서 직장 다니는 이들도 섞여 있었습니다. 매주 결석생이 있었습니다. 세 번째 금요일까지 열 명에서 열두 명 수준이었던 출석자는 다섯 번째 금요일이 되자 여덟 명 안팎으로 줄어 있었습니다.

당신은 일곱 번째 금요일에 말했습니다.

다음 주에 종강 수업이 있습니다. 그날은 강의 끝나고 뒤풀이가 있으니 결석하지 마세요. 꼭 오세요.

*

그해의 일 년 전 여름에 나는 전통 공연을 보며 한정식 코스 요리를 먹을 수 있는 한 음식점을 예약했습니다. 그 음식점 입구에는 기념사진을 찍을 수 있는 포토존이 마련되어 있었습니다. 근정전의 옥좌와 똑같이 생긴 의자가 한쪽 벽면에 놓여 있고 의자 뒤에는 장식용 병풍이 세워져 있었습니다. 식사를 마친 후 아버지와 어머니를 그 기념 의자에 앉히고 나는 카메라 셔터를 눌렀습니다.

그때 앞에서 활짝 웃고 있던 아버지의 얼굴 안쪽에서 뇌의 한 부분이 허물어지고 있던 것과 구불구불한 내장 한쪽에서 매일 자라고 있던 부스럼 덩어리를, 그날의 내 눈은 볼 수 없었습니다. 그 부스럼들은 일 년 후에 암이라는 정체를 드러내지요. 단지 그날의 카메라는 한 인간의 생기 어린 모습을 빛의 속도로 담았을 뿐이지요. 그 순간의 아버지는 그 이후의 시간과 비교해 보면 가장 온전한 상태였습니다.

그때까지 아버지는 일 년에 네 번 간격으로 병원에 가서 검진을 받았습니다. 그를 병원에 데려가는 것은 내게 부여된 중요한 일과였습니다.

아버지가 병원에 가는 간격은 점점 짧아지기 시작해서 나중에는 한 달 간격이 되었습니다. 한 번 병원에 갈 때 심장내과, 소화기내과, 정형외과, 신경과, 비뇨기과를 모두 들러야 하기에 예약된 시간에 맞추려면 새벽에 집을 나서야 했습니다. 피검사와 소변검사를 먼저 받아야 하는 일정 때문이지요. 검사 후 약 두 시간 후부터 한 시간, 또는 삼십 분 간격으로 담당 의사를 만나는 일정이 촘촘하게 잡혀 있었습니다.

햇빛이 눈이 아프게 밝고 꽃들이 꽃망울을 막 터뜨리기 시작한 봄날, 아버지는 종합병원의 검사실에서 경직장 전립선 초음파 검사를 받았습니다. 초음파 검사 후에는 소변 속도를 알아보는 검사를 받아야 한다고 했습니다. 소변 속도 검사는 소변 양상을 보기 위한 검사이고 최소 150ml 이상 소변을

봐야 하므로 두 시간 이상 소변을 참고 오라고 했고 방광 내 초음파 잔뇨량 측정 검사도 받아야 한다고 했습니다.

다른 검사에서는 혈관 상태가 분석이 되었습니다. 담당 의사는 심각한 표정으로 실핏줄이 자세히 나타난 엑스레이 사진을 한참 동안 들여다보고 나서 사진의 한 곳을 가리켰습니다. 그곳에 스텐트를 삽입해야 한다고 말했습니다. 그 이후에는 시술 날짜가 정해졌고 관상동맥 확장 시술을 통해 스텐트를 삽입해야 했지요. 가을이 되기 전에 최초의 시술에서 문제가 발견되었다는 의사 소견에 따라 다시 재시술을 받아야 했습니다. 아버지는 한 달 가까이 병상에 있다가 퇴원했습니다.

집으로 돌아온 아버지는 하루 다섯 번에 걸쳐서 약을 먹어야 했습니다.

아침 식사 전에는 란스캅톤셀 한 알과 훼로바유서방정 두 알을, 아침 식후에는 플라비톨정 한 알 카프릴정 한 알 딜라트렌정 라식스정 한국유나이티드산화마그네슘정 크레스토정을 각 한 알씩, 베이슨정과 글루파정 한 알씩과 아루사민액을 한 포, 데파킨크롤정 한 알과 오팔몬과 세레브릭스정을 각 한 알씩을 먹고, 점심 식사 후에는 카프릴정 한 알 베이슨 정 한 알 아루사민액 한 포 오팔몬정 한 알을, 삼십 분 이내의 시간을 지켜 먹었습니다. 저녁 식사 후에는 카프릴정 한 알 딜라트렌정 한 알 라식스정 반 알을, 한국유나이티드산화마그네슘정 두 알 베이슨정 한 알 글루파정 한 알과 데파킨크롤로정 오팔몬정 씨잘정을 먹고 나서 자기 전에 토베이스씨발정과 아리셉트정과 하루날디정과 파나스타정과 알레그레정을 먹었습니다. 아침저녁으로 인슐린 주사를 맞고, 하루 두 번 당뇨 측정을 했습니다. 그 약들을 먹기 위해 아버지는 하루 삼 식 중 한 끼도 거를 수 없었습니다. 모범 학생처럼 꼬박꼬박 밥을 먹었으며 약을 먹었습니다. 약을 먹는 일은 아버지의 일이었고 약을 먹이는 일은 어머니와 나의 일이었습니다. 밥을 먹고 약을 먹는 일. 그것은 하루 일과의 대부분을 차지하는 중대한 의식이었습니다.

의사 처방에 따라 약국에서 받아온 약들은 크기도 색깔도 제각각 달랐습니다. 그것들은 포장된 모습으로 크고 작은 종이상자에 담겨 있었고 그 포장을 뜯고 알약을 꺼내어 분류하는 일 또한 나의 일이었습니다. 그러기 위해서 병원의 여러 전문의들이 발행한 처방전을 방바닥에 펼쳐 놓고 그 옆에 약상자를 놓고 작업을 해야 했습니다. 자기 전 복용하십시오, 라는 지시가 적힌 약은 자기 전이라고 매직펜으로 겉면에 써 놓은 지퍼 백 안에 넣고, 식전에 먹으라고 지시한 약은 식전이라 쓴 지퍼 백 안에 담습니다. 아침 식사 후, 점심 식사 후, 저녁 식사 후를 확인하여 약들이 엉뚱한 지퍼 백에 바뀌어 들어가지 않도록 주의해야 했습니다. 하루에 다섯 번 복용해야 하므로 하루당 정확히 다섯 개의 약봉지가 만들어져야 하는 겁니다. 하루 다섯 개의 약봉지가 한 달 분량이 되려면 백오십 개의 약봉지가 생겨나야 하는 거지요. 그것들은 아버지의 몸속에 정확히 들어가야 하는 것입니다. 백오십 개의 비닐봉지들을 다시 다섯 개의 상자 안에 각각 나누어 담습니다. 상자 겉봉에 포스트잇과 복용 시간표를 붙여 놓고 정해진 시간마다 상자 속에 담긴 약봉지를 꺼내어 사용해야 한다고, 아침에 먹어야 할 것을 저녁에 먹지 않도록 상자에 붙은 포스트잇을 잘 확인하라고 어머니께 설명하는 것 또한 나의 일이었습니다.

아버지와 나는 정해진 날짜에 어김없이 병원에 갔고 그때마다 소화기내과 심장내과 신경과 정형외과 비뇨기과 의사들은 아버지의 혈액을 분석한 검사지를 들여다보며 숫자들이 정상 범위인지 벗어나 있는지를 확인한 후 컴퓨터 안에 영어로 뭔가를 기록했습니다. 기계는 의사 지시가 적힌 처방전을 출력했습니다. 약사는 그 처방전대로 한 달 분의 약품을 내주었고 아버지는 정해진 대로 시간 맞춰 그 약품들을 물과 함께 삼켰습니다. 그 결과 아버지는 늘 약에 취해 있거나 잠이 들어 있었습니다.

부모님이 모두 잠든 것을 확인하고 내 방에 들어오면 비로소 나의 시간이 시작되었습니다. 그때부터 나를 돌아보기 시작합니다. 낮에 미처 확인하지 못한 문자에 답하고, 그날의 일기를 쓰고, 종종 수업을 들었던 아카데미 홈페이지에도 방문해서 게시판에 오른 글들을 읽어 보았습니다. 아카데미는 미학과 예술론과 철학 위주로 강의를 하는 곳이었고 나는 학기마다 어떤 강좌가 열리는지 알고 있었습니다. 개강을 앞둔 가을 학기 리플릿을 공지 게시판에서 발견한 날, 파일을 다운로드했습니다. 강의계획서들을 보고 또 보았습니다.

여덟 번째 금요일에는 출석할 수 없었습니다. 마지막 수업이 있던 날. 나는 아버지와 함께 구급차를 타고 도로 위를 달리고 있었습니다. 병원 도착 후 입원 수속을 밟고 대기실에서 잠시 숨을 돌릴 때 시간을 확인해 보니 7시가 넘었더군요. 총 여덟 번의 강의 중 마지막 수업의 결석과 함께 11월 첫째 주 금요일에도 한 번 결석했으므로 내가 수업에 들어간 날은 여섯 번입니다.

*

두 번의 결석일 중 하루는 선배와 하루를 보냈습니다. 오랜만에 선배는 전화를 걸어 왔습니다. 그동안 문자에 답을 못해 미안했다며, 작업 하나를 겨우 끝마쳤다고 양해를 구했습니다. 바람이라도 쐬러 나가고 싶다는 말을 했습니다. 좀 멀리 나가자고, 바다를 보러 가자고 했습니다. 아침 이른 시간에 세단을 끌고 집 앞으로 데리러 왔지요.

차가 미사리 팔당댐을 지나 양수리를 지나가고 있을 때, 아버지는 좀 어떠셔? 문득 그제야 생각났다는 듯이 선배가 물었습니다. 내가 아버지를 모시고 병원을 다니며, 점점 지쳐 가고 있다는 사실을 막 기억해 낸 것이었습니다. 선배에게 아버지의 병세를 시시콜콜 말하고 싶지는 않더군요. 그건 하루 다섯 차례 먹는 약의 종류를 열거하는 일처럼 여겨졌어요. 나는 다른 얘기를 하기 시작했어요.

어머니는 집 지을 돈으로 차라리 아파트를 샀어야 했다고 지금도 푸념하지만 아버지는 마당이 있는 집에서 살고 싶었기 때문에 이 층 벽돌집을 손수 지으셨다고.

D동의 산자락 밑에 자리한 집은 교통이 불편하여 전철역이 가까운 동네에 비해 집값이 늘 제 자리였어요. 이제 땅

값이나 겨우 받을까. 집값은 쳐주지도 않는다고 어머니는 불만이 많았습니다. 하지만 아버지는 집값보다 마당을 중시했어요. 나무나 풀이 자랄 수 있는 흙이 있는 마당. 아버지는 그곳에 화단을 꾸미고 그 화단을 매일 가꾸고 화단 맨 안쪽 귀퉁이의 감나무가 자라는 것을 매일 바라보길 원했습니다. 집 마당의 터줏대감은 감나무였고 가장 보기 좋았어요. 그것은 항상 아버지의 감나무였어요. 늘 가을이면 감이 주렁주렁 맺힌 채 담장 밖으로 늘어졌어요. 이웃이 지나가다가 손을 뻗어 몇 개 따가도 모를 정도였어요. 그 감나무가 이상해졌다고. 이젠 감이 열리지 않는다고 선배에게 말했지요.

왜 감이 열리지 않는 거지?

아버지의 감나무에서 더 이상 감이 열리지 않는다니 수수께끼 같은 일이군. 선배는 무심히 대꾸하면서 카 오디오에 전원을 넣었습니다. 스피커를 통해 그가 즐겨 듣는 음악이 흘러나오기 시작했습니다. 선배는 감나무가 아니라 전날 본 영화에 대해서 말했습니다. 오랜만에, 할머니와 함께 사는 음향 엔지니어가 주인공인 영화를 한 번 더 봤다면서.

주인공의 할머니가 돌아가시는 장면이 나오거든. 그 장면을 감독이 어떻게 그려냈느냐면 곱게 한복을 입고 꽃잎이 날리는 골목길을 걸어가는 모습으로 처리해. 나도 할머니와 살았는데, 이번에 보니, 그 장면은 정말 다른 느낌을 주더군. 저렇게 그려 낼 수도 있구나.

선배가 저장한 플레이리스트의 선곡은 클래식에서 가요로 바뀌어 흘러나왔습니다. 선배의 목소리 뒤로 가수의 노래가 들려왔습니다. 어느 순간부터 하늘이 세상에 내리는 비인지. 눈이 부시어 두 눈 감은 채 잠든 사이로 버스가 오지 않는 오래된 거리 정거장에 낡은 라디오 우… 차창 밖으로 스쳐 가는 낯선 이들의 시선들… 선배는 그 노래를 부른 사람은 첫 앨범을 낸 후 성대 결절이 일어나는 바람에 영영 노래를 할 수 없게 되었다고 말하더니, 다시 할머니 이야기를 이어 나갔습니다.

어느 날 집에 돌아왔는데 집이 너무 고요했어.

보통 때라면, 텔레비전이 켜져 있어서 그 소리가 현관문까지 들려와야 했습니다. 선배를 맞은 것은 괴괴함에 가까운 적막이었습니다. 그 직후, 선배는 화장실 문 앞에 쓰러진 할머니를 발견했습니다. 할머니의 뼈는 점점 유리처럼 변해 가는 중이었는데 그날, 발을 헛디디는 바람에 넘어진 후 못 일어나고 바닥에 엎드려 있는 모습을 발견한 것이었습니다. 그 사고 이후 선배의 할머니는 영영 앉은뱅이가 되고 말았다고 했습니다. 그 말을 할 때의 선배는 시선은 전방을 주시하고 있었지만, 표정은 딱딱하게 굳어 있고 웃음기가 완전히 사라져 있었지요. 내가 알고 있는 선배가 아니라 전혀 딴 사람처럼 느껴졌습니다.

선배는 쓰러진 할머니를 보고도 바로 달려가지 못했는데, 시간이 매우 느리게 가기 시작했기 때문입니다.

왜 그랬는지 나중에 생각해 보니 몇 초간 몸이 굳어 있었던 것 같아. 시간이 한없이 느려지는 느낌. 그런 거였어. 나는 내가 할 수 있는 일을 생각해야 했어. 그 순간에 생각난 건 119 밖에 없었지. 그다음, 또 그다음의 일들이 닥쳐왔고 그 일들을 혼자 해내었어. 아버지란 작자는 도무지 연락이 안 되었거든.

그때 나는 문득 노랫소리가 들려오지 않는 것을 깨달았습니다. 도시 밖으로 나오면서 점점 부풀어 올랐던 기분은 바닥으로 내려앉기 시작했고 감흥은 영 깨지고 말았습니다. 내 기분과는 상관없이 선배의 말은 계속 이어지고 있었습니다.

할머니가 거동을 못하게 되면서 내가 할머니의 옷을 갈아 입혀 드려야 했어. 그 순간 선배의 미간은 갈매기 무늬를 만들어내었습니다.

한 번은 갑자기 할머니가 외마디 소리를 지르시는 거야. 애그 애그 이를 어째. 할머니를 쳐다보니, 눈가에 눈물이 흐르고 있었지. 그 순간 보았어. 할머니 아랫도리에서 뭉클 뭉클 기어 나오는 몸속의 물질들을. 할머니는 정신이 멀쩡했기에 그것을 나에게 보여야 하는 수치심을 견디지 못하고 비명을 지르시는 거였어.

선배는 더 말을 잇지 않았습니다. 나는 얼른 다른 화제로 전환하는 것이 좋겠다는 생각이 들었습니다. 선배가 작업에 몰두한 시간 동안 나에게 일어난 일들을 말하기 시작했습니다. 원래는 영화 관련 강좌를 수강하려 했다가 다른 엉뚱한 강의를 수강하게 된 이야기를. 한 철학자가 남긴 일기를 두어 줄 읽고 나서 두 시간 동안 내내 일기에서 벗어난 얘기를 늘어놓는 철학 강사 이야기를. 그때부터 선배와 나는 바닷가에 도착할 때까지 선배 할머니와 나의 아버지 얘기는 전혀 하지 않았습니다. 플레이리스트의 선곡을 반복해서 들으며 바깥 풍경에 대한 감상을 주고받았을 뿐입니다.

*

마지막 수업이 있었던 날. 응급실에 실려 간 아버지에게서 관동맥의 문제가 아닌 또 다른 문제가 발견되었습니다. 그건 기존의 질환들에 비해 좀 더 깊고 치명적이라는 것을 의사는 선고하듯 알려 주더군요.

겨울이 지나가고 봄이 되기 전에 아버지는 다른 전문 병원으로 옮겨졌습니다. 병원으로 가기 전에 그동안 다니던 병원에서 검진 자료와 기록들을 발급받아야 했습니다. 퇴원 요약지를 보니 확진 진단명이 기록되어 있더군요. 관동맥 폐쇄성 질환. 패혈증. 당뇨. 저나트륨혈증. 위궤양. 신경증병. 위암. 건성습진. 확장성 울혈성 심부전.

병원 침대에 누운 아버지는 점점 움직임이 줄어들기 시작했습니다. 아버지는 움직이지 않는 한 권의 책처럼 반듯하게 누운 모습으로 나를 기다렸습니다. 그 모습은 거실 책장 맨 위쪽 구석진 가장자리 칸에 꽂힌 크고 두꺼운 책 같았습니다. 한 번도 그 자리에서 벗어난 적이 없는 책. 따라서 눈앞에 펼쳐진 적이 없는 책 말입니다. 아버지는 늘 말이 없는 분이었습니다. 말은 대부분 어머니가 했습니다. 나는 아버지와 마주 앉아 일대일 대화를 나눈 기억이 없습니다. 아버지, 저 왔어요. 물 좀 드릴까요? 뭐 먹고 싶은 거 있으세요? 이걸 대화라고 할 수는 없을 겁니다. 그건 유리로 만든 벽이 가운데 있고, 한 사람은 벽 이편에서 또 한 사람은 벽 저편에 놓인 채, 이편에 있는 사람이 톡톡, 유리 벽을 두들겨 보며 소리를 내는 행위였을 뿐이지요. 나는 아버지의 딱딱해져 가는 다리를 주무르고 닦아 드리면서 뒤늦게 무언가를 읽어내려고 애썼습니다. 처음에는 아무것도 나타나지 않았지만, 흐릿하게 실내 운동용 자전거에 올라앉은 모습으로 느리게 페달을 밟는 모습, 방문을 열고 삐죽이 얼굴을 내밀고 약을 분류해서 상자 안에 넣는 나를 내려다보던 창백한 얼굴, 아버지가 앉았던 방바닥에 고여 있던 축축한 물기, 소파에 기대 누운 채 멍한 눈빛으로 텔레비전을 바라보던 모습이 떠오르더군요.

아버지의 얼굴은 점점 창백해져 갔습니다. 생명의 불꽃이 희미하게 타오르고 있지만, 그 양초는 거의 몸통의 끝까지 타 내려간 상태였습니다. 그러나 그 창백한 빛이 그런 의미라는 것을 안 것은 나중에 깨달은 사실입니다. 그때는 그걸 읽어 내지 못했어요.

병원에서 간호사가 심장박동을 나타내는 기계의 표시가 멈춘 것을 보고 연락을 했습니다. 새벽 5시였어요. 어머니와 내가 달려갔을 때 이미 아버지의 숨은 끊어져 있었어요. 아버지는 아무도 곁에 있지 않은 새벽녘에 홀로 육체에서 벗어났습니다. 아버지의 입술은 조용한 미소를 머금고 있었고 몇 년 동안 본 얼굴 중에서 가장 평화롭고 젊어 보였습니다. 마치 조각가가 아버지의 시간을 건강하던 무렵으로 되돌린 후 마지막 병상에 뉘어 놓은 것 같았어요.

아버지가 살고 있지 않은 집은 더 이상 감이 열리지 않는 마당의 감나무처럼 점점 상태가 악화되어 갔습니다. 지은 지 오래되었지만, 사람의 나이로 환산하면 마흔도 안 된 집이었지요. 집 또한 노인처럼 변해 가는 것이었어요. 어머니는 어느 날, 개미들이 수돗가가 있는 마당의 화단 쪽에서 검은 떼를 지어 이동하는 것을 보았습니다. 또 어느 날에는 어른 손바닥 크기만큼이나 큰 검은 쥐들이 빠른 속도로 이웃집 담장 쪽으로 달려가는 것을 보았습니다. 그 며칠 후에 낮에 지하실의 수도관이 터져 물바다가 되어 버렸다고 바가지로 퍼내는 중인데 빨리 와 줄 수 있느냐고, 어머니가 울면서 전화했습니다. 모두 여름이 다 가기도 전에 일어난 일입니다. 동네 중개업소에서 주택업자가 재건축을 목적으로 그 근처 오래된 가옥들을 매입하고 있다며 이런 기회에 좋은 가격에 팔 수 있으니 집을 내놓으라고 권했을 때, 어머니는 오래 머뭇거리지 않고 집을 파는 데 동의했습니다. 우리는 그해가 다 가기 전에 서울과 신도시 사이의 중간쯤의 지점에 집을 구해 이사를 했습니다.

당신의 블로그를 발견한 것은 그 후입니다. 인터넷 검색창에 이름을 썼을 때 이름 밑으로 링크된 블로그가 있었어요. 링크를 클릭하자 바로 블로그로 연결되더군요. 한 해 전, 가을 학기에 수업을 들었다는 사실과 종강 수업을 못 들은 아쉬움에 대해, 슬픔의 철학과 관련된 저서가 출판되면 꼭 보겠다고 방명록에 쓰고 나와서 다시 들어가 그 글을 지웠습니다. 누군가 귓전에서 자꾸 속살거렸어요. 얘, 이건 너무 늦은 거야.

그날은 이웃 신청만 하고 말았어요. 알림창이 뜨더니 이런 메시지가 떠올랐습니다.

L님에게 이웃 신청을 했습니다. L님은 아직 가까운 이웃이 없습니다.

그렇게 나는 당신의 이웃으로 추가되었습니다. 그러나 다시 블로그를 찾은 것은 그로부터 한참이나 시간이 흐른 후입니다. 감염병이 창궐하기 시작한 시점이었습니다.

*

그즈음 어머니는 늘 하는 산책을 더 이상 할 수 없게 되었습니다. 어머니는 대신 소파에 앉아 꾸벅꾸벅 졸았습니다. 졸다가 갑자기 눈을 활짝 뜨며, 운동 가자, 말하곤 했습니다.

일이 생긴 건 8월의 어느 저녁입니다. 오전에는 비가 왔고, 오후에는 무더웠습니다. 그날 나는 여러 번 외출했습니다. 시에서 제공한 재난 지원금 카드를 기한 내에 사용하기 위해서였지요. 그러느라고 저녁 준비가 늦어지고 말았습니다. 바깥에서 돌아왔을 때, 집안은 열기로 가득했습니다. 나는 에어컨을 켜는 대신 창문을 활짝 열었습니다. 에어컨을 켤 때마다 전기세 많이 나온다, 타령이 듣기 싫어 견디기 힘들 때만 한 차례씩 틀고 선풍기를 돌리거나 창문을 열어 두곤 했어요. 남향 창에 시야를 막는 큰 건물이 없는 데다가 산이 가까워서 창문을 열어 놓으면 바람이 잘 통하고 바람이 불어오면 견딜 만해지곤 했습니다.

저녁 6시 무렵, 열린 창문 틈새로 들어온 바람은 어머니를 기습했습니다. 부엌에서 뭇국을 끓이는 사이에 일어난 일이었습니다. 한바탕 재채기를 쏟아 낸 끝에 어머니는 으으으, 신음 소리를 내었고, 몸을 부르르 떨기 시작했습니다. 이상한 느낌에 다가가서, 왜 그래요? 내가 묻는 말에 대답하지 못했습니다.

구급차가 도착했습니다. 구급대원은 뇌 쪽의 문제인 것 같다고 말하더군요. 그들은 스트레쳐 카를 끌고 왔고 어머니는 응급실로 이송되었습니다. 그때 나는 기시감을 느꼈습니다. 아버지가 병원에 갈 때와 같았지요. 어머니는 겁이 많았습니다. 몸은 덜덜 떨고 있고, 컥컥, 목은 숨이 넘어갈 듯이 낯선 숨소리를 내었습니다. 며칠 후에 어머니의 목은 소리를 잃었습니다. 어머니는 음식을 삼킬 수 없어 콧줄을 통해 경관식을 하는 환자가 되었습니다.

나는 밤마다 미주야, 미주야, 병실에 누운 모습으로 허공을 향해 나를 부르는 어머니의 목소리를 들었습니다. 말을 못 하는 어머니의 소리 없는 비명이었습니다. 그때마다 조금만 기다리세요, 조금만 기다리세요, 손나팔을 만들어 외쳐 보지만, 어머니에게 닿지 못하는 소리들이었습니다.

티브이에서는 거리두기가 연장될 거라는 말이 반복되어 들려왔습니다. 어머니의 얼굴을 가까이서 본 것은 처음 응급실에 간 날이고 그 이후로는 면회 금지 상태가 이어지고 있습니다. 아버지와 어머니가 모두 빠져나간 집은 이제 빈 집처럼 느껴집니다.

머지않아 나는 고아가 될 테지요.

그런 생각이 들 때마다 나는 뛰었습니다. 예전에는 침수지였던 곳, 빗물펌프장 공터 바닥에 그려진 트랙을 빙빙 돌았습니다. 한 바퀴, 두 바퀴… 세면서. 그렇게 빙빙 돌다 보면 감염병의 대유행으로 인해 마라톤이 취소되는 바람에 집의 발코니에서 커다란 원통 안에 들어가 뛰고 있던 한 여자의 모습이 떠오를 때가 있습니다. 화면 속 그 여자는 인간 햄스터처럼 원통을 굴리며 뛰는 모습이었습니다. 위도와 경도가 다른 지구의 여러 장소에서 사람들이 제각각 다른 모습으로 뛰고 있는 것 같았습니다.

공터 옆에는 작은 도서관이 있습니다. 오래된 구립 도서관을 리모델링해서 1층을 북카페처럼 꾸며 놓은 모습이 유리창 너머로 보입니다. 여러 사서들이 실내에서 오가며 재개관 준비를 하는 걸 보았지만 아직 한 번도 그 안에 들어가지 못했습니다. 휴관의 연장을 알리는 도서관 유리문 앞에 서서 안쪽을 기웃거리다가 발길을 되돌리곤 했습니다. 도서관 앞 횡단보도에 서 있으면 맞은 편에 걸린 플래카드가 보입니다. 삶의 희망이 보이지 않을 때 고민하지 말고 연락 주세요. 삶의 희망은 붉은색. 보이지 않을 때는 고민하지 말고, 까지의 문장 부분은 검은색. 연락 주세요, 부분은 강조하듯 붉은색이었습니다. 그 옆에 나란히 쓰인 말. 24시간 자살 예방 상담 전화. 당신 곁엔 1393. 플래카드를 붙인 주체는 보건복지부와 구 보건소입니다. 감염병에 걸려 죽는 사람들과 자살하는 사람들. 누가 누가 더 많은가, 생각해 보았습니다. 나라에서는 자살 방지책을 고민하고 있는지 모릅니다. 저런 플래카드가 이곳저곳에 걸려 있는 걸 보니. 지금 시점에서는 이 모든 상황이 언제 끝난다는 것만 알아도 계속 살아갈 수 있을 것 같습니다. 그러나 모든 상황의 종료 후에도 어머니가 집으로 돌아올 수 있을지, 다시 말을 하게 될 수 있을지는 알 수 없습니다.

*

어머니와 살던 집에서 혼자 지내고 있습니다. 멈춰 있어도 시간은 갑니다. 더디 가느냐 빠르게 가느냐의 차이가 있을 뿐인 시간의 굴레 속에서, 그 굴레를 굴리는 운동을 하고 있는 것입니다. 커다란 원통 속에 들어가 제자리걸음으로 통을 굴리는 여자. 그게 지금의 내 모습입니다. 앞에도 뒤에도 누르스름하고 무거운 병색 완연한 삶의 무거운 외투를 걸친 이들로 가득한 자동 도로 위에 두 발을 얹은 사람들이 보입니다. 시간은 매우 빠른 속도로, 지금 이 순간에도 지구는 자전하고 동시에 공전하고 있으며… 해가 뜨고 지는 가운데 이따금 고개를 들어 빛의 방향으로 시선을 주는 향일성 식물처럼 그렇게 다들….

그런 생각이 들 때마다 나는 다시 뛰기 시작합니다. 뛰는 것에 더해서 단전 두드리기. 바닥에 엎드려 플랭크 자세. 등 굴리기까지도. 어머니가 매일 불경 책을 들여다보며 기도하던 그 자리에서. 심리상담사가 권해 준 것입니다. 상담사는 바닥에 눕지 말고 되도록 움직이라고, 뭐라도 하라고 권하더군요.

작년 여름 거실에 내놓은 선풍기가 아직도 그대로 있었습니다. 선풍기 날개를 해체하고 검은 먼지 기름을 닦아 냈습니다. 오래된 냉장고가 우우 슬픈 소리를 내며 자신을 알아 달라고 신호를 보내고 있었습니다. 냉동실과 냉장실의 서랍을 모두 꺼내어 기한이 지난 식품들을 끌어내고 버렸습니다. 한낮에 시작했는데 어느새 해가 기울어 있었습니다. 냉장고에서 2리터들이 생수를 꺼내와 뚜껑을 열고 벌컥벌컥 들이키는데 문득 벽장이 생각났습니다. 몇 년째 열어본 적이 없다는 것을.

바르트의 일기 프린트물은 벽장 안 상자 안에서 발견되었습니다. A4용지로 출력된 상태에서 스테이플러로 위쪽 모퉁이를 세로로 맞추어 박은 후 반으로 접힌 모습 그대로.

당신의 블로그는 여전히 있었습니다. 다시 찾은 시점에서 블로그의 전체 보기 글은 121개였습니다. 글이 많이 늘어난 것 같지 않았는데 강좌 알림 게시판에 타인이 올린 공지글이 있더군요.

L선생님의 유작이 출간되었습니다. 출판기념회에서는 고인의 유작을 처음으로 만나봄과 동시에 저자를 추억하고 기억하는 시간이 마련되어 있습니다. 미리 참석 신청을 해주세요.

딸꾹질을 하면서 인터넷 창을 열고 당신의 근황을 검색해 보았습니다. 당신은 이미 세상을 떠난 사람이라는 것을 부고 기사는 알려 주었습니다. 가을에 시작된 강의는 이듬해 봄까지 계속되었더군요. 이제 알게 된 것은 당신이 기획한 책은 결국 출간되지 못했다는 사실이었습니다. 당신은 병원에서 시한부의 선고를 받았으니까요. 그 직후부터 당신은 일기를 쓰기 시작했더군요. 바르트가 일기를 썼던 것처럼 당신 또한 마지막 순간까지 일기를 썼습니다.

동영상 강의를 서비스하는 인문학 사이트에서 당신의 강의를 발견했습니다. 강의 녹화분을 패키지 상품으로 판매하고 있었습니다. '바르트를 읽는 밤'이 포함된 인문학 강의 패키지를 구입하면 동영상 강의 서비스 사이트에서는 1년 동안 무제한으로 들을 수 있는 수강권을 주었습니다.

*

잠시 글 쓰는 것을 멈추었습니다.

어느새 달이 구름 속에 숨었습니다. 별도 보이지 않고 천지가 슬레이트 빛으로 변해 가고 있습니다. 나는 달을 바라보는 대신 오른손을 가슴에 가져다 대어 봅니다. 거기 단단한 부분 안쪽을 누르면 물집처럼 부드러운 부위가 있습니다. 그곳은 조그마한 물방울로 가득 채워진 물주머니처럼 말랑말랑해져 있습니다. 지금의 나는 때때로 몸을 조그마하게 만들어 그 안에 들어갈 수 있습니다. 그 주머니 안은 미지근하고 아늑하지요. 이 한없이 축축하고 부드러운 느낌은 그다지 나쁘지 않습니다. 마른 모래처럼 물기 없는 몸에 습기가 차오르면서 조금씩 원래의 형체를 되찾아 가는 것을 느낄 수 있습니다.

손을 들어 스위치를 올리면 눈앞이 점점 환해집니다. 다시 그 강의실에 입장한 나를 알아챌 수 있습니다. 조도가 낮은 형광등 불빛 아래 모여 앉은 그림자들이 보입니다. 강의를 들으러 온 사람들이지요. 첫 가을 학기 수업 때 나는 수업에 집중하지 못했습니다. 그러니 이것이 나의 첫 수업이나 마찬가지입니다.

당신은 일기를 낭독하기 시작합니다. 나지막한 목소리로 일기의 한 구절, 한 단락을 읽는 것으로 수업이 시작됩니다. 이윽고 당신의 입에서 빠져나온 말들이 허공으로 흩어지기 시작합니다.

나는 화면 재생 버튼을 지그시 눌러 정지시켜 봅니다. 당신은 입을 벌린 모습에서 자세를 바꾸고 정지한 모습으로 가만히 나를 바라보고 있습니다. 무슨 말을 하는지 경청하는 포즈로.

선생님, 대체 그동안 무슨 일이 일어난 것일까요?

나는 당신에게 말을 건네 봅니다. 당신의 강좌가 처음 개

설된 해에 나는 이듬해에 생일을 며칠 앞두고 아버지가 세상을 뜨게 될 거라는 사실을 짐작하지 못한 채 매주 금요일마다 지하철을 탔습니다. 열여섯 개의 정거장을 지났고 골목길을 걸어가 길 끝 낡은 건물 안에 있는 3층 강의실에서 밤 7시부터 9시까지 머물렀습니다. 그 강의실에서는 자신의 몸속에서 자라고 있던 치명적인 존재를 짐작못한 채 일기를 읽어 나가던 선생이 있었습니다. 그 무렵에는 선배를 사랑했지만 몇 년 후에는 더 이상 사랑하지 않게 될 거라는 것을, 내가 아는 사람들와 이별할 거라는 사실을 나는 전혀 알 수 없었습니다.

정지 버튼을 해제하자, 당신은 다시 일기를 읽어 나갔습니다.

10월 29일: 이상한 일이다. 그녀의 목소리. 그녀의 목소리. 내가 너무도 잘 알고 있는 목소리, 기억을 불러들이는 그녀만의 씨앗.

10월 31일: 월요일 오후 3시. 처음으로 혼자서 집으로 돌아왔다. 이제 나는 이 집에서 완전히 혼자 살 수 있어야 하리라.

11월 6일: 솜처럼 안개가 짙은 일요일 아침. 혼자다. 한 주 한 주가 이런 식으로 돌아가게 되리라는 것을 느낀다. 그러나 이제 나는 그녀 없이 흘러가게 될 긴 날들의 행렬 앞에서 있는 것이다.

오늘의 수업이 끝난 후 바르트의 일기를 천천히 다시 읽어 보았습니다. 문득 기척이 느껴져 창밖을 보았습니다. 밤이 지나가고 있습니다. 조금 전에 느낀 것은 밤이 새벽으로 변해가는 시간의 기척인지요.

당신의 블로그에 다시 들어가 보았습니다. 블로그의 주인은 부재중이지만, 집은 여전히 대문을 열어 두고 있었습니다. 게시판에 있는 당신의 흔적, 섬망에 이르기 전에 쓴 마지막 일기를 읽었습니다. 안개가 짙고 바람이 조금 부는 저녁. 그런 제목 아래 단지 두 개의 문장이 있었습니다.

오늘 밤에는 바람이 약간 불어옵니다.

또 살아 봐야겠습니다.

알림 문자가 도착해 있었습니다. 잠시 글 쓰는 것을 멈추고 확인해 보았습니다.

안녕하세요, 병원입니다. 다음 달부터 접촉 면회가 재개될 예정임을 알려 드립니다.

*이 글에서 인용된 일기의 출처는 롤랑 바르트의 『애도일기』(김진영 옮김, 이순, 2012.)

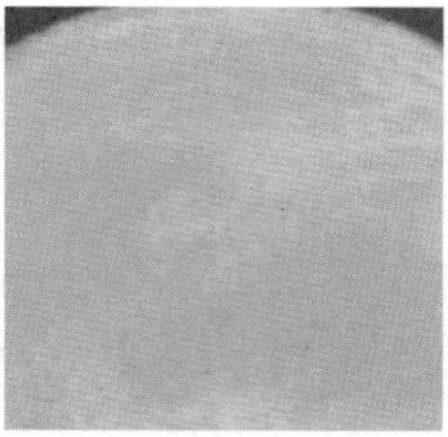

분명한 것은 지금 물속에 떠 있다는 것이다.

나는 오로지 그 느낌에 집중할 뿐이다.

입수지점

입수지점

내가 태어나 처음으로 본 호수는 인공호수였다. 오래전에 성 주위를 흐르는 못, 해자의 흔적을 되살려 만들어진 호수라고 했다. 그 호수가 생길 무렵 나도 태어났다. 잉어를 보여줄게, 속삭이며 나를 번쩍 안은 그가 계단을 내려가며 들려준 말이다.

부들과 갈대 사이로 초록색 수면 아래 커다란 잉어들이 헤엄치고 있었다. 그 순간에 나는 물속에서 노는 잉어보다 쾌에 읙, 소리를 내지르며 날아가는 왜가리를 보고 있었다. 왜가리 한 마리가 수면 위로 일직선이 되게 쭉 몸을 펴고 두 다리를 평행선의 모양으로 둔 채 부드럽게 날아 포물선 모양을 그리며 건너편 기슭에 내려앉는 순간, 그 순간 내 입에서 왜가리가 낸 소리와 똑같은 소리가 흘러나왔는데 그 장면은 그 순간에 엄마가 찍은 동영상에 고스란히 담겨 있다.

인공호수는 겨울에는 사라지는 이상한 호수였다. 겨울이 오면 물이 빠진 개펄처럼 휑한 바닥에 길고 가느다란 흰 뼈 같은 수관이 가로 놓여 있는 터로 변해 버렸다. 그는 이렇게 말했다.

호수가 잠시 철새처럼 떠나 있는 것이다. 지금 호수는 따뜻한 곳에서 잘 지낸다.

3월에 땅이 녹고 날이 풀릴 무렵 바닥부터 조금씩 물이 차오르기 시작하면 호수가 되돌아오는 중이었다. 목젖까지 거의 2미터쯤 차올라 햇빛이 닿을 때마다 은백색으로 반짝이는 피부와 수향을 뿜어내는 입의 형태가 갖춰지는 동시에 말린 꽃송이 위로 천천히 물을 따라 부으면 손톱만한 몸피로 접혀 있던 꽃잎이 차례차례로 펴지며 개화하는 유리포트 속 꽃차처럼 물양귀비, 타알리아, 사계연, 빗풀, 물토란, 워터코인, 물칸나, 생이가레, 노랑창포, 금새무늬갈대, 자라풀까지 되살아나는 순간 호수는 오롯이 완성된다. 흰뺨검둥오리, 쇠백로, 검은댕기해오라기가 살아가는 예전의 호수로 되돌아가 있다. 아카시아 꽃향기가 나고 그다음에는 찔레꽃 냄새가 나고 조금 지나면 밤꽃 냄새가 나는 길이 호수를 에워싸고 있다. 귀룽나무, 조팝나무, 능수버들은 호수의 이웃이다. 나는 나무들 사이에서 거울에서 반사되는 것 같은 반짝거림을 바라보곤 했다. 반짝이는 빛들은 가만히 있지 않고 자꾸 어디론가 흘러가는 것이었다. 나는 그 빛에도 자꾸만 홀렸다. 우리 가족은 산책을 마치고 집으로 돌아오는 길에 빵집에 들르는 것을 잊지 않았다. 다음 날 아침에 먹을 식빵과 갓 구운 빵을 잔뜩 사서 돌아가곤 했다.

열 살이 되던 해에 나는 인공호수가 아닌 진짜 호수를 보았다. 그는 나에게 인공호수가 아닌 진짜 호수를 보여주기 위해 비행기를 탔다고 말했지만, 그 여행의 목적은 호수만 보러 가는 건 아니었다. 그가 어학연수 받으러 가는 길에 나와 엄마를 함께 데리고 간 여정이었다. 우리는 나이아가라 폭포도 구경했다. 그가 나이아가라 폭포를 보고 오는 길에 매사추세츠주로 내려와 콩코드에 있는 호수를 보러 가자고 했을 때, 엄마는 하버드 대학을 보러 가는 게 좋겠다고 반대했다. 엄마는 그의 고집을 꺾을 수 없었다.

170년 전에 그 호수 근처에서 오두막집을 짓고 혼자 살면서 글을 쓴 사람이 있다. 나는 호숫가 근처에 있는 오두막집 터에서 그 얘기를 들었다. 돌기둥 몇 개가 박혀 있고 쇠줄을 걸어 놓은 터 옆에 돌무더기가 쌓여 있었는데 사람들이 멀리서 그걸 구경하러 몰려온다. 내가 기억하는 것은 인공호수보다 몇 배로 커 보이는 진짜 호수도, 그 호수에 대한 책을 쓴 유명한 사람도 아니라 호수를 보고 오는 길에 기차역 근처에서 본 한 아이스크림 가게였다. 동화책에 그려진 집처럼 연두색으로 칠해진 나무판자와 예쁜 창문을 가진 집이었다. 지붕에 아이스크림이 그려진 간판이 걸려 있었다. 그 수제 아이스크림 가게 앞에서 한 인도인 남자가 가게 계단 옆에서 어린 딸에게 아이스크림을 먹이고 있었다. 나도 저 아이스크림 먹고 싶어, 그를 졸랐다.

우리는 가게 안으로 들어갔다. 아이비리그 대학 로고가 그려진 티셔츠를 입은 여자 서버가 주문을 받고 있었다. 여자는 입구 쪽 벽면에 걸린 메뉴 게시판을 가리키며 그중에서 고르라고 했다. 그 가게에서는 스물일곱 종류의 아이스크림을 팔고 있었다. 아빠는 게시판에 있는 아이스크림 이름을 불러주었다. 모카칩… 바닐라… 쿠키… 오레오… 밀키웨이… 민트… 스트로베리… 펌프킨도 있네…. 그때 나는 민트 맛을 골랐다. 우리는 각자 원하는 대로 주문한 아이스크림 컵을 들고 가게를 나왔다. 아빠는 작은 나무 스푼으로 아이스크림을 베어내서 내 입에 넣어주었고, 나는 혀

끝으로 차가운 아이스크림을 녹여 먹었다.

열 살 때 본 진짜 호수 사진이 들어간 책은 그의 책장 한 구석에서 발견되었다. 책을 펼치면 그가 밑줄을 쳐 놓거나 형광펜으로 표시한 구절들이 나타난다.

나는 경험에 의하여 적어도 다음과 같은 것을 배웠다. 즉 사람이 자기 꿈의 방향으로 자신있게 나아가며, 자기가 그리던 바의 생활을 하려고 노력한다면 그는 보통 때는 생각지도 못한 성공을 맞게 되리라는 것을 말이다. 그때 그는 과거를 뒤로 하고 눈에 보이지 않는 경계선을 넘을 것이다. 새롭고 보편적이며 보다 자유로운 법칙이 그의 주변에 내부에 확립되기 시작할 것이다."[1)]

너의 인생이 아무리 비천하더라도 그것을 똑바로 맞이해서 살아가라. 그것을 피한다거나 욕하지 마라. 너의 인생이 빈곤하더라도 그것을 사랑하라. 네가 비록 구빈원의 신세를 지고 있더라도 그곳에서 유쾌하고 멋진 시간을 보낼 수 있다."[2)]

밑줄 친 문장들이 그의 목소리처럼 들리는 순간이 있었다. 그는 어린 나에게 동화책을 읽어주지 않고 그가 읽던 책을 읽어주곤 했는데 내가 들었던 말이 그 책의 한 구절이

1) 헨리 데이비드 소로우, 『월든』(이레), p461.
2) 위의 책, p468.

었다는 것을 그때 알았다.

그는 딸에게 들려주듯이 담임 조례 시간에도 반의 학생들에게 책을 읽어주는 선생님이었다. 그는 때때로 피 선생님이 아닌 피 시인으로 불렸다. 문학을 전공한 사람답게 인문학 가치를 학생들에게 늘 강조했다고 나중에 장례식장에 조문을 온 그의 제자들이 나에게 귀띔했다.

내게 호수를 보여주고 돌아오는 길에 아이스크림을 먹여주던 얼굴이 영정 사진 속에서 환하게 웃고 있었다. 나는 등을 꼿꼿이 세우고 상주 자리에 서서 조문객들을 맞이했다. 이따금 고개를 돌리면 그가 웃는 얼굴로 사진 속에서 나를 바라보았다. 사람들에게 자신이 누구보다도 성실하게 소박하게 살아왔고, 오해 살만한 일은 절대 하지 않았다고 그 얼굴은 말하고 있었다. 그때 나는 아직 고등학생이었다. 졸업까지는 7개월이 남아 있었다.

지상의 높은 곳에서 점프할 때 허리에 단단히 걸려 있는 안전띠 같은 것. 그에게 안전띠가 없었다는 사실이 엄마와 나에게 충격을 주었다. 밧줄이 스르르 풀리고 모든 얼굴이 눈앞에서 사라지는 블랙아웃과 같은 순간은 상상되지 않았다. 그것은 언제나 나에게 물감통을 통째로 흩 뿌린 듯 보이는 잭슨 플록의 그림처럼 다가오는 장면이었다. 엄마와 나는 그 일을 흰 커튼으로 가려두고 절대 열어보지 않았다.

엄마는 매일 집 밖으로 나갔다가 밤늦게 집으로 돌아왔다.

좀 걷다 왔어.

말은 그렇게 했지만, 걷다 온 사람처럼 보이지 않았다. 나는 밤마다 안방에서 흘러나오는 흐느끼는 소리를 들었다. 밤에 공부하다가 나와 방문에 귀를 대면 엄마는 긴 편지를 쓰며 울고 있었다. 한 억울한 죽음에 대한 호소를 담은 편지들이 여러 기관에 보내지고 있었다.

해와 달 사이에, 숲의 나뭇가지와 매년 살아나는 물의 가장자리에, 세포와 혈관 속에, 흐르는 피와 갈비뼈의 사이에서 그는 떠돌고 있었다. 들숨과 날숨 사이에, 엄마의 몸속에 나비 모양으로 생긴 몸속 기관에 팥 크기로 자라나는 혹에 있었다.

피노키오가 그려진 이상한 노트는 유품을 정리하던 중에 발견되었다. 책상의 세 번째 서랍을 끌어내다가 서랍 속이 넘쳐서 뒤편으로 밀려 넘어가 버린 뒤 틈새의 공간에 그게 있었다.

그런 게 있을 거라고는 상상도 못 했다. 머틀그린 색 카바는 처음의 빛을 잃은 채 구겨진 모습으로 얼굴을 드러냈다. 노트는 미완성 상태였다. 그게 누구를 주려고 만든 것인지는 금세 알 수 있었다. 맨 앞면에 '올해는 배워보자' '물과 친해지기' '물에 뜨기'와 같은 소제목들이 있었다.

각 장에 크게 쓴 제목들 밑으로 서툴게 그려진 피노키오 인형들이 나타난다. 노트 가운데 가로선이 그려져 있다. 가로선은 수면을 의미하는 듯했다. 가로선의 밑에 있는 피노키오. 음파음파 호흡하는 피노키오. 가로선의 위로 얼굴을 내밀고 수면 위에 나온 피노키오. 피노키오 인형이 수영을 배워나가는 단계를 보여주고 있었다. 피노키오는 매일 다른 동작을 보여준다.

그가 색연필로 그린 인형은 서툴게 그렸지만 나를 닮게 그리려고 애쓴 것이 보였다. 그는 책과 동화를 읽어주고 자신이 쓴 동화를 나에게 들려주기도 하는 자상한 아빠였다.

몸의 비중은 물과 비슷해 숨을 깊이 들이마시면 물에 뜨고 내쉬면 가라앉는다. 가슴과 배를 한껏 부풀려 숨을 가득 들이마시면 몸이 물보다 가벼워지기 때문에 뜨게 된다. 가라앉고 싶어도 가라앉지 않는다.

입으로 숨을 깊이 들이마신 뒤, 머리를 물속에 집어넣으면서 땅을 박차고 몸을 앞으로 밀어 물 위에 띄워보자.

중요한 점은 머리를 물속으로 넣어야 한다는 것이다.

머리를 물속에 넣어 보자.

물을 아래로 밀어 다시 일어난다.

몸을 띄웠다 일어서는 것을 연습해 능숙해지자.

이제 수영을 배울 준비가 갖춰진 것이다.

피노키오 인형이 주인공이 되어 수영을 배워나가는 이야기는 한 번도 들어본 적이 없는 이야기였다. 일단 피노키오 그림은 웃음이 나게 했다. 나는 웃다가 코를 찡그렸다. 눈물을 흘리지 않기 위해 고개를 뒤로 젖혔다. 왜 그런 걸 만들 생각을 했는지 물어보고 싶었지만, 답을 말해줄 사람은 이제 세상에 없었다. 피 선생과 피 선생의 딸 피노키오. 두 사람의 관계는 이 한 권의 수기 노트에 그려진 그림 속에서 선명하게 나에게 전달되었다.

피노키오 딸인 나는 겁이 많았다. 나는 물을 무서워하는 아이였다. 그는 고민했을 것이다. 어떻게 하면 내가 물을 두려워하지 않는 아이가 될 수 있는지, 그 방법을 고민한 흔적들의 결정체가 그 노트였다. 그런 노트를 만들어낸 마음이 무엇인지 느끼게 만들었다는 점에서 절반은 성공이었다.

처음 바다에 간 날이었다. 그는 검은 튜브 위에 나를 올려 놓았다. 휘청 무게 중심을 잃고 물속으로 미끄러진 순간, 나는 정신을 잃었다. 물속에서 무엇인가 무서운 힘으로 나를 끌어당기고 있었다. 귓전에서 방울소리가 나고 의식은 점점 가무룩해져 갔다.

잠깐 물에 빠진 거라고 그는 말했지만, 그날 내가 경험한 것은 잠깐이 아니라 영원에 가까운 시간이었다. 물속에는 수중 괴물이 있다, 나는 확신했다. 물 밖에서 보는 것과 달리 물속은 완전히 다른 세상이다. 그가 나를 건져 올렸고 덕분에 순식간에 물 밖으로 이끌려 나왔고 그래서 다시 숨을 쉬며 살아갈 수 있었지만, 나는 늘 물이 무서웠다.

그는 한글을 뗀 수준의 나에게 사전을 선물로 주었다. 사전에 쓰인 말을 찾아서 읽게 했다.

발견: 찾지 못하거나 알려지지 않은 사물, 현상을 찾아내는 일.

찾아서 읽게 했다. 이제부터 네가 새로 알게 된 사실이나 단어들을 공책에 하나씩 기록해 보라고 했다. 올해는 꼭 배워보자. 그 말은 그의 18번이었다. 너는 끈기 있는 아이야. 그는 그 말을 자주 했다. 하지만 나는 싫증을 잘 내는 아이였다. 태권도를 배우다가 빨간 띠에서 멈추었고 검도는 6개월 다니다가 말았다. 한자 교습도 1년을 채우지 못했다. 올해는 꼭 배워보자. 그는 잊을 만하면 그 말을 꺼내었다. 그는 포기를 모르는 선생님이었다.

만약 그가 피노키오 교본을 선물이라며 내밀었다면, 어떤 기분이었을까. 어린 나는 감동하기는커녕 실망했을 것이다. 참 유치하다고 생각했을지 모른다. 그건 예쁜 옷도, 맛있는 과자도, 갖고 놀 수 있는 장난감도 아니니, 대체 이런 게 무슨 쓸모가 있을까, 그런 생각부터 먼저 치밀었을 것이다.

장례식을 치르고 몇 개월 뒤 대학입시 시험을 치렀다. 원하는 대학은 아니지만, 내가 대학에 합격하자 그때 엄마는 처음으로 웃었다. 대학을 졸업하자마자 또 다른 입시가 나를 기다리고 있었다. 나는 공시족의 길로 들어섰다. 배앓이와 정신과 상담약을 복용하며 들여다본 수험서들은 올해 초에 모두 종이상자에 담아서 버렸다. 늘 나의 시간을 체크해 준 스톱워치도 버렸다. 그건 엄마의 암이 재발한 탓만은 아니다.

이상하네요. 엄마 주치의가 말했다. 이상하다, 도돌이표처럼 이상하다는 말이 되풀이되어 귓전을 울렸다. 여기 팥알 같은 흰 점. 의사는 가리키고 있었다. 모니터를 들여다보던 의사의 표정이 굳어져 가는 것을 나는 놓치지 않았다. 이상한 것이란 엄마의 나비의 반쪽 날개 부위에 2년 만에 새로이 돋아난 무언가를 지칭하는 것이었다. 머릿속에서 책장이 넘어가며 빠르게 펄럭이는 소리가 났다. 나는 여러 경우의 수를 빠르게 떠올렸다. 의사의 앞에 앉은 엄마는 순식간에 더 늙어 보였다. 왜 이상한 것이 생겼을까요. 침묵을 뚫고 나온 엄마의 나직한 중얼거림이 느리게 귓전으로 흘러갔다. 의사의 오더를 받아 간호사가 건네준 미세침 흡인검사 예약지를 들고 나왔다. 재수술 받아야 하는 거겠지. 엄마의 목소리에 숨길 수 없는 떨림이 묻어났다. 아직 검사도 받기 전이니 재수술 여부를 속단하면 안된다고 나는 엄마를 안심시켰다.

유족연금은 관리비와 약값과 대출금 갚기에도 빠듯한 금액이다. 나는 구청 일자리센터에 등록했다. 조사원이라는 직업을 알게 된 것도 일자리센터를 통해서였다. 구청 면접관은 결원이 생기면 꼭 나에게 먼저 연락을 달라는 나의 간절한 호소를 기억하고 먼저 전화를 주었다.

내가 하는 일은 단기 계약직이라도 일당과 근무 일수를

곱하면 급여가 나쁘지 않은 조건이었다. 호수공원과 가까운 위치 탓인지 거리의 빌딩마다 이름에 파크가 들어가 있었다. 오피스텔 빌딩 안에 있는 두 대의 엘리베이터는 늘 조용하고 신속했다.

뭘 조사하느냐고 엄마가 물었을 때 나는 간단한 조사이고 별로 어려운 일이 아니라고 둘러댔다. 요도에 있는 사업체들을 찾아가서 변동이 없는지 폐업했거나 휴업했거나 전출 상태인지의 여부와 규모와 현황을 파악하는 단순한 조사라는 것을 밝혔는데도 나를 세무조사 나온 사람처럼 사람들이 기피한다는 사실은 말하지 않았다.

내가 찾아간 빌딩엔 123개의 사업체가 입주하고 있었다. 사무실용과 주거용이 혼재된 오피스텔의 특성상 간판을 숨긴 채 위장한 사업체들이 문제였다. 명부에 올라가 있는 사무실 연락처 자체가 거짓으로 기재되어 있기도 했다. 아침의 단정한 복장과 잘 빗어진 머릿결은 머리카락 위로 피어오르는 열기에 의해 얼마 지나지 않아 후줄근해져 버렸다. 반나절을 보내면 한 줌의 모래처럼 누군가 툭 치면 손목이 풀리며 바닥에 주르륵 흘러내릴 것 같아서 등과 발끝치에 힘을 주며 걸어야 했다.

그 일만 아니면, 다른 날과 크게 다를 것 없이 흘러갔을 것이다. 중국 북부에서 가열된 공기가 서해상을 거쳐 한반도 상공으로 내려오고, 일사로 인한 가열까지 더해져 35도 이상의 고온을 만들어내었다는 일기예보가 있었다. 운동장에서 체력 훈련을 받던 초등학생이 쓰러져 의식불명이 되었다. 공기가 비스킷처럼 바짝 구워졌다가 길을 걸으면 허공에서 뜨거운 바늘 조각으로 바뀌어 살갗을 찔러댔다.

나는 903호 문 앞에 있었다. 문이 열렸다. 내가 다가가자 막 문을 열고 나온 남자가 나를 쳐다보았다. 그런 곳에서 만나지 않았으면 나는 그에게 호감을 느꼈을지도 모른다. 어디선가 본 적도 있는 것 같았다. 아니면 누군가와 닮은 얼굴이거나. 그런 건 그 순간에 아무런 도움이 되지 않았다. 그는 나를 무심한 표정으로 보았고 나는 낯선 이를 대하는 차가움을 풀 열쇠가 미소라는 듯이 웃음기 어린 얼굴을 환히 지어내며 입을 열었다. 연락처가 결번이고, 세 번의 방문 예고문을 쪽지로 붙여 두었음에도 아무 응답이 없는 업체는 문 앞에서라도 지키고 섰다가 일단 통화 가능한 전번이라도 먼저 알아놓고 그 후 인터뷰를 시도하라는 것이 관리자가 알려준 팁이었다. 1초도 안되게 느껴지는 짧은 순간에 사내의 눈은 경계심을 드러냈다. 그는 머릿속을 채

운 어떤 용무 때문에 골몰한 눈빛이었고 약간 화난 것처럼 보이기도 했다. 어쩌면 눈앞의 젊은 여자는 단지 시야를 가리는 실루엣이었을 뿐이다.

갑자기 눈앞의 남자가 사라졌다. 쾅, 하는 거대한 굉음과 함께 나는 문 뒤에 남겨졌다.

여보세요. 여보세요. 문을 두드렸다.

더 이상 응답이 없었으므로 발길을 돌렸다. 사내가 문 뒤에 남긴 눈빛이 활을 벗어난 화살촉이 되어 활공을 시작했다. 정확히 아킬레스건 부위로 눈빛은 날아와 쇳조각처럼 박혀 버렸다. 온풍기를 바로 목 가까이 댄 것처럼 몸속 온도계의 수은주가 급격히 올라가고 심장이 뛰고 맥박이 점점 빨라지기 시작했다. 불길이 걷잡을 수 없이 내부로 번져가고 있었다. 지나치게 높아진 온도를 낮추기 위해 밖으로 나가야 했다. 복도 중간 지점에 비상구가 있었다. 위 속에서 소화되지 않는 잔여물들이 꿈틀거리며 복통을 일으키고 있었다. 그것은 오래도록 나를 괴롭힌 증상이었다. 계단 한가운데 새우등 모양을 하고 통증이 지나가길 기다렸다. 그 순간, 나는 불현듯 그를 이해할 수 있을 것 같았다. 조금 전 한 사람의 시선이 나를 급속히 무너뜨렸듯이, 그가 당한 일들, 수치심이 어떻게 그를 흔들어놓았는지를 느낄 수 있었다. 그건 내가 당한 일의 몇 백배 이상의 큰 덩어리였을 것이 틀림없었다.

비상구 계단을 천천히 올라갔다. 오랜 시간을 달린 마라톤 선수가 몸 안에 남은 한 줌의 기력까지 벌써 다 써 버린 듯 지쳐버렸다. 그동안에도 에스 오 에스, 에스 오 에스, 타전하듯 부재중 전화의 기록이 쌓여가고 있었다. 모두 엄마가 걸어온 것이었다.

계단을 끝까지 모두 오르자 더 이상 오를 데 없는 옥상이었다. 옥상에는 송풍기들이 난간을 따라 놓여 있었다. 건물 내부에서 뿜어져 나온 더운 바람이 위잉위잉, 송풍구의 거대한 회전날개 속에서 회오리를 일으키고 있었다. 바람이 머리카락에 붙은 먼지와 땀을 시원하게 날려주었다. 난간에 기대어 눈을 감았다. 바람에 쓸려 휘청, 종잇장처럼 공중으로 가볍게 날아가 버리지 않도록 발뒤꿈치에 단단히 힘을 주어야 했다. 난간을 잡고 빌딩 아래 지상을 내려다보았다. 요도 속에서 동네는 잘라 낸 호두파이조각 모양이다. 커다란 건물들과 간판들과 교회와 음식점들이 시야에서 점점 흐려져 갔다. 도시의 건물과 도로가 석벽 아래 흘러가는 물처럼 출렁이기 시작했다. 옥상 난간은 늘 올라서기 좋은 높이를 갖고 있었다.

살아 있을 것. 살아 있을 것. 살아 있을 것.

나는 주문을 외웠다. 난간에 발을 딛고 밑을 내려다보다가 겨우 마음을 진정시키고 다시 내려왔다.

사무실에 돌아가자 관리자는 목구멍까지 연기가 꽉 찬 얼굴이었다. 그동안 안 나가던 집의 매수자가 나타났다는 공인중개사의 전화를 한 시간 전에 받았다고 했다. 빨리 부동산에 가봐야 하는데 아직 못 나가고 있다고 분기가 가득했다. 대체 그게 나와 무슨 상관인가요. 나는 그 말을 삼키고 여자 앞에 벌 받는 아이처럼 서 있었다. 조사팀 팀원 중 가장 나이 어린 나는 늘 그녀의 감정 쓰레기통 역할이었다. 나이 많은 주부 조사원들한테는 큰소리 말을 못하면서 늘 내 앞에서만 인상을 쓰고 말을 함부로 툭툭 뱉어냈다. 저 푸념을 들을 날도 며칠 남지 않았다고 생각하며 봉투에 넣어간 조사표를 책상 위에 올려놓고 등을 돌렸다. 이미주 씨. 미주에서 주를 발음하는 말꼬리가 올라가 있다. 8번 종사자 수와 연간급여액에서 급여액이 빠졌네. 10번 상품 매입처별 구입액 구성비에서 합계가 100이 되어야 하는데 이것도 하나만 체크되어 있고 11번 사업실적 유형자산 무형자산 이 항목은 어떻게 된 거죠? 다 빠져 있네요. 여자의 목소리가 커졌다. 이건 회계사무소에 문의를 해봐야 알 수 있다고 합니다. 회계사무소에서는 여기 팩스번호 알려주면 자료 보내준다고 했고요. 관리자는 경력자 중에서 선발해서 수당도 더 주고 계약기간도 나보다 더 길지만 나나 그녀나 조사 기간이 끝나면 다른 일자리를 알아봐야 한다는 점에서 다를 것이 없는 처지였다. 빨리 가 볼 데가 있다고 둘러대고 사무실에서 빠져나왔다. 지금이라도 서둘러 가면 정시에만 시작되는 호수노래와 물의 춤 마지막 공연을 볼 수 있었다. 나는 뛰듯이 계단을 밟았다. 걸음이 점점 빨라지고 있었다.

호수 가는 길에 광장이 있다.

한 차례 스콜 같은 비가 지나간 후 흰 연기처럼 풀어져 버린 구름 위에 굵은 붓질이 조금씩 더해지며 진회색으로 짙어가는 하늘 아래의 광장은 뽀드득 소리 나게 닦아낸 유리 밖 풍경처럼 선명했다. 주말이면 전동휠과 전동보드들로 뒤덮이고 동네의 각종 행사가 치러지는 곳이었다. 내일이면 이곳에 가족 단위로 사람들이 밀려들 것이다. 다섯 살 아이가 광장을 가로질러 광장 뒤 호수로 이어지는 계단으로 질주하고 물속으로 뛰어든 날도 토요일이었다.

며칠 전 막 집에 도착했을 때 사라진 아이를 찾는다는, 경찰청에서 보낸 문자를 받았다.

그동안 내가 받은 문자들은 대부분 '구에서 배회 중인 박○○ 씨(남, 80세)를 찾습니다. 180cm, 검정 모자, 검정 패딩, 회색바지, 운동화, 비닐봉지' 이런 식이었다. 덧붙여진 링크를 누르면 CCTV에 찍힌 얼굴이 공개되어 있었다. 며칠 후에는 시민들 덕분에 실종자를 찾았다는 문구와 함께 사진은 삭제되어 있곤 했다. 실종자들은 40대에서 80대 노인까지 연령대가 다양했다. 최근에 받은 안내 문자 중에는 47세가 가장 어렸다. 그런데 다섯 살 아이라니, 이게 무슨 일이니, 나는 살갗의 소름을 쓸어내리며 잠이 들었다. 다음 날 아침에도 아이를 찾았다는 소식은 들려오지 않았다. 아이가 발견되었다는 소식은 오후 무렵 뉴스를 통해 전해졌다.

광장이 불현듯 고독해지는 순간이다. 사는 일이 얼마나 구차스럽고 시끄러운 소리를 내며 바퀴를 굴리는 수레 같은 것인지, 광장을 가로지르며 굴렁쇠를 굴리는 아이처럼 홀로 걷다 보면 알게 된다. 날이 어두워지면 하루 일을 끝낸 도시생활자들이 빈 수레와 같은 사지를 이끌고 이곳으로 기어들 것이다. 지금은 천천히 다리를 끌며 가는 유령 같은 노인들과 스피츠와 시추, 포메라니안 같은 반려견을 데리고 운동 나온 여자들의 시간이다. 소나무 군락 근처에서 검은 셔츠 입은 남자가 걸어오는 모습이 보였다. 진입로 옆 작은 숲에 눈길을 줄 때마다 고개를 들고 올려다보던 부처꽃처럼 남자는 눈에 띄었다.

어깨를 툭 치면 돌아볼 정도의 거리로 좁혀졌을 때 남자의 얼굴이 가까이 보였다. 어딘지 텅 빈 얼굴이었다. 그 눈을 보는 순간, 마음 깊은 곳에서 건반 하나가 팅, 소리를 냈다. 도시에서는 매일 이해할 수 없는 일과 화나는 일이 생긴다. 나는 남자의 옷 안쪽에 화나는 일이 잔뜩 숨어 있는 것을 느낄 수 있다. 이 시각에 이곳을 찾아오는 이들은 이해할 수 없는 일과 화나는 일을 호수에 고해하기 위해 오는 동족들이다. 내가 강가라고 이름 붙인 나만의 자리를 찾아가듯이 호수 계단 어딘가 그 남자의 강가가 있을 터였다. 문득 본가로 내려간 K가 떠올랐다.

K와 나는 거리가 잘 내려다보이는 카페 창가에 마주 앉아 있었다. K는 안경을 벗어 안경알에 흐린 김을 자꾸만 닦았다. 실패라는 낙인은 참 성급하고도 억울한 일이다. 그의 머릿속으로 흘러가는 생각을 나도 똑같이 하고 있었다. 우

리는 서로를 거울을 보듯이 이젠 말이 없어도 상대방의 생각을 읽을 수 있었다. 달리고 싶어도 더 이상 달릴 수가 없는 순간이 온다. 어선의 갑판 위에서 운명을 다해가고 있는, 숨이 끊기기 전 물고기처럼 헐떡이며 버티고 있을 뿐이다. K와는 공시 스터디를 같이 해온 사이였다. 공부를 하면서 자연스레 연인이 되었다. K는 가지고 있던 책을 다 버렸다고 말했다. 옷자락을 붙잡고 같은 말을 반복하는 보챔 심한 아이 앞에 앉은 지친 엄마처럼 피로한 상태에서 K의 말이 한 쪽 귀로 들어왔다가 한쪽 귀로 곧장 흘러 나가버렸다. 나는 창밖을 보았다. 어떤 의지도 없이 자유로이 구르는 나뭇잎들, 마치 공을 굴리듯 그것들을 희롱하는 바람의 손과 그 손이 그려가는 허공의 풍경을 보았다. 나는 차라리 나뭇잎이 되고 싶었다. 불쑥 몸을 일으켰다. 일단 좀 걷자고 말했다. 좀 밖으로 나가면 숨쉬기가 편해질 것 같았다. K는 '그러자'고도 ' 더 앉아 있자'라고도 말하지 않았다. 하지만 내가 카페를 나오자 따라 나왔다. 어깨를 나란히 하고 걷는데 자꾸만 간격이 벌어졌다. 어느 순간 K가 앞서서 걷고 있었다. 나는 그 뒤를 따라가다가 거리를 좁혀 보려고 걸음을 재촉하며 걷다가 숨이 찼다. K는 다른 때처럼 멈춰서 기다리지 않고 계속 걸어갔다. 이윽고 저만치 앞서가던 그가 잠시 멈추더니 되돌아와서 곁으로 왔다. 귓전에 얼굴이 가까이 왔다. K는 안으로 잔뜩 말리고 말리다가 압력을 못 견디고 투두둑 밖으로 터져 나오는 듯한 목소리로 가슴 속에 눌린 비수의 언어들을 쏟아내기 시작했다. 벼락처럼 크게 들려오는 말들은 내 눈과 입이 동시에 벌어지게 했다. K의 입에서 나온 말들은 서로 다투고 넘어지고 댕강댕강 잘려서 바닥에 구르고 튕겨 나갔다. K는 등을 보이며 빠르게 걸어가고 있었다. 점점 작아지고 멀어지는 모습을 보면서도 이번에는 뒤쫓아가지 않았다. 두 개의 장대 사이에 걸린 줄이 팽팽하게 당겨지고 당겨지다가 더 이상 감당하지 못하고 툭 끊어지는 느낌이 선명했다. 혼자 터벅터벅 거리를 걸어서 집으로 돌아왔다. 하지만 그날이 마지막일 거라고는 예상하지 못했다. 서로에게 좀 지쳐 있었을 뿐이라고 생각했다.

이제 호수의 노래를 듣기 위해 사람들이 모여들 것이다. 곧 물의 춤이 시작될 것이다.

추추추추. 촤촤촤촤. 칫칫칫칫……

폭죽을 쏘아 올리듯 흰 물줄기가 일시에 솟아오른다. 종탑이 있는 가까운 교회에서 타종을 시작한다. 작은 호리병 속에서 빠져나온 거인이 눈앞에 서 있었다. 드러누워 있던 호수가 삼십 미터 키의 거인의 모습으로 몸을 일으킨다. 호수가 마법의 변신술을 보이는 시간이고, 물의 폭죽을 터뜨리는 시간이다.

추추추추. 촤촤촤촤. 칫칫칫칫……

호수는 물의 춤을 시작하는 순간 완전히 다른 모습을 보인다. 30미터 높이의 물안개 스크린이 음악과 함께 춤을 추기 시작한다. 호수가 춤추는 순간에도 나는 오로지 두 개의 감정과 두 개의 색으로만 변주되는 노래를 듣는다. 기쁨과 슬픔. 삶과 죽음. 밝다 아주 밝다 조금 밝다 희미하게 밝다는 것과 흐리다 어둡다 깜깜하다. 색조와 농담의 차이가 빚어내는 그 다채롭고 복잡한 양상을 축약하고 또 축약하면 더 줄일 수 없는 최소한의 선과 면과 색으로 구성되는 추상화처럼 4박자는 2박자로, 네 마디는 두 마디로 줄어들어서 두 개의 구간만 반복되는 음악에 빠져든다.

정확히 10분이 되자 분수는 멈춘다. 거인은 호리병 속으로 다시 돌아가고 일어서서 춤을 추던 호수는 다시 누웠다. 호수는 다시 적막해졌다. 추락 주의. 팻말이 붙어 있는 울타리 위쪽으로 왜가리가 퀘이엑, 울음을 내지르며 날아올랐다. 첫 놈이 수면 위로 일직선이 되게 쭉 몸을 펴고 두 다리를 평행선의 모양으로 둔 채 부드럽게 날아서 건너편 기슭에 내려앉았다. 그 뒤로 두 번째 놈이 따라가고, 세 번째 놈이 뒤따라 날아올랐다. 호수에 사는 텃새 왜가리 삼 형제를 다 보았다.

누군가가 벗어 놓은 에나멜 구두 한 짝처럼 보이는 파란 나룻배가 근처에 놓여 있다. 화보 속 촬영 소품처럼 난간에 조용히 매어져 있는 구조용 나룻배였다. 배의 근처에서 아이는 조각배처럼 떠올라 있었다. 나룻배 근처에서 수족관 속 활어처럼 물고기들이 헤엄을 치고 있다. 물소리는 손을 뻗으면 닿을 만큼 가까운 거리에서 들려왔다. 마치 태중 아기가 엄마의 자궁을 발로 툭툭 차듯 호수의 뱃속에서 물 차는 소리였다. 번뜩 혹시 그 아이가 새를 보고 쫓아가려 했을까, 뒤늦게 생각이 들었다. 아이의 눈에 눈앞에서 날아가는 저 새가 보였다면 말이다. 안전울타리는 다섯 살 아이도 넘어갈 수 있을 정도로 높이가 낮았다. 아이는 순식간에 울타리를 넘어갔을지 모른다.

나는 알고 있다. 희. 부모가 기쁨이라는 이름을 지어준 그 아이는 그 순간 신에게 맡겨진 것이다. 부탁합니다. 부디…… 아이는 스스로 숨을 쉬어야 했을 것이다. 호수는 그 모든 것을 다 보고 그리고 침묵했다. 호수는 흘려보내고 잊어버린다. 이곳에서 일어나는 모든 일을 미세한 조각조각과 무늬들로 바꾸어서 감추어 버린다.

미주야. 집에 오고 있니? 에스오에스를 타전하듯 문자는 전송되어 오고 있다. 여름에도 추운 집. 땅끝. 여인들의 섬. 유배지의 섬에서 끊임없이 타전되어 오는 에스오에스. 에스오에스.

미주야.

저녁은 집에 와서 먹니?

사 들고 간 맥주 한 캔은 500ml, 알코올은 어느새 내 혈관 속으로 흐르며 내 입술 틈으로 휘파람 같은 곡조를 흘려 내보낸다. 멀리서 들려오는 맑은 종소리. 그 소리를 들으러 나는 가네. 그것은 언젠가 자장가처럼 엄마가 잠자리에서 나에게 들려주던 노래였다.

밤공기 속에서 나무와 풀과 꽃냄새가 났다.

취기에서 깨어난 나는 천천히 몸을 일으킨다. 에스오에스. 에스오에스. 엄마가 신호를 보내고 있었다. 나는 점점 걸음이 빨라진다.

늦은 저녁을 먹고 나서 단물 같은 잠에 빠져든다.

꿈속에서 분명 비상구 문을 열었는데 사방이 하얗게 칠해진 또 다른 통로다. 걸어갈수록 표백한 것처럼 하얗게 변해 가는 꿈속의 미로에도 열네 개의 문이 나타난다. 문이 나타날 때마다 두드리며 어느 문이든 열리기를 바란다. 하지만 금고처럼 안으로 걸린 그 문들은 절대로 열리는 법이 없다.

903호 앞에 도착한다. 문을 두드린다. 903호 남자가 나올 때까지 두드린다. 만약 그가 문을 열고 나오면 낮에 나에게 한 무례한 행동에 항의할 참이었다. 문은 열리지 않았다.

5분 간격으로 울리는 모닝 알람이 나를 깨웠다. 알람이 멈추자, 취사 예약된 전기솥에서 증기기관차 소리를 내고 그 소리마저 약해지기 시작할 즈음 가늘게 코 고는 소리와 숨소리가 들려온다. 새벽녘에 이르러서야 혈관 속에 주입되는 마취제처럼 걷잡을 수 없이 쏟아지기 시작한 짧은 아침잠 속에 빠져들어 간 엄마의 입에서 흘러나오는 소리다. 희미한 향내가 동시에 맡아진다. 옅은 시취향, 그것은 지은 지 30년이 더 되어 나는 오래된 집의 냄새, 낡은 가구에 밴 것과는 다른 냄새다. 살아 있는 것의 안쪽 모서리 부분이 상해서 나는 익숙한 냄새다.

팅, 팅, 팅. 창틈에서 새어 나온 빛들이 희미한 음표를 그려내기 시작한다. 45킬로그램이 안 되는 여자의 육체와 그 옆에 나란히 누운 50킬로그램의 또 다른 여자, 두 여자의 입체가 천정에 거꾸로 매달린 검은 우물 거울 면 속으로 떠오르기 시작한다. 신체의 여러 부위 중에서 물에 뜨는 부위는 공기주머니인 폐밖에 없다. 어디선가 본 구절이 떠올랐다. 인체의 95퍼센트가 가라앉는데 폐가 있는 상반신은 부력 때문에 떠오른다는 것이다. 춥구나. 내일 비가 오려나. 어젯밤 엄마는 호소했다. 복도식 아파트의 맨 안쪽에 있는 집구석으로 햇빛은 가장 늦게 들어와서 빨리 빠져나가 버린다. 방바닥은 늘 찼다. 그러나 지금은 7월이다. 그러나 자꾸 한기를 호소하는 엄마 때문에 전기장판을 바닥에 깔고 때때로 전원을 넣고 있었다.

일어나면 창문을 먼저 연다. 바짝 마른 공기의 건조함과 밤새 방안을 떠돌던 축축한 기운이 사발 속에 엉겨 붙은 액체의 흔적처럼 웅크리고 있다가 열리는 창문 틈으로 한숨 쉬듯 밖으로 빠져나가기 시작한다. 지금 창밖에서 눈앞으로 밀려오는 것은 낮의 호수가 아니라 저녁 산책길에서 마주한 흑연 빛깔의 호수다.

집을 나서기 전에 가슴과 배를 한껏 부풀려 숨을 가득 깊이 들이마신다. 나는 거리의 어둠 속으로 입수한다. 천천히 머리부터 들여 민다. 손을 저어 아래로 밀면서 앞으로 밀기. 헤엄치듯 천천히 앞으로 나아간다. 살갗에 닿는 새벽 공기의 감촉은 얼음처럼 차갑다. 방향은 알 수 없다. 분명한 것은 지금 물속에 떠 있다는 것이다. 지금 나는 오로지 그 느낌에 집중할 뿐이다.

*이 소설에서 수영 관련 내용은 황신우가 쓴 『수영-생존을 위한 기본』(공진)을 인용했다.

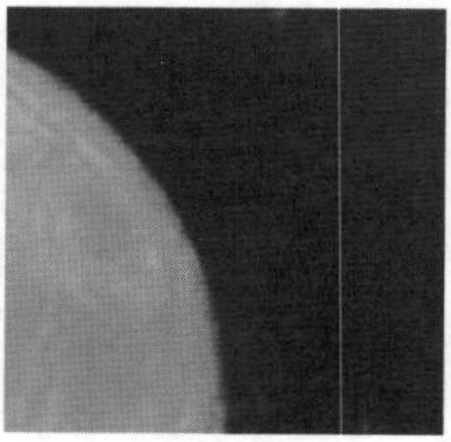

제이는 그날 흐르고 흘러 강에 도착했다. 제이는 강이 되었다.

강가에 두고 온 시

강가에 두고 온 시

'1975년 간이역으로 영업개시 하였으며 인근에 강 유원지가 있어 여름에 물놀이에 적당한 곳.'

강가의 역은 이제 인터넷 검색 화면에서 폐역으로 떠오른다. 강가의 주소는 경기도 연천군 전곡읍 전곡리.

이정이 처음 왔을 때는 경원선의 철도역이었다. 역사가 없는 역은 주의해서 보지 않으면 존재가 잘 드러나지 않는다. 자동차로 이동하는 경우 차창 밖으로 철길이 빠르게 눈에 스친다. 아무도 없는 역. 아무도 없는 것이 아니었다.

도로변이라 차 댈 곳이 마땅치 않다며 이정의 남편이 주차할 데를 찾아 강변으로 먼저 내려가고 이정은 담장을 따라 무인 출입구가 있는 쪽으로 걸어왔다. 왜건 한 대가 녹슨 집표함 하나만 덩그러니 남은 개찰구 바로 앞에 바짝 정차해 있었다. 이정은 무심코 안쪽으로 향하다가 멈칫했다. 철로 변에 등을 보이고 선 채 한 남자가 작은 볼일을 보는 모습이 눈에 들어왔다. 이 역은 이제 도로를 달리다가 내려서 급한 용변을 보고 가는 장소로 변해 버린 것일까. 당황한 이정은 외면하며 뒤돌아섰다. 남자가 볼 일을 다 보고 떠난 뒤에 안쪽으로 발을 들여 넣었다.

원래 승차 대기소였던 자리는 사람들이 버리고 간 냉장고와 소파와 같은 폐기물이 쌓여 쓰레기 하치장처럼 변해 있다. 등받이 부분에 웃고 있는 입술이 그려진, 네 귀퉁이가 다 깨져 나간 플라스틱 의자들은 빗물이 흐른 채 말라붙은 위에 새까만 먼지가 더께처럼 내려앉았다. 철길은 두 줄의 수직선을 이루며 북쪽으로 뻗어가다가 오른쪽으로 휘어지며 사라진다. 눈앞의 철길만이 이곳이 한때 역이었다는 것을 증명하고 있다. 플래스틱 의자 끄트머리에 살짝 엉덩이를 대고 앉으며 이정은 살짝 눈을 감았다. 선로 너머 들판 쪽에서 흘러오는 냄새를 맡는다. 마른풀이나 나뭇가지 등을 태우는 진한 냄새. 그 냄새로 인해 이정은 지금 이 순간이 꿈이 아니라는 것을 깨닫는다.

한밤중에 이불 밖으로 얼굴을 내밀고 가느다란 눈을 뜬 채 하염없이 창을 바라본다. 무거워지는 눈꺼풀과 함께 잠이 들었을 때. 어느새 철길이 나타난다. 바로 눈앞에 보이는 것처럼. 승차대기소의 의자에 앉아 열차를 기다리는 이정이 있다. 그때 옆에서 노랫소리가 들린다. 세상에서 사라지는 것들은 아무것도 없단다. 모양만이 다르게 변해 보일 뿐. 그 노래를 부르는 제이가 함께 앉아 있었다. 이정은 꿈길을 걸어 이 역에 온 적이 있다.

*

휴일의 해질 무렵, 강은 갑자기 나타났다. 외국인이 처음 한국을 여행하는 과정을 리얼 체험기의 형식으로 보여주겠다는 기획 의도를 지닌 방송 프로그램에서였다. 몇 달 전에 영국에서 한국에 처음 왔다는 여행자가 강의 한가운데를 걸어가고 있었다. 강에는 부교가 만들어졌다. 협곡과 강을 동시에 감상할 수 있는 물 윗길이라고 방송 진행자가 안내한다. 이윽고 드론이 날아오르고, 부교 위의 사람이 점점 작아지고, 화면 가득 강이 흐르기 시작했을 때였다. 그때 이정은 충격을 받았다. 화면 속 강은 아는 강이 틀림없었지만, 낯선 강이었다. 그동안 강에는 많은 변화가 있었다. 시간이 흐른 후, 강은 문화재가 되었다. 국가 지정 지질공원이 되었고, 얼마 전에는 유네스코의 인증을 받아 세계 지질공원의 하나가 되었다. 전체 길이 136킬로미터인 강의 일부 구간에 새롭게 공원이 조성되어 이름이 나기 시작했고 방송은 관광지가 된 강을 홍보하고 있었다. 외국인 여행자는 부교 위를 걸어가다가 카메라 쪽으로 시선을 주며, 여기 참 좋아요, 멋져요, 입으로 감탄사를 내보냈다.

이정은 자신도 모르게 티브이 쪽으로 기울었던 등을 세우고 창밖으로 시선을 주었다. 허공을 바라보았다. 천천히 하나의 장소가 떠오르고 있었다.

티브이 속 여행자가 강의 근처 식당에서 밥을 먹고 숙박장소로 이동하고 또 다른 체험을 시작하는 동안 소파에 비스듬히 등을 기대고 있던 이정의 몸이 서서히 소파 위로 기울었고 물속으로 들어가듯 잠에 빠져들기 시작했다. 이정은 꿈을 꾸었다. 강으로 이동해 있다. 부교를 걸어간다. 방송에서 볼 때와 달리, 물결은 거세고 강바람은 차고 부교는 바람이 불 때마다 흔들흔들한다. 몇 걸음 앞서 걸어가던 외국인이 걸음을 멈추고 뒤돌아본다.

헬로, 당신은 한국인입니까? 나는 오늘 이 강에 처음 왔습니다. 그래서 강에 대해 잘 알지 못합니다. 당신, 이 강에 대해 알고 있나요?

외국인은 인터뷰하듯이 물어온다.

당신이 서 있는 이 강은 화산이 폭발하여 만들어졌어요. 수십만 년 전에 그 일이 일어났지요. 그때 흐른 용암이 이 지역을 다 메워 버렸어요. 오랜 시간 땅은 점점 꺼져 내려갔습니다. 수십 미터 아래로 꺼져버린 땅을 가운데 두고 양쪽에 수직의 절벽이 형성되었습니다. 절벽 사이로 언제부터 크고 넓은 여울이라는 이름을 가진 물줄기가 흐르기 시작했는지 알 수 없습니다.

그 말을 하는 사람이 자신인지, 방송에서 들었던 나레이터의 음성인지 알 수 없었다. 하지만 이정은 내륙에서 보기 힘든 화산 지형이 잘 보존되고, 강을 따라가며 주상절리를, 선캄브리아기, 고생대, 트라이아스기, 쥬라기, 백악기, 신생대의 지질을 관찰할 수 있는 곳이라고 자신이 말한 것처럼 느꼈다. 그러면서 내가 진짜 말하고 싶었던 것은 그런 것이 아니었다고 부인했다. 꿈속에서 진짜 하고 싶었던 말은 무엇이었나? 그 진짜 말을 못했기 때문에 이정은 이곳에 왔어야 했는지 모른다.

*

이정이 다닌 고등학교 근처에는 철도역이 있었다. 거기서 열차를 타면 강가역에 도착할 수 있는 노선이 그때는 있었다. 대학이 결정된 후 졸업을 앞두고 강을 찾아가는 열차 여행을 제안한 것은 제이다. 그들은 생애 첫 열차 여행을 꿈꾸었다.

그날의 열차는 빈자리가 없었다. 다리가 아프다고 느껴질 즈음 앉은 자리의 승객에게 양해를 구하고 의자의 팔걸이 턱에 반쯤 엉덩이를 걸쳐 앉았다 섰다 했다. 제이는 창밖을 볼 때마다, 다른 생을 향하여 달려가는 기분을 느낀다고 말했다. 재잘재잘재잘. 참새처럼 지껄였다. 너, 촌스러워. 서로를 촌스럽다고 흉을 보았다. 각자 손에 문고본 책을 한 권씩 들고 있다. 그들은 책을 들고 열차에 올랐다. 읽을 목적이 아니다. 그냥 들고 있다. 연필이나 볼펜을 쥐고 문제집의 문제를 풀어오던 손이었다. 빈손은 이상하고 허전해. 제이는 말했다. 연필이든 책이든 뭔가를 쥐고 있어야 안심이 되었다. 그때 들고 있던 문고본 소설의 제목이 무엇인지 이정은 기억나지 않는다. 제이는 소녀 감성의 소유자였다. 섬세하고 부서지기 쉬운 그 렌즈를 매우 견고한 것인 양 여겼다.

제이는 시를 쓰면, 중학교 국어 선생님이 과연 네가 쓴 시 맞느냐고 물었다는 이야기를 들려준다. 신기하네. 제이처럼 이정이 다닌 중학교에서도 해마다 백일장을 열었고 그해의 시제는 5월이었다. 며칠 후, 국어 선생이 교실에 찾아와 이 시가 네가 쓴 시가 맞느냐고 물었던 기억을 떠올렸다. 3연으로 구성된 시의 행을 짚어가며 그래, 그럼, 이건 무슨 뜻이지? 이 비유의 의미는 뭐지? 물어본 후 돌아갔다. 그 시는 나중에는 시화전에 내걸렸고 그 후에는 3학년 교실 복도의 벽면에 옮겨져 내내 걸려 있었다. 몇 년 뒤에 모교를 방문했을 때도 그 시 액자가 걸려 있는 것을 보았다. 제이와 이정은 입시 준비에만 주력하며 어느 학교에 몇 명을 보냈는가 실적을 과시하는 사립 고등학교에 진학했다. 그 학교는 모의고사 결과가 나올 때마다 전체 성적을 현관문에 게시했다. 저번 모의고사에서는 몇 등이었는데, 이번에는 몇 등이야. 성적이 나올 때마다 앉는 자리가 달라졌다. 이정의 반 담임은 성적순대로 반 아이들을 앉혔다. 그 학교는 전쟁기의 포로수용소를 후에 학교로 개조했는데, 그 흔적이 남아서 건물과 건물 사이의 통로가 동굴처럼 생긴 특징을 갖고 있었다. 통로는 둘이 걸어가면 어깨가 닿을 정도였다. 제이와 이정은 그 길을 미로라고 불렀다. 우리는 수인들이라고도 말했다. 이정은 고등학교에서 뛰쳐나온 독일 작가의 책을 담임 몰래 읽기 시작했다. 자습 시간은 길었지만, 대화의 시간은 짧았다. 초등학교와 중학교 때 시를 썼다는 서로의 공통점은 입시가 끝나갈 무렵 발견되었다.

얼굴 좀 보자. 진달래와 철쭉이 피어나기 시작할 무렵, 문과 대학 어문계열 1학년 신입생이 된 제이는 이정에게 전화했다. 약속 장소에 그녀는 2학년 남자 선배를 데리고 나왔다. 그즈음 제이는 그 남자 선배의 공부팀에 들어가 있었다. 2학년이 되었을 때 제이는 휴학했다는 소식을 전해왔다. 제이는 4학년에 복학하기 전에 제책 공장을 다녔다고 이정에게 말했다. 이정은 제이가 복학한 시점에, 다니던 대학에 휴학계를 내었다.

*

버스 안은 문득 고요했다.

버스 출입문 앞에서 이정은 손잡이를 잡고 서 있었다. 스피커를 통해 들려오는 아침 뉴스에 귀를 기울이고 있다. 버스 운전기사는 생방송 중인 라디오의 볼륨을 높였다. 어깨 닿을 듯 가득 들어찬 버스 안 사람들 머리 위로 육하원칙에 입각하여 전날의 사건 사고를 전달하는 뉴스 앵커의 목소리가 흘렀다.

뉴스 사이에 제이의 이름이 들렸다. 대학 4학년인 제이, 서울 무슨 구 무슨 동에 사는 제이의 소식을 앵커는 전했다. 제이는 강에서 발견되었고 투신한 근처에서 유서가 든 가방이 발견되었다고 앵커는 말했다.

이정은 침을 삼켰다. 강물에 표류하던 제이가 그 순간 이정의 목구멍으로 꿀꺽, 넘어간다. 제이는 그 삼킨 침과 함께 이정의 목구멍 밑으로 점점 더 깊은 곳으로 흘러내리기 시작했다. 이정은 버스에서 내린 후 천천히 보도를 디뎠다. 철공소가 밀집한 거리 안쪽에서 쇳가루 냄새가 날아오고 있었다. 공장의 정문으로 들어섰다. 정문 가까이 공장 본부 건물이 있고 맞은편에 ㄷ자형으로 세 개의 생산 라인이 배치되어 있는 구조를 갖춘 회사였다. 주로 나이가 열여섯, 열일곱 살인 소녀들이 산업체 부설 고등학교에 다니기 위해 들어가는 곳이었다. 소녀들은 공장 뒤쪽에 있는 3층짜리 건물 기숙사에서 생활했고 3교대제로 출퇴근했다. 기숙사에 들어갈 수 없는 이정은 취직한 후 보증금 오십만 원에 월세 십오만 원짜리 방을 구했다. 버스로 다섯 정거장 거리, 70대 노인 부부가 사는 집이었다. 이정이 배속된 작업장은 설립자 동상이 서 있는 잔디밭을 지나 탈의실이 있는 건물 뒤편에 있다. 이정이 거기서 하는 일은 방적 기계 속에서 빙글빙글 돌아가며 고치처럼 감겨들다가 어느 순간 툭 끊어진 실을 찾아내는 것이다. 실은 가늘고, 끊어진 실은 잘 보이지 않는다. 24시간 가동되는 방적기들은 귀가 먹먹한 소음을 만들어냈다. 이정이 퇴근해서 버스를 타고 집에 돌아와 방에 누우면 기계 소리와 윙윙윙 쉴 새 없이 실 감기는 소리가 이명 음으로 들려오곤 했다. 운동장 같은 정방실에서 거대한 기계들 사이를 걸어가며 이정은 자주 생각에 빠져든다. 만약 제이가 옆에 있었다면, "제이야, 나는 무늬만 방적공이야" 중얼거렸을지 모른다. 회색 작업복과 모자를 쓰고 출근하는 이정이 있다. 이정이 버리고 온 자아는 절대 버려지지 않고 그림자처럼 현장에서 이정을 따라다녔다. 반장이 다가와서 호통친다. 얘, 정신 차려. 이 라인 전부 실 끊어져 있다. 저거, 저거, 네 눈에는 안 보이니? 혼을 낸다. 방적기 사이로, 며칠 전 목구멍으로 삼킨 제이가 심연 속에서 흐르고 있다가 이따금 심장을 철썩철썩 때리며 흘러갔다. 제이는 강물 속에서 살아가고 있었다.

이정은 야간 근무를 할 때가 가장 힘들었다. 새벽 2시에서 4시 사이에는 방적 기계들이 비틀거리기 시작했다. 이정은 반장 몰래 화장실로 도망치곤 했다. 변기통 옆에 쭈그려

앉은 이정은 끄덕끄덕 졸았다.

부곡의 한 허름한 방에 공장에서 일하는 사람들이 모였다. 각자 돌아가며 자신을 소개하는 시간을 갖도록 하겠습니다. 이정의 지도 선배가 말했다. 이정의 차례가 되었을 때였다.

나는, 나는, 나는…….

이정은 침이 고였다. 왜 여기에 있을까. 이정은 '나'를 버리고 왔다. '나'를 이루고 있는 것들을. 자신이 가지고 있는 것을 버릴 수 있는 사람, 그동안 누리고 있던 것을 포기할 수 있는 사람은 용기 있는 사람이었다. 그런 선택을 한 것이다. 이정은 그때까지 스스로를 용기 있는 사람이라고 여겼으나 제이의 죽음 이후에는 더 이상 그럴 수 없었다. 방에 모인 사람들은 이정의 입이 열리기를 기다리고 있었다. 방 안에는 낯선 침묵이 흐르고 있었다.

나는, 그러니까, 나는…….

나에서. 멈춰버린 그날의 나가 있다고 이정은 나중에 생각했다. 어떤 명사와 어떤 형용사를 떠올리기 위해 입술을 벌리는 입술과 끝내 미끄러지는 말들이 있었다. 마침표가 찍히지 않은 말들이 있다.

그 순간이 있기 몇 개월 전, 겨울밤에 S동 사거리의 한 술

집에서 제이와 이정은 마주 앉아 있었다. 그날 제이의 앞에서 자신의 입에서 쏟아져 나왔던 그 거대한 말들을 이정은 생각했다.

그날 제이는 휴학한 후 강에 갔다고 말했다. 왜? 제이는 어떤 마음으로 강에 갔나? 제이와 마주앉은 술집은 지나치게 침침했다. 왜 이리 어둡지? 이정은 허공에 손을 뻗어 내려진 스위치를 올리고 싶었다. 제이의 눈에 불을 켜주고 싶었다. 그때 이정의 입에서 쏟아져 나온 거침없는, 거대한 말들은 단지 두려움과 싸우기 위한 말이었다. 우리에겐 용기가 필요해. 용기. 부끄럽지 않을 용기.

그날 제이 앞에서 흘려보낸 말들의 한 조각이 제이의 유서의 일부가 되어 있었다. 이정은 그 순간 그 말들을 떠올리고 있었다. 이제 허공의 말은 귓전에서 졸졸졸 물소리를 내며 흘러갈 뿐이었다.

실어. 말을 잃다.

사전에서 실어증은 말하는 데 어려움을 겪는 뇌 질환이라고 나와 있다. 입 부분을 움직일 수 있고, 소리를 낼 수도 있으며, 단어를 듣고 이해할 수 있지만 스스로 단어를 구사하여 말을 하는 능력을 완전히 또는 부분적으로 상실한 상태. 예컨대 그림에 대해서 말할 수 있으나 그림자에 대해서는 말할 수 없는 증상이 실어증이다. 그러니까 이정의 실어증은 그 방에서 시작된 것이다. 이정은 실어의 증상을 감추기 위해 텅 빈 말을 시작했다. 방에 모인 사람들은 뒤늦게 열린 이정의 입을 보고, 그 텅 빈 말에 귀를 기울였다. 이정의 등 뒤로 진땀이 흐르고 있었다.

이정이 뒤늦게 제이의 집에 전화를 한 것은 공장에서 나와 학교에 복학한 뒤였다. 전화를 받은 사람은 제이의 오빠인지, 아버지인지 알 수 없었다. 나이를 짐작할 수 없는 목소리가 들려왔다. 전화기 너머의 목소리는 제이를 찾아가고 싶다는 이정의 물음에, 제이의 묘는 없다고 말한다. 화장한 후에 유골을 강에 뿌렸다는 사실을 전하고 있었다.

그후 제이는 인화되지 않는 필름이 된다. 허공에서만 인화되는 얼굴, 고동색 고등학교 교복을 입은 졸업 앨범 속의 얼굴, 발소리를 내지 않고 다가와 등 뒤에 조용히 서 있던 작은 얼굴이 된다. 인기척을 느끼지 못하다가 고개를 들고 뒤를 돌아보면, 안경 너머에서 웃고 있던 두 개의 눈, 물고기의 눈이 된다. 어느 한 시점에 정지한 채로 아무리 시간이 흘러도 나이가 들지 않는 얼굴이 된다.

*

앞뒤에 기관실이 달린 객차는 전철 선로가 아닌 별도의 안쪽 선로에서 북쪽 방향으로 가는 승차자를 기다리고 있었다. 몇 명의 승객을 태우고 열차는 출발한다. 따로 매표소가 없이 역무원이 객차 안을 다니며 천 원을 받고 승차권을 판매하고 있었다. 잠시 정차할 때마다 승객이 하나씩 줄고 기관실 달린 객차 안에 나중엔 이정 혼자 남았다

열차 내부는 제이와 이정이 스무 살에 탄 열차의 내부와 크게 달라지지 않았다. 계단식 출입문과 2인용 좌석의 배치도가 똑같았다. 의자를 덮은 천이 푸른색이 아니라 붉은색이고 객차의 밑바닥과 창문 창틀이 깨끗하고 승객이 적고 조용하다는 것이 처음 열차를 탔을 때와 다를 뿐이다. 열차는 역에 도착하자 잠깐 문을 열어주고 플랫폼에 내려준 후 금세 떠나갔다.

이정이 무인 개찰구를 빠져나오자 길 건너편에서 국도의 교각 상판이 시야를 가로막았다. 그녀는 시외버스가 달리는 2차선 도로를 넘어갔다.

강은 여전히 거기에 있었다. 강을 따라 서 있는 절벽들이 불쑥불쑥 보였다가 사라졌다. 물살이 빨랐다. 이정은 가방

속에 든 소주병을 꺼내고 유골함 크기의 마분지 상자를 꺼내 옆에 내려놓았다

새라면 날려 보내고 물고기라면 넓은 물속에 가만히 풀어놓아 주었을 것이다. 새도 물고기도 아닌 것들. 상자에 들은 것은 한때는 호모 스크립투스의 존엄한 기록물들이었다. 이정은 많은 상자들을 차례차례 밖으로 내보냈다. 그것들은 떠나기 전에 찢기거나 가위질을 당했다. 상자를 밖으로 내보내는 작업은 여러 해에 걸쳐 아주 더디게 진행되었다. 어떤 종이들은 묵묵히 받아들였고 어떤 종이는 가위를 들이대기도 전에 저항했다. 상자 속에는 강에 와서 찍은 제이의 사진들도 있었다.

이정의 손을 떠난 종이들은 물속으로 들어가고, 이윽고 물빛으로 변해가고, 수면 위로 날아올라 허공에서 반짝거리기 시작했다. 이정의 눈앞에서 시간이 흐르고 있었다. 용암이 흘러가고, 땅을 메우고, 용암이 다 식고 땅이 가라앉고 수직의 절벽이 생기고, 햇빛에 닳아 바위의 색이 바뀌고, 나뭇가지가 휘어지고, 바위가 모래로 변해가는 시간. 긴 시간이 흐르고 있었다.

영과 육의 분리란 실재로 일어나는 일인지 몰랐다. 영과 육의 일체란 단지 이상일 뿐이었다. 불태운 종이들과 함께

이정은 자신은 빛이 되어갔다고 느꼈다. 어느 시점에서 빛이 된 자신이 몸 속에서 분리되어 지상에 있는 또 다른 자신을 보는 것처럼 느꼈다. 또 다른 이정은 강변에 앉은 이정을 내려다보고 있었다. 이윽고 비틀거리며 일어나는 이정을 보고 있었다. 혼자만의 장례 의식을 치르고 뒤돌아보지 않고 걸어가는, 산 이정을 빛이 된 이정이 내려다 보았다.

강은 이정의 등 뒤에서 천천히 멀어졌다. 이정은 천천히 역을 향해 걸어갔다. 살아 있는 이정은 승차대기소의 의자에 앉아 서울행 열차를 기다렸다. 서울행 열차가 도착했다. 이정은 차에 오르고 있다. 그날과 그날 이후로 이정의 생은 구분된다. 그날 이후 살아 있는 이정은 예리하기보다는 무감한 사람으로, 아무리 아파도 그냥저냥 살아갈 수 있는 인간이 되어갔다. 견딜 수 없는 것을 견딜 수 없다고 느끼게 만드는 감수성은 흐려져갔다.

*

여느 날과 다름없는 아침이었다. 펼쳐진 그대로 방바닥에 놓인 신문지, 갈아입고 나간 그 상태로 놓인 옷가지, 장난

감들로 어지러운 방 한가운데 혼자 덩그러니 남는 것도 전날과 같았다. 아침 생방송이 시작될 시간이었다.

은퇴한 여배우가 생방송의 게스트였다. 여배우의 얼굴을 카메라가 클로즈업해 보여준다. 그녀는 잘 관리된 피부, 처녀 시절의 미모를 보여주었다. 초등학생인 자신의 아이에게 어떻게 숙제를 지도하는지 우아한 태도로 말했다. 갑자기 화면에서 여배우의 얼굴이 사라졌다. 토크쇼가 진행되던 스튜디오에서 어느 교도소 담장 밖으로 카메라는 건너간다. 그날이 교도소에서 수형생활을 하던 전직 대통령이 사면되어 석방되는 날이라는 것을 마이크를 든 기자는 전해주고 있다. 검은색 벤츠를 타기 직전에 파안대소하는 전직 대통령의 모습을 보여준다. 그는 사형선고를 받았다가 무기징역으로 감형되었고 그날 출감한 것이다. 검은색 오버코트에 흰 목도리를 두르고 금빛 안경테 너머 시선으로 기자들을 바라보는 전직 대통령은 상기된 표정이었다. 계속 웃었다. 사진기자들의 플래시가 계속 터졌다. 그는 곧 벤츠 속으로 모습을 감췄다. 기자는 그가 자택으로 돌아갈 것이라고 말했다. 속보가 끝나자 다시 여배우의 얼굴이 나타났다. 무슨 말을 나누다가 여배우와 사회자는 동시에 웃음을 터뜨렸다. 방청석에서도 웃음소리가 들렸다.

이정은 조금 전에 본 것이 또 다른 외계의 별에서 송출된 화면 같았다. 그동안 있었던 일은 머나먼 별에서 벌어진 일들이었을까, 이정은 혼이 나간 듯한 얼굴로 창밖을 바라보았다.

다른 별의 일들처럼 여겨졌다.

그 별에는 지금 이곳에 사는 사람들과 똑같이 생긴 사람들이 살아가고 있었다. 그 별의 고고학자들은 백 년 후, 기존의 역사책과 다른 형식을 가진, 1세기 전의 문헌을 발견했다. 그 역사책은 서술 방법과 항목의 분류가 독특했다.

그 별의 역사책의 과거 역사에는 어두운 죽음의 시대가 있다. 그 별의 역사는 문명 이전의 시기와 문명기로 크게 구획되며 1900년대 이후 대분류 시기 이후 급격한 전환기가 나타났음을 알려준다. 특히 1960년대와 1990년대 사이에 기나긴 독재자의 시기가 존재하며 어두운 죽음의 시대는 그 사이에 나타났다. 어두운 죽음의 시대는 어두운 죽음의 시대, 내 친구는 붉은 눈물 붉은 피 흘리며, 와 같은 가사가 들어가는 노래가 자주 불리었기에 그런 이름을 붙였다고 저자는 안내한다.

그 별의 학자는 그 어두운 죽음의 시대를 연구하던 도중에, '존재 이전'이라는 독특한 현상을 발견했다. 그 별의 많은 수의 대학생들은 한때 '존재 이전'의 행렬에 참여했다. 문학과 역사와 철학을 공부하던 대학생들이 방학 때 여행을 가는 대신 선반, 용접. 미싱 기술을 배우기를 원했다. 그들은 옛날 독립운동을 했던 여성들의 이름을 가명으로 쓰고 공장에 취직했다.

그는 어두운 죽음의 시대에 발생한 많은 문서들의 목록 사이에서 이상한 울림을 주는 자료 하나를 발견한다. 그 자료에는 매우 독특한 문체가 담겨 있다. 고고학자는 그 문체가 담고 있는 울림에 대해 해석을 시도한다. 그 울림과 유사한 감정은 어떤 것이 있는가에 대해 분석한다.

아파하면서 살아갈 용기 없는 자 부끄럽게 죽을 것. 사랑할 수도 사랑하는 척도 할 수 없는 나이기에 부끄럽게 죽을 것. 고고학자는 그 유서를 쓴 이가 스물두 살의 여자대학생, 제이라는 것을 알아낸다. 그들은 부끄러움이라는 단어에 주목한다. 부끄러움이란 무엇인가. 부끄러움이라는 감정은 물질인가, 비물질인가. 사람 목숨의 값에 맞먹는 중량인가. 숭고함인가. 도덕률인가. 학자는 연구한다. 그리하여 어떤 감정을 너무나 적게 가지고 있거나 감정을 표현하는 말을 거의 사용하지 않게 된 끝에 이제는 오래된 기록물을 통해서만 발견되는 희박한 감정임을 확인한다.

*

부부는 아내의 생일에 극장을 찾았다. 유명 감독이 저예산으로 만든 예술가 영화로 소개되었고 평론가들의 평점이 높은 영화였다. 극장은 한산하다. 같은 나이의 두 젊은이의 일생을 흑백의 톤으로 그려낸 영화, 과거에서 보낸 듯이 보이는 영화를 스무 명쯤 되는 관객과 함께 부부는 관람한다. 남편에게 그런 모노톤의 영화는 매우 지루한 영화였다.

아내와 남편은 같은 대학을 나왔다. 아내는 휴학 기간을 거친 후 복학했을 때, 문과대 도서관이 아니라 공대 도서관에 가서 공부했다. 공학도인 남편은 그 도서관에서 주로 공부했다. 두 사람이 결혼에 이른 것은 그 도서관의 시간이 만들어준 것이다. 여행지에서 남편은 아내가 미술관 관람을 원하면 얼굴을 찡그리곤 했다. 그에게 미술관 순례는 커다란 홀을 돌아다니며 이해가 안 되는 그림을 들여다보는 매우 지루한 코스였다. 남편에게 그 흑백 영화는 미술관의 그 그림들과 크게 다르지 않았다. 아내의 생일이었기 때문에 아내가 영화 티켓을 끊었기 때문에 내키지 않아도 동행했을 뿐이다.

흑백 영화에서 형사가 조서에 서명하라고 다그치자, 시를 쓰는 주인공은, 이런 세상에 태어나서 시를 쓰기를 바라고 시인이 되기를 원했던 게 너무 부끄럽다, 이 조서에 서명을 할 수 없다, 부끄럽다, 부끄럽다, 그 말을 여러 번 외치며 책상 위에 놓인 종이들을 구긴 후 찢어 버린다.

영화 속 인물이 왜 그런 행동을 하는지 남편은 공감할 수 없었고 영화를 보며 계속 졸았다. 영화는 시인의 얼굴을 클로즈업하는 마지막 장면과 함께 끝이 난다. 영화를 보고 나서 근처의 식당에서 부부는 식사를 한다. 아내는 식사를 한 후 맥주집에 가자고 말했다. 남편은 문득 아내의 눈이 부어 있는 것을 보고 의아하게 생각한다. 아내의 눈은 부어 있을 뿐만 아니라 눈이 충혈되어 있었다.

아내의 머릿속에는 아직 영화의 잔상이 남아 있었다. 영화 속의 형사는 아내에게 최초의 수치심과 분노를 일으킨 한 젊은 병정을 생각나게 했다. 맥주를 마시며 아내는 그 생각을 했다. 아내가 대학 1학년 때였다. 선배를 따라간 거리였다. 차 벽에 둘러싸이고, 곤봉을 든 병정들이 무대 뒤에서 튀어나오듯 갑자기 나타나고 얼떨결에 철조망 차에 태워졌다. 차는 경찰서로 학생들을 데리고 갔다. 시멘트 바닥에 무릎을 꿇고 앉은 백여 명의 남녀 학생들은 모두 어리고 비슷하게 순진해 보였다. 그 로마 병정이 단호한 폭력을 행사한 이유는 사소했다. 대답하는 목소리가 너무 작다는 것이다. 그 순간의 목소리가 낮을 심하게 가리는 스무 살의 여자가 낼 수 있는 최대의 데시빌이라는 것을 로마병정은 받아들이지 않았다. 아내는 그해 십이월 일일의 첫 엠티를, 허름하고 널따란 집, 노부부가 자식들을 모두 상경시키고 남아 지키고 있던 강 근처의 집에서 온돌은 뜨뜻하게 달아오르고 폭력에 관한 토론이 이어지던 새벽을 떠올린다. 아내에게 스물일곱 살에 죽은 영화속의 시인은 스물두 살에서 시간이 멈춘 제이와 겹쳐 보였다. 알코올 기운에 이끌려 다른 날에 비해 말이 많았던 아내는 말을 하는 도중에 남편의 얼굴을 보았다. 남편은 졸고 있었다. 하지만, 웃고 있는 것보다 졸고 있는 것이 나아, 아내는 그 순간에 생각했다. 그때 남편이 눈을 떴다. 어, 맥주를 좀 마셨나. 아내는 화제를 전환하기 위해 텅 빈 말을 시작했다.

*

이정은 때때로 강가에 오곤 했다. 오로지 꿈속에서만 만날 수 있는 강이었다. 제이는 그날 흐르고 흘러 강에 도착했다. 제이는 강이 되었다.

꿈속에서는 모든 것이 현재형이다. 제이는 현재형처럼 말한다. 강가를 향해 달리는 열차가 있다. 그 열차는 늘 또 다른 생의 시작점, 그 한 방향을 바라보며 달려간다. 이제 막 스무 살이 된 여자애들을 강가에 내려놓고 떠났다가 다시 태우기 위해 오는 열차였다.

햇빛, 햇빛, 중천의 해가 여자애들을 세워 놓고 강을 배경으로 찰칵, 찰칵, 찰칵, 플래시를 터뜨렸다. 강의 해는 시간이 흘러도 바래는 법이 없었다. 늘 아무 일이 없었던 것처럼 찬란하게 빛난다.

*

휴대폰에 문자가 도착했다.

이정아, 멀었냐? 오토캠핑장 근처에 차 주차했다. 이쪽으로 내려와라.

강으로 가는 길. 오래된 음식점이 사라진 자리에 오토캠핑장과 세계 캠핑 체험촌이 들어섰다. 강변의 모든 것이 바뀌었다. 강은 이제 기억 속에만 존재하는 강이었다. 캠핑장 너머로 비치는 강의 물빛만이 기시감을 불러일으킬 뿐이다.

곳곳에 기암괴석과 구멍 뚫린 현무암들. 북한의 평강에서 시작되어 철원, 포천, 연천을 지나 임진강과 합류하여 서해로 흘러 들어가는 강. 영웅이 은신했다는 전설이 숨은 바위. 수직의 기둥 모양으로 만들어진 붉은 색, 회색 검은색 물감을 짜놓은 팔레트처럼 펼쳐지는 주상절리. 웅장함과 기묘함의 아름다움 속에 제이는 한 무늬가 되어 있었다.

여기서부터 39.7킬로미터 가야 해. 내비게이션을 확인한 이정의 남편이 말했다.

부부는 티브이에 나온 하늘다리와 부교로 가는 중이었다. 주행 중에 대교를 지나갈 때, 그 역명판이 보이는 순간, 이정은 잠시 내려달라고 말했다.

길 안내를 시작하겠습니다. 내비게이션에서 여자 목소리가 흘러나왔다. 자동차는 곧 강변을 벗어난다. 이정은 뒤를 돌아본다. 담장에 가려진 역명판이 보인다. 그리고 강은 더 이상 보이지 않는다.

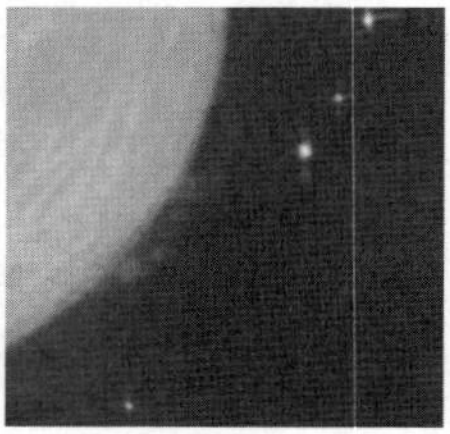

나는 조용히 이곳에서 살아왔을 뿐입니다. 지금까지 살아오면서 나는 어느 누구에게도 피해를 준 적이 없습니다. 나는 무해한 동물입니다.

염소

염소

1

그날 나는 장례를 치르고 고인의 집으로 향했습니다. 집이라기보다는 비닐하우스를 개조한 움막 같은 곳에 마시다만 술병, 매트리스, 덮고 자던 홑이불까지 아직 그대로 있었습니다. 아우는 그곳에서 혼자 지내왔던 것입니다. 나는 유품을 수습한 후 천천히 한 병의 소주를 비우며 아우가 생의 마침표를 찍었다는 사실을 받아들였습니다.

술병이 바닥을 드러낸 즈음에 움막 밖에서 들려오는 가냘픈 소리를 들었습니다. 밖에 그놈이 서 있었습니다. 턱 아래에 흰 수염을 단 쓸쓸한 눈빛의 그 짐승 말입니다. 그때 나는 아우가 먼 길 가기 전에 짐승의 몸을 빌려서 찾아왔다는 생각이 들었습니다. 아우님인가? 이제는 세상에 없는 그를 그렇게 불러보았습니다. 그러자 그놈은 알아들은 양 작은 애기 울음소리를 내는 겁니다.

아우는 전화가 잦았습니다. 그때마다 취해 있었기에 몸을 생각하며 술을 적당히 먹으라고 꾸짖곤 했습니다. 하지만 그 알코올이라는 것이 진통제 역할을 하였다는 것을 알고 있었습니다. 나 또한 통증을 망각할 목적으로 때때로 술을 마셨기 때문입니다. 오래된 교각의 안전성을 점검하거나 수중의 유물을 발굴하거나 세상을 등진 사람들의 시신을 건져 올리는, 오랫동안 해왔던 일을 더 이상 할 수 없게 되었고 그 점에서 아우와 별다를 것이 없는 처지였습니다. 살던 집을 팔고 다른 지역에 세를 얻어 이사한 것도 그 때문입니다.

"심에게 가봐. 대체 혼자서 어찌 지내는지."

장 선배가 재촉했을 때 "가봐야지요" 대꾸만 했을 뿐 실제로 가볼 엄두는 나지 않았습니다. 이사한 곳에서 아우가 사는 곳은 전철을 타고 한 시간을 간 후 역에서 내려서도 시외버스를 타고 한참 가야 할 거리였습니다. 그날도 폰은 자주 울려대었지만 바로 확인하지 않았습니다. 부재중 전화들과 몇 통의 문자를 남긴 채 그 시간에 아우는 이미 망각의 강을 건너고 있었던 겁니다. 뒤늦게 전화를 했을 때는 이미 늦었습니다.

아우는 한동안 트라우마센터에도 다녔으나 어느 시점부터 세상의 밖으로 나간 사람처럼 두문불출한 모습이었습니다. 의사는 죽음을 반복해서 겪은 사람의 증상에 대해 말했고 시간이 필요하다고 했습니다. 그 시간이 얼마나 걸릴지에 대해서는 누구도 말하지 못했습니다.

그놈은 여전히 밖에서 울음소리를 내고 있었습니다. 점점 이상한 기분이 들었습니다. 그 울음소리가 한 놈이 아니라 여러 놈이 밖에 있는 것처럼 점점 크게 들려오며 나중엔 떼울음소리가 되어 들려오는 것 아니겠습니까. 귓속으로 물처럼 소리들이 밀려들기 시작했습니다. 나는 꼭 물속에 빠진 느낌이었습니다. 가슴에서 목까지 귀와 눈 밑까지 붉은 물은 차올랐습니다. 압력을 견디지 못하고 유리의 자파 현상처럼 안에서 가득 차오른 것이 터질 듯 말 듯했습니다. 이윽고 오징어의 주머니가 터지듯이 붉은 물이 밖으로 줄줄 새어 나오기 시작했습니다. 온몸에서 붉은 물은 줄줄 흘러나오는 것이었습니다. 붉은 물이 다 빠져나간 후에는 내

용물이 다 빠져나가고 오로지 껍데기만 남은 짐승처럼 그만 정신을 잃고 만 것입니다.

의식이 돌아온 후 천천히 몸을 일으켜 움막을 빠져나왔습니다.

집에 오자 왜 전화를 안 받았느냐고 연락이 안 되어 혹시 사고라도 당한 줄 알았다는 말과 함께 아내가 나를 반겼습니다. 아내의 얼굴을 보자마자 나는 입 밖으로 무언가를 쏟아냈습니다. 그것은 도통 알아들을 수 없는 말이었다고 아내가 나중에 알려주더군요. 그 순간의 아내는 점점 슬픈 빛을 띠며 나를 바라보았을 뿐입니다. 그날의 내 모습에 대한 아내의 해석은 동료이자 후배였던 친한 아우의 자살에서 비롯된 일시적인 쇼크 상태라는 것입니다.

한 달쯤 시간이 흘렀을 때입니다. 아내는 무슨 생각인지 큰 서점에 가서 몇 권의 책을 사 왔다면서 내게 들이밀더군요. 그것들이 내게 도움이 될 거라고 권했습니다.

아내가 사 온 책들이란 스리랑카의 승려 알루보물레 스마나 사라, 이런 긴 이름을 지닌 승려가 쓴 책과 또 다른 명상법 대가의 책이었습니다. 명상법을 다룬 책 외에도 시베리아 북극에 사는 오래된 종족의 설화집이나 동화책 종류도 있었습니다. 명상서적 매대 옆에 놓인 책들이었는데 같이 읽는 것이 도움이 될 것 같아 사 왔다는 겁니다. 아내는 내가 그 책들을 읽으며 다른 생각, 또 다른 상상을 할 수 있기를 기대한 모양입니다.

처음에는 아내가 준 승려의 책에 적힌 명상법대로 열심히 따라 했습니다. 마음 안정을 강조하는 그 책의 지침대로 바닥에 등을 대고 누운 후 눈을 감고, 심호흡을 하며 숨을 내쉬거나 이완시키기를 반복했습니다. 두 발, 두 다리, 두 손, 두 팔, 두 어깨, 심장, 위장 순으로 차례차례 집중하면서 마음속 회오리들과 감정을 내려놓는 연습을 매일 아침저녁으로 반복했습니다.

명상으로 의식이나 감정이 사라지는 게 아니라는 것을 깨닫는 데는 오래 걸리지 않았습니다. 아무리 쫓아내도 어느새 방 안으로 기어들어 와 방구석에서 똬리를 틀고 앉은 뱀처럼 감정은 되돌아와 있곤 했습니다.

아내는 일을 나가기 시작했습니다. 당분간 돈 벌 생각은 말고 오로지 몸만 잘 살피라는 말로 나를 안심시켜 주었습니다. 아내는 아침 이른 시각에 아이를 데리고 나가 어린이집에 맡기고 일이 끝나면 밤에 아이를 데리고 나타났습니다. 나에게 뭘 좀 먹었는지, 기분은 좀 어떤지를 물었습니다. 아침이 되면 간밤에는 꿈을 꾸지 않고 잘 잤는지를 물었습니다.

매일 꿈을 꾸었습니다.

꿈속의 나는 유능한 수색자입니다. 어두운 미로 같은 여객선 내부가 꿈속에서는 형광등을 켜 놓은 강당처럼 밝고 환했습니다. 격실이 두루두루 잘 보입니다. 창문을 통해서 격실로 들어가면 통로가 나오고 긴 통로를 따라가면 또 다른 격실이 나타납니다. 격실 맨 구석에 이르면 사람들이 모여 있는 것이 보입니다. 서로를 부둥켜 안은 모습입니다. 그런 꿈을 나는 매일 꾸었습니다. 한동안 사람들에게 꿈 얘기를 많이 했습니다. 말을 하다 보면 말을 듣던 사람들의 눈빛이 변해 있곤 했습니다. 외면하거나, 땅을 내려다보거나 더 이상 말을 하지 말아줬으면 하는 기색입니다. 나는 점점 아내 외의 다른 사람들에게는 꿈 얘기를 좀처럼 하지 않게 되었습니다.

우리가 누구인지는 맥락에 따라 좌우되기 때문에 맥락을 바꾸면 전혀 다른 존재가 될 수 있다.

주술사의 말을 듣는 순간, 등줄기에 전류가 흐르는 느낌이었습니다. 인종학상으로 시베리아 인종에 속한다는 나의 혈관 속에도 유카기르족의 피가 단 몇 방울일지언정 흐르고 있었던 것일까요. 적어도 그 순간에는 같은 피가 흐르는 느낌을 받았습니다. 인공지능 로봇이 걸어 다니는 현대 문명 속에서 여전히 주술사와 사냥꾼이 남아 있는 종족이 있다는 사실은 무엇을 뜻하겠습니까. 수렵 채집기의 인간과 현대의 인간이 같은 종이기 때문 아니겠습니까.

나는 차층 승려의 명상법보다 또 다른 책 속 유카기르족의 주술사 얘기에 끌리기 시작했습니다.

그 종족은 동물을 흉내 내면 그 동물이 될 수 있다고 믿는 신앙을 갖고 있습니다. 특히, 주술사의 얘기 중 맥락을 바꾼다는 내용은 단숨에 나를 사로잡았습니다. 이를테면, 의자를 보면 앉는다, 단어를 보면 읽는다, 자동적으로 연상되는 맥락에서 벗어나는 일이라고 할까요. 바지를 보면 단지 바지일 뿐이지 않습니까. 그러니까 모든 바지는 맥락이 없는 바지여야 합니다. 가령, 흰 세로줄이 세 개 그려진 운동복 바지를 보아도 바닷물 속에서 본 그 단체복 바지, 어린 학생들이 입고 있던 옷을 연상해서는 안 되었습니다. 알루보물레 스마나 사라의 명상법은 그 점에서 완전한 실패였습니다.

그때부터 나는 고기, 밥, 반찬 등등 그동안 먹어온 것들을 입에 대지 않기로 결심했습니다. 새로운 명상법을 실천하기 위해서입니다. 내가 원한 것은 살아온 방식을 모두 바꾸는 일이었습니다. 그다음에는 그놈을 생각하는 명상을 시작했습니다.

나는 처음부터 그놈을 생각했습니다. 그놈, 자꾸 그놈의 눈빛이 떠올랐기 때문입니다. 변할 수만 있다면 다른 무엇보다 그런 무해한 동물이 되길 원했는지 모릅니다.

딸은 매일매일 조금씩 변해가는 나를 낯설어했습니다. 언제부터인가 가까이 다가오려 하지 않았습니다. 그래도 얼마간 시일이 지난 뒤에는 "아빠가 어떤 모습이라도 계속 사랑해" 말하면서 곁에 다가와 안기더군요. 아무래도 아내가 그렇게 말하라고 교육을 시킨 것 같았습니다.

그날 아침을 절대 잊을 수 없습니다.

이른 새벽부터 나는 수풀 속을 달리고 있습니다. 계곡 사이로 얼음 바위 위를 지나 한 줄기 바람처럼 달리고 있었습니다. 바람의 속도에 몸을 맡기면 천산 만산이 그 속도 속으로 달려 들어오는 것을 느낄 수 있었습니다. 작은 들짐승들이 어둠 속에서 눈을 뜨는 것이 멀리서도 보였습니다. 수풀 속을 무서운 속도로 빠져나가는 공기의 흐름이 느껴지고 핏줄 속으로 회오리가 일어났습니다.

꿈에서 깨고 나서도 한동안 흥분 상태에 놓여 있었습니다. 그건 이전에 경험한 적이 없는 꿈이었기 때문입니다. 물에 잠긴 배 안의 격실을 숨바꼭질하듯이 헤매고 다니는 꿈이 아니라 완전히 새로운 꿈. 깨고 나서도 고요하면서 새벽녘처럼 서늘한 산과 계곡의 기운이 몸속에 고여 있는 느낌이었습니다.

목욕탕 문을 열고 들어섰을 때, 뭔가 조금 달라진 걸 느꼈습니다. 문을 열면 맞은편 벽면에 사각 거울이 붙어 있습니다. 얼굴에서 무릎까지이지만, 전신이 거의 다 보이는 거울이었습니다. 얼굴은 거울 위 끝에서 삼 분의 일 지점에서 정면으로 마주 보게 되어 있습니다. 그때 이상하다고 느낀 것은 거울 속에 보이는 얼굴이 거울의 중간쯤에 있었다는 겁니다. 거울 앞에 바짝 다가가 발뒤꿈치를 치켜들어 올리자 키가 얼추 맞았습니다. 거울 면에 바짝 대고 본 거울 속 사내의 눈알은 약 일 센티 정도 앞으로 불거져 나와 있고 눈자위에는 붉은빛이 감돌고 간이 안 좋은 사람의 얼굴처럼 살결이 검었습니다. 턱 밑에는 거뭇거뭇 수염이 웃자라 꼭 유인원처럼 보였습니다.

이윽고 밀려든 것은 참을 수 없는 배고픔이었습니다. 며칠간 먹은 것이 거의 없다는 것을 깨달았습니다. 비로소 아내를 찾았습니다. 이름을 불렀습니다. 매일 얼굴을 보여주던 아내와 딸이 한동안 보이지 않았다는 것을 그때 알았습니다. 그동안 나는 오로지 훈련에만 집중한 것이었습니다. 밖으로 나가봐야겠다는 생각이 들었습니다. 아내와 딸을 찾아야 했습니다.

오랜 시간 집 밖으로 나가지 않은 탓인지 땅을 딛는 순간 현기증이 났습니다. 햇빛은 유리 조각 파편처럼 살갗을 쿡쿡 찌르는 충격을 주었습니다. 천천히 걷는데도 식은땀이 나고 등이 저절로 굽어지고 어깨와 팔이 자꾸 밑으로 처지기 시작했습니다.

걸어가는 길에 무언가 툭, 발에 걸렸습니다. 길가에 엎드려 있던 검은 물체가 순간 작은 돌멩이처럼 굳어졌습니다. 검은 물체 앞에는 작은 플라스틱 바가지가 놓여 있었습니다. 검은 물체가 돌멩이로 변한 곳은 계단 앞이었고 계단은 지하철역으로 이어져 있었습니다. 아내와 딸이 있는 곳으로 가려면 플랫폼에서 전철을 타고 몇 정거장을 더 갔다는 기억을 떠올렸습니다. 통로 쪽으로 걸어가는데 제복을 입은 남자가 걸어오다가 나를 쳐다보았습니다. 조금 화난 표정이었습니다.

"이봐요. 거기, 여기 있으면 어떡해요? 빨리 나가요. 얼른!"

빗자루로 쓸어내듯 나를 몰아붙이기 시작했습니다. 네 발로 기다시피 계단을 올라왔고 도로에 면한 상가건물 쪽으로 피신해야 했습니다. 상가건물에 붙은 간판들을 올려다보는데 뭔가 이상했습니다. 뭘 잘못 보았나 싶어 눈을 한 번 감았다가 다시 뜨고 보아도 낯선 기호들만 보였습니다. 그것들을 읽을 수가 없었습니다. 유리문 너머로 책들이 진열되어 있는 가게 앞으로 기어간 후 계단 턱에 앉아 새우처럼 몸을 구부렸습니다. 팔과 다리는 아까부터 덜덜 떨리고 있었습니다. 이윽고 떨림의 원인이 뭘 거의 먹지 않고 지낸 탓이라는 것을 깨달았습니다. 그때 눈에 들어온 것은 길바닥에 버려진 종이봉지였는데, 그걸 집어서 봉지 속을 보니 누가 반쯤 먹다 버린 햄버거였습니다. 냄새를 맡아보니 상한 것 같지는 않았습니다. 배가 너무 고팠기에 단숨에 입속에 넣고 몇 번 씹지도 않고 삼켜 버렸습니다.

그러고 나서 얼굴을 들었는데 종종걸음으로 어딘가를 향하여 서둘러 가고 있는 사람들이 보였습니다. 사람들의 입에서 나오는 말소리들이 새들이 지저귀는 소리처럼 들려오더니 위잉, 하고 하늘과 전봇대처럼 솟은 빌딩들이 배가 기울 듯 기우뚱하고 돌았습니다. 그렇게 길바닥에서 잠이 들었습니다. 사람들은 내가 잠을 자거나 죽은 걸로 생각했는지 옆을 지나쳐 가고 있었습니다. 가까이 다가와 흔들어대거나 쫓아내는 사람은 없었습니다.

햇빛이 이제 그만 자라고 나를 깨웠습니다. 몸을 일으켰고 어디든 가야겠다는 마음으로 걸음을 옮기기 시작했습니다.

횡단보도를 건너기 위해 잠시 멈춰 섰을 때였습니다. 신호등은 빨간불이었다가 초록불로 바뀌고, 마치 빠름 단추를 누른 마냥 사람들이 우르르 몰려가고 우르르 몰려왔습니다. 그때 건너편에서 책가방을 멘 고등학교 남학생이 걸어왔습니다. 단발머리 여학생이 뒤따라오는 것이 보였습니다. 두 사람은 친구 사이인지 옆으로 나란히 서서 반말 조의 말을 주고받으며 오고 있었습니다. 누군가 두 사람 뒤에서 후다닥 뛰어오는 소리가 들렸습니다. 고등학생으로 보이는 키 큰 남자아이 하나가 달려오고 있었습니다. 하얀 세로줄이 세 개 그려진 바지를 입은 남자아이였습니다. 그때였습니다. 갑자기 나는 그 아이와 반대 방향으로 달아나기 시작했습니다. 나도 모르게 달리고 있었습니다.

그때 왜 달아났는지 이유를 알 수는 없습니다. 다만 학생이 입은 그 운동복 바지를 보는 순간 피하고 싶었을 뿐입니다. 저만치 정류장 앞에서 버스가 달려와 급정거하는 모습이 보였고 나는 버스를 향해 뛰기 시작했던 겁니다. 열린 출입문 계단을 밟고 재빨리 올라섰습니다. 그렇게 버스 안으로 도망치듯 몸을 싣고 그곳을 빠져나갔습니다.

나를 태운 버스는 낯선 곳으로 달려가고 있었습니다. 버스는 도시를 벗어나고 있었습니다. 한참을 달려가던 버스가 멈춘 곳은 버스들이 줄지어 서 있는 광장이었습니다. 버스는 더 이상 달리지 않을 뿐만 아니라 차 안에 탄 사람들을 모두 내리게 했습니다. 할 수 없이 나도 버스에서 내려야 했습니다.

큰길을 따라 계속 걸었습니다. 새로 지은 건물이 많고 공원처럼 보이는 곳까지 걸어갔습니다. 공원의 입구에는 돌로 된 비석이 있고 아치형의 큰 문이 있었습니다. 문을 지나서 공원 입구의 광장을 지나 더 안쪽으로 걸어 들어갔을 때 중앙에 자리한 가장 큰 건물이 눈에 들어왔습니다. 그 흰색의 건물로 다가간 것은 독특한 건물의 모양새 때문이었습니다. 건물의 중앙계단으로 걸어 올라갔습니다. 안으로 들어가니 양쪽으로 길고 어두운 통로들이 이어지고 있었습니다.

이윽고 한쪽 벽면이 모두 유리관으로 되어 있는 그 방 안으로 들어섰습니다. 유리관 위쪽에 달린 조명등이 꺼져 있어서 그 안에 무엇이 들어 있는지 뚜렷이 보이지 않았습니다. 그래서 유리관 가까이 다가가 본 것입니다.

그때 내가 본 것은 수백 개의 사진 액자들입니다. 그곳은 일종의 묘지였습니다. 어린 고등학생들의 초상화로 가득한 추모관이었습니다. 이윽고 벽에 걸린 어떤 동물의 두상과 눈이 마주쳤습니다. 수풀 속을 뛰어다니던 길고 굵은 다리는 몸통과 함께 잘려 나가고 잿빛 털로 덮인 어깻죽지에서부터 위로 솟은 두 귀와 부릅뜬 두 눈알, 각진 입매가 고정된 얼굴 윤곽 속에서 공중에 떠 있었습니다. 누렇게 변색이 된 이빨들 사이에 검은색 자갈 모양이 눈에 들어왔습니다. 아직 살아 있는 것 같은 시퍼런 두 눈은 한 지점에서 정지된 채였고 생전의 시간은 눈알 속에 응고되어 있었습니다. 내가 헛것을 본 것일까요. 그때, 뒤에서 누군가 나를 불렀습니다. “여보세요, 추모관 문 닫을 시간이에요. 나가 주세요.” 목소리는 나에게 말하고 있었습니다.

뒤돌아 나오는데 몇 발자국도 떼지 않아 눈앞이 깜깜해졌습니다. 그 뒤로는 생각이 나지 않습니다. 눈을 떴을 때는 건물 밖으로 옮겨져 있었습니다.

서늘한 기운을 느끼며 몸을 일으켰을 때는 어느새 밤이 되어 있었습니다. 정신을 잃기 전에 본 동물의 두상을 떠올렸습니다. 허공에 걸린 작은 짐승의 눈과 혀가 눈앞에서 생생했습니다. 나도 모르게 갑자기 옆에 있는 나무를 기어오르기 시작했습니다. 높이가 삼 미터는 돼 보이는 양버즘나무였습니다. 매달릴 수 있는 굵은 나뭇가지를 찾았고 매달렸습니다. 그러나 매달리자마자 나뭇가지는 툭 끊어져 버리는 것이었습니다.

그 후 내가 그곳을 어떻게 벗어났는지 기억이 나지 않습니다. 언뜻언뜻 기억나는 것은 참을 수 없이 배가 고파지면 나무 밑에 수북한 나뭇잎들을 긁어 입안으로 꾸역꾸역 밀어 넣는 내 모습입니다. 그동안의 훈련 탓인지 그런대로 먹을 만했습니다. 배가 부르면, 고치 속에 들어앉은 유충처럼 웅크린 채 잠이 들었습니다. 몇 날 며칠을 그렇게 잠을 잤습니다.

어느 날은 숲 속에서 눈을 떴는데 참 달빛이 환했습니다. 달빛은 나무에 가 부딪치고 바위에 가 부딪치고 산을 돌아

몸속으로 흘러왔습니다. 눈을 뜬 나는 달빛을 받아먹을 듯 입을 벌려 보았습니다. 몸에 나뭇잎들이 가득 덮여 있었습니다. 툭, 밀쳐내자 고치가 벗겨지듯 몸을 덮었던 것들이 허물처럼 떨어져 나갔습니다. 몸속에 남아 있는 기운을 모두 끌어모아 힘을 내 보았습니다. 두 다리와 두 팔이 바닥 위에 똑바로 서는 순간이 있었습니다. 땀을 흘리며 계속 두 팔과 다리에 힘을 준 채 서 있자 차츰 새벽녘의 서늘한 기운이 온몸으로 밀려왔습니다. 어느 때보다도 몸은 가볍고 맑아져 있었습니다. 그때부터는 사람들의 시선을 피해서 숲과 숲으로 이어진, 짐승들이 다니는 길을 이용해 걷고 또 걸었습니다.

어느덧 이 숲까지 이르렀던 것입니다. 그 후로 나는 이 숲에서 살아가게 되었습니다. 한동안은 지낼 만했습니다. 어느 날 그 젊은 부부와 마주치기 전까지는 그랬습니다.

그날은 햇빛이 참 좋았습니다. 걸을 때마다 발밑에서 사각사각 기분 좋은 소리도 나서 이리저리 걸어 다니며 모처럼 일광욕을 했습니다. 그때 "엄마, 저게 뭐야." 아이의 소리가 들리더니 뒤이어 숲 속으로 걸어 들어오는 젊은 부부의 모습이 보였습니다. 그들은 나를 보자마자 구덩이를 피해 빙 둘러 가듯 거리를 두며 방향을 트는 것이었습니다.

젊은 여자의 얼굴에 떠오른 혐오의 빛이 멀리서도 느껴질 정도였습니다. 그들은 아래쪽에 있는 미니 동물원에 구경하러 왔다가 나를 발견한 듯했습니다.

그들이 사라진 후 며칠 지났을 때였습니다. 난데없이 카메라를 들고 있는 사람들이 나타났습니다. 그들은 처음에는 숨어서 나를 찍기 시작했지만 점점 가까이 다가오기 시작했습니다. 몇 가지 질문을 하겠다며 말을 걸어오기도 했습니다.

며칠 후에는 서(署)에서 나왔다며 제복을 입은 사람이 찾아와서 나를 이렇게 불렀습니다.

"이봐요, 고트맨 씨. 여기 있으면 안 돼요. 왜 이곳에 있는 겁니까?"

그러면서 이곳을 떠나라고 했습니다.

그들이 물러난 뒤 한참 뒤에 선생이 왔습니다. 선생은 방송에서 나를 보았다고 말했습니다. 명함을 주면서 사람들의 말을 기록하는 일을 한다고 자신을 소개했습니다. 나의 이름도 알려주었습니다. 선생은 자꾸 기억해 보라고 했습니다. 내가 기억이 나지 않는다고 하자, 뭐든 떠오르는 대로 생각나는 대로 말해 달라고 했습니다. 기억, 또다시, 그 기억을 살려내라고 하면서 말입니다. 하지만 지금까지 한 말이 내가 기억하는 전부입니다.

나는 조용히 이곳에서 살아왔을 뿐입니다. 지금까지 살아오면서 나는 어느 누구에게도 피해를 준 적이 없습니다. 나는 무해한 동물입니다.

2

늦은 저녁을 먹으면서 켜놓은 텔레비전 속에서 다투는 음성이 들려왔다. 아내는 처음부터 그 방송을 보고 있었다.

"저 사람들 대체 왜 싸우는 거야?"

그가 물었을 때, 아내는 앞부분의 방송 내용을 요약해서 들려주었다.

카메라가 비춘 것은 서울 근교 휴양지의 근린 숲이다. 그곳에 가족 단위 여행객을 유치할 목적으로 조성된 관상용 미니 동물원이 있었다. VJ 카메라는 동물원과 인근 숲을 터전으로 살아가는 남자를 며칠 동안 관찰하는 중이었다. 자신을 염소라고 주장하는 남자의 존재는 누군가의 제보를 통해 알려졌다. 여기까지가 아내의 설명이었다. 담당 피디가 도청 사회복지과에 도움을 요청하고 경찰서에도 신원조회를 의뢰하는 과정에서 남자의 신원이 밝혀지는 장면이 이어졌다. 제복 입은 사내가 다가가 설득할 때 남자가 격렬하게 저항하는 장면부터 그는 보았던 것이다. 이윽고 제복 입은 사내는 물러섰고 머리를 흔들며 길을 내려갔다. 한 시간 분량의 방송에서 남자가 등장하는 파트의 방영 분량은 삼십 분이 못 되었다.

방송이 끝나갈 즈음이었다. 불현듯 '페리나미오우에'라는 단어가 귓전에 들려왔다. 남자는 페리나미오우에의 초기 구조 과정에서 선체의 수색, 수습에 자원한 민간 구조자들 중 한 사람이었다는 내레이션이 이어서 들려온 순간이었다. 시각과 청각의 집중은 그때부터 일어났다. 조명 속의 무대처럼 기억의 어느 부분에 환하게 불이 들어오기 시작했다.

3년 전 그가 연구원으로 있는 구술사 학회에서 이백 명의 사람들과 함께 페리나미오우에가 침몰했을 당시 관련자들의 구술 채록작업을 추진한 적이 있다. 그 프로젝트는 얼마 지나지 않아 보류되었는데 신청서를 낸 후 연구비를 지원해 주기로 약속한 기관에서 지원을 취소하겠다고 통보해 왔기 때문이다. 그때 계획대로 추진되었다면 만났을지 모를 사람들의 명단을 그는 한동안 갖고 있었다.

그는 남자의 입을 통해 뭔가 구체적인 사연을 듣고 싶었지만 방송은 정해진 시간이 끝나자 재빨리 광고로 넘어갔고 이윽고 9시 뉴스가 시작되었다. 한동안 서랍 속에 있던 구술 채록 대상 명단에 마음이 머물렀다.

남자를 찾아가 보겠다는 생각으로 길 찾기 검색 서비스 사이트에 들어가 주소지를 입력해 보기도 했다. 하지만 그때마다 가로막은 것은 그날 예정된 발표, 회의, 세미나였다. 그렇게 한 달이 지나가자 어느덧 방송의 잔상은 흐려져 있었다.

논문을 빨리 완성해야 한다는 것은 핑계였다. 사실은 무릎 수술을 위해 시골에서 올라온 장모와 얼마간 불편한 공존을 해야 하는 상황, 이를테면, 장모의 입에서 분명 흘러나올, 박사논문을 쓰면 조만간 교수가 되는 건가? 식의 말을 듣게 될 곤혹감. 이런저런 감정을 내비치는 것보다 그런 이유가 더 합리적이었다. 아내는 오히려 반기는 기색이었다. 인터넷을 뒤져서 비수기 특가로 나온 방을 재빨리 찾아내 예약까지 해주었다.

비수기 할인. 그것이 함정이었는지 모른다. 서울에서부터 한 시간 거리를 달려온 처음 기대와 달리 불청객 같은 소음들이 밀려들며 논문을 마무리할 결심으로 방에 들어앉은 그를 괴롭히기 시작했다. 대낮부터 노랫소리가 들려오기 시작하고 확성기 음향이 벽을 타고 울려오므로 몸을 일으켜 방을 빠져나갔다. 지하층 마트에서 간단한 요깃거리와 음료, 캔맥주를 사는 것을 잊지 않았다.

주차장을 지나 실개천이 흐르는 곳의 무지개다리를 건너면 산책길이었다. 옥산. 그가 머물고 있는 객실 베란다 창 너머로 보이는 그 산으로 난 길이었다. 길을 따라 조금 더 올라가자 애견 놀이터로 꾸며 놓은 작은 공터가 나타났다. 놀이터 위쪽으로 또 다른 언덕이 있고 목책이 빙 둘러 세워져 있다. 목책 안쪽은 작은 마당이 있는 축사. 산양 한 마리, 세 마리의 염소, 다섯 마리의 토끼, 열 마리의 닭이 수용된, 이름만 동물원일 뿐, 동물 우리와 다를 게 없는 곳이었다. 사람의 기척을 느끼고 울타리와 울타리 사이에 들어 있는 동물들이 제각각 울음소리를 내기 시작했다. 동물원 아니 동물 우리를 지나쳐 위쪽으로 더 걸어갔다. 완만하게 이어지던 산길은 비탈길로 바뀌기 시작했다. 나무와 나무 사이 덜 가파른 편편한 땅에 자리를 잡고 캔맥주부터 천천히 비우기 시작했을 때 등 뒤에서 자꾸 무슨 소리가 났다.

소리가 나는 쪽으로 돌아보자 저만치 군락의 나무들 사이에서 희뜩한 빛깔들이 어른거렸다. 도란도란 그들은 모여

서 이동하는 중이다. 무리는 눈에 익은 풍경이지만 그 속에 색다른 퍼즐 조각이 하나 낀 것처럼 기이한 형체가 보였다.

그는 이상한 기시감을 느꼈는데 처음에 떠올린 것은 언젠가 유심히 들여다본 책의 표지 사진이었다. 동물이 되기로 결심한 남자가 염소가 되기 위한 도전을 거듭한 끝에 염소 비슷하게 되어 간다는 이야기를 담고 있는 책이었다. 그 책 표지 사진 속의 사람은 염소 모습과 비슷하게 제작된 의상을 입고 염소 무리에 자연스럽게 섞여 있었는데 잘못 본 것이 아니라면 그가 조금 전에 본 것은 분명 염소가 아니라 염소 비슷한 사람이 맞았다. 그는 몇 걸음 더 다가가 자세히 보았다. 분명 염소들은 남자를 자신들 무리의 일원으로 받아들인 양 내버려 두었고 남자는 그들의 한 무리처럼 자연스러워 보였다. 그의 두 눈은 일곱 마리의 염소와 함께 풀 속에 머리를 박고 엎드린 채, 염소인 양 함께 어울린 사람을 담고 있었다.

책 표지 사진 다음으로 뒤늦게 떠오른 것은 그 예능프로그램 방송이었다. '세상에 이런 희한한 일이' 카메라에 찍힌 남자의 얼굴이 떠올랐다. 설마 남자가 계속 그곳에 살고 있을 것이라고는 생각지 못했다. 방송을 본 것이 4월이니 당연히 방송 이후 다른 곳으로 떠났을 것이라고 여겼던 것이다. 그는 조용히 숨을 죽였다. 이제껏 본 적이 없는 풍경의 관객이 된 느낌이었다. 그의 역할은 계속 고요한 관객이 되는 것이었다. 그게 남자를 위해 할 수 있는 일인 듯 여겨졌다.

다음날 그다음 날에도 계속 숲으로 갔다. 어떻게든 논문을 마무리하고 되돌아오라는 문명의 도시에서 전해져 오는 강력한 제어의 전파보다는 숨은 관객의 노릇에 더 이끌렸다. 때때로 직립한 두 다리와, 두 팔이 무겁게 느껴지는 순간이 있었다. 늘어뜨린 두 팔을 땅 위에 내려놓고 머릿속 가득한 먹물들을 지우고 네발짐승이 되고 싶은 충동이 몸속 깊은 곳에서 솟구쳐 오르지만 하루 한 번은 걸려 오는 아내의 전화는 그를 다시 제자리에 돌려놓곤 하였다.

방에 되돌아와서 창 너머로 옥산을 바라보다가 그는 또다시 서랍 속의 명단을 떠올리기 시작했다. 대학원에서 그의 전공영역은 사회사와 구술사로 확장되어 있었는데 새롭게 도전한 연구 방법은 난관에 부딪히곤 했다. 기존의 연구와 문헌, 자료들은 늘 빈곤했다. 가장 힘든 것은 구술자들을 찾아내는 일이었다. 전화 접촉 과정에서의 거절, 간신히 구술 허락을 받고 집까지 찾아간 상황에서 구술자가 마음을 바꿔 면담이 좌절되는 것은 흔한 일이었다. 필요한 대화의 기회를 놓친 경우는 더 많았다. 숲 속의 남자는 오래전에 만났어야 할 구술자 중 하나였다. 결국 그는 관객의 위치에서 벗어나 다가가기로 했다.

풍경 속에서 밖으로 나온 남자는 좀처럼 어떻게 그곳에 오게 되었는지 기억해 내지 못했다. 이미 많은 기억을 잃은 상태였다. 좀처럼 말을 잇지 못했다. 그가 가져간 한병의 소주를 다 비우고 한참 뜸을 들인 후에 얼마간 기억의 일부가 남자의 입술을 벌리고 흘러나왔다.

3

태풍이 몰려오는 계절이었다. 텔레비전을 켜자마자 '오키나와를 휩쓴 초강력 태풍이 시속 30km 속도로 북상 중' 속보 자막이 나타났다. 나무가 부러질 듯 휘청이고 건물 구조물이 뿌리째 뽑힌 가로수와 함께 거리에 나동그라지는 장면이 뉴스 첫 화면으로 이어졌다. 유리창을 깨뜨릴 정도로 위협적이라고 알려진 태풍의 진행 방향은 시시각각 보도되기 시작했다. 태풍 루사 때처럼 베란다 유리창에 신문지를 붙이는 사람들의 모습이 중계되었다. 태풍이 중부 내륙에서 동해 해상으로 빠져나가 버렸다는 뉴스가 전해졌을 때 그는 안도했다. 이윽고 부동산 가격의 이상 폭등 현상 뉴스가 채널마다 뒤덮기 시작하자 태풍은 금세 잊혔다. 뒤이어 화덕처럼 뜨거운 열기가 닥쳐왔다.

그는 내비게이션에 옥산 주소를 입력하고 차를 몰았다. 태풍 예고 때부터 걱정이 되었지만 논문을 제출하고 심사를 받는 일정으로 그는 너무 늦게 남자를 다시 찾아가고 있었다.

산책로 입구는 폐쇄되어 있었다. '태풍의 영향으로 산책로와 곰바위 쪽 통행을 일시 중단합니다.' 입구에 안내문이 붙여져 있다.

숲에서 걸어 나오는 인부에게 미니 동물원에 있던 동물들과 그곳에 함께 있던 남자의 행방에 대해 물어보았다. 태풍의 영향으로 지붕이 파손되는 손실이 있었고 동물들은 그때 다른 곳으로 옮겼다는 것이다. 남자는 동물원이 폐쇄되기 전에 사라져서 나타나지 않는다고 했다.

숲을 되돌아 나와야 했다. 차를 주차해 둔 곳으로 천천히 걸어가고 있을 때였다. 등 뒤에서 익숙한 울음소리가 들렸다. 뒤를 돌아보자 검은 염소 한 마리가 서 있다. 예전에 본 그 숲의 무리에서는 볼 수 없었던 새로운 종이었다.

그는 조심스레 눈앞의 짐승에게로 다가갔다. 셀룰로이드

로 만든 구슬 같은 눈을 가진 염소였다. 그것은 어떤 기억도 담고 있지 않는 눈으로 그를 바라보았다. 이윽고 염소는 그의 앞을 가로질러 폐쇄된 산책로를 넘어갔다. 검은 염소가 숲속으로 사라져 보이지 않을 때까지 그는 눈을 떼지 않고 조용히 바라보며 한동안 서 있었다.

해역의 어부는 초록색으로 널찍하게 펼쳐진 해면에서 반짝반짝 빛나는 한 덩어리의 물결을 보았다. 잔물결 같기도 하고 커다란 물고기가 수면 위로 파도 사이로 등지느러미를 드러낸 채 헤엄쳐 가는 형상인 듯도 싶었다. 바다에서 빛이 날뛸 때가 있지만 그것과는 전혀 다른 빛깔이었다. 그렇게 두 마리의 커다란 물고기가 황금빛의 물결이 흘러가다가 수평선 너머로 점점 멀어져 가는 것을 보았다.

첫, 여행

첫, 여행

HABLEANY. 선상 지붕에 적힌 배의 이름은 헝가리어로 인어, 라는 뜻이다.

선상에서 선미까지의 길이가 삼십 미터가 채 안 되는 배는 커다란 크루즈선 틈에서 어른들 가운데 선 조그마한 어린아이처럼 보였다. 유람선은 밤 8시가 조금 못 된 시각에 부두에서 출항했다.

손을 맞잡은 다정한 모습으로 함께 배에 오른 노인 부부는 그녀에게 딸이 선물한 여행이라고 말했다. 선상 갑판에서 야경을 배경으로 서서 부부 샷을 찍어달라고 부탁했을 때 그녀는 각도를 달리하여 여러 장 찍어주었다. 두 분이 참 닮으셨어요, 말을 건넸다. 이윽고 그녀는 노부부에게 소미를 보여주었다. 곱네. 여자 노인이 말했다. 딸은 같이 안 왔어요? 그녀에게 물었다. 아, 요즘 젊은 애들이 누가 부모랑 와? 친구들이랑 다니겠지. 남자 노인이 옆에서 간섭했다. 그녀는 별다른 대꾸를 하지 않았다. 유람선 지붕 쪽에서 흘러나오는 왈츠곡이 찰칵찰칵, 등 뒤에서 사진을 찍는 여행자들의 카메라 셔터 소리와 뒤섞여 들려왔다. 나, 괴로움에 허덕이는 그대를 보았노라. 나, 젊고도 향기로운 그대를 보았노라. 마치 광맥에서 빛을 발하는 황금과도 같이. 거기에 진실은 자란다. 왈츠는 그런 내용의 시를 곡으로 만든 것이다. 노인 부부 옆에는 함께 여행 온 세 명의 여자 고등학교 동창생들이 꼭 다투는 듯이 저마다 큰 목소리를 내고 있었다. 그들이 내는 목소리와 엉킨 왈츠는 귀에 익숙한 음률임에도 불협화음처럼 들려왔다. 그들은 모두 6개국 패키지여행 상품을 구입한 단체 여행객들이었다. 이런 유람에서 고요한 감상이란 불가능하고 오로지 기념의 행위만 존재한다는 것을 그녀는 새삼 확인했다. 눈앞에서 풍경들은 흘러갔다. 스크린 위에 영사되는 빛 그림처럼 그녀의 눈을 스쳐 간 아름다운 풍경들은 어느 도시에서 찍었는지 구별되지 않은 채 작은 폴더 안에 저장되어 있었다. 찍은 날짜를 확인해야 시간과 장소를 구별할 수 있는 이미지들이었다.

두 번째 교량에 다다른 지점에서 배는 회항했다. 하선 전에 조금이라도 더 야경을 담기 위해, 갑판 위의 사람들이 부산스러워졌다. 처음 출발했던 부두로 배가 천천히 다가가기 시작했다. 교량의 교각이 화면 속에 들어오게 구도를 잡고 그녀는 야경을 사진 속에 담았다. 그녀는 셀카 사진을 찍지 않았으므로 여행을 시작한 후 그녀가 찍은 사진들은 대부분 인물 없이 풍경만 담은 사진들이다. 그녀는 셀카봉이 고장 났다며 사진을 찍어달라고 부탁하는 남매의 사진도 찍어주었다. 구도를 잡고 한 장을 찍고 자세를 바꾼 후 또 한 장을 찍었다. 그때 등 뒤쪽에서 낯선 기척이 느껴졌다. 그녀의 고개가 외로 돌아갔다. 유람선 쪽으로 빠르게 다가오는 크루즈선이 보였다.

*

그 여행 계획을 처음 세운 것은 소미였다. 일곱 개의 도시를 거쳐 모로코에 도착하면 카사블랑카를 거쳐, 모로코의 심장이라고 불리는 마라케시를 지나갈 것이다. 미니버스를 타고 아틀라스산맥을 넘어 므하미드로 갈 것이다……. 딸의 글씨로 가득한 작은 노트는 그녀의 손때가 타서 종이 면이 너덜너덜해졌다. 여행 커뮤니티에서 딸은 물고기라는 이름으로 활동했다. 이사할 때를 빼고는 도시 밖으로 나가본 적이 없는 그녀는 여행 커뮤니티의 회원 수가 2백만 명이 넘는 것에 놀랐다.

이백 명이 아니고 이백만 명이 넘는다고?

그녀는 믿을 수 없어서 낯선 여행지를 찾아가듯 회원들이 올린 글들로 가득한 게시판을 탐색했다. 그중에 물고기 이름으로 올라온 글이 있나 찾아보다가 여행지에서의 교통편과 숙소, 할인쿠폰, 여행자보험 가격 비교, 쇼핑 경비, 근교 여행지 추천 글까지 읽어보곤 하였다. 그런 커뮤니티 말고도 방송에는 여행 프로그램이 꽤 많았는데 채널마다 고정된 여행 관련 프로그램이 있었다. 비행기나 배를 타고 낯선 나라에 도착해서 도시를 구경하고 그 도시에서만 맛볼 수 있는 음식을 먹는 사람들이 채널만 돌리면 등장했다. 그중에 자유로운 배낭여행자들이 등장하는 여행 프로그램은 월요일부터 금요일까지 저녁 식사할 무렵 방송되는데, 그녀가 L시에 살 때는 늘 퇴근이 늦어서 그 방송을 볼 여유가 없었다. 이사 온 후에는 비교적 퇴근이 빨랐고 저녁 시간

시청이 가능했다. 텔레비전 앞에서 늦은 저녁을 먹는 그녀의 눈앞에서 여행자들은 가벼운 백팩 차림에 낯선 나라의 길을 거침없이 걷고 외국인들과 만나도 통역을 매개하지 않고 자유롭게 대화를 나누었다. 그걸 보고 잠이 들면 그녀는 꿈속에서 여행자가 되어 있었다. 카메라를 들고 낯선 도시의 거리를 걸어가고 유람선을 타고 야경을 보고 그 도시에서만 있는 맛집에 들어가 그 나라의 고유한 음식을 맛보았다.

*

새로 이사한 동네에서 그녀는 박물관에서 일했다. 박물관은 도심 공원 내 원래 조각공원이 있는 자리에 새로 지어졌는데 1년간의 준비 기간을 거쳐 정식 개관을 하는 시점에서 직원을 모집하는 공고를 냈다. L시에서의 경력이 박물관의 미화직에 채용되는데 큰 도움이 되었다.

L시에서는 주로 지은 지 오래된 건물에서 일했다. 낡은 건물의 1층에서 5층까지 종일 오르내리며 계단을 닦는 일이 주된 일이었다. 박물관은 직원들을 위한 체력단련실과 휴게실과 직원 식당까지 갖춘 최신식 시설을 갖추고 있어

서 그녀는 새로운 근무 환경에 만족했다. 그녀가 건물 안에서 가장 애착을 느끼는 공간은 자신의 작업 도구가 있는 전용공간이었다. 한 사람이 들어가 서 있을 만한 공간에 세면대와 새로 구입한 링어가 구비되어 있고 리필용 휴지를 보관할 수 있는 선반 옆으로 벽면에 쓰레받기와 빗자루, 고무장갑을 걸을 수 있게, 여러 개의 빨래집게가 달린 옷걸이를 걸 수 있게 나란히 못을 박아 놓았다. 그곳은 오로지 그녀만을 위해 존재하는 공간이었다. 벽면에 걸린 대바구니에 그녀의 칫솔과 수건이 늘 따로 꽂혀 있었다.

한 달쯤 시간이 흘렀을 때 그녀는 박물관의 전시물들에 비로소 눈이 갔다. 전시물 중 가장 특이한 것은 주차장으로 가는 구역과 교육실과 자료실이 있는 관리동 구역 사이에 있다.

거벽이 상설 전시물이라니!

아랫변 43미터, 윗변 13미터에 높이가 11미터 크기의 벽을 처음 마주했을 때 그녀는 입이 벌어졌다. 그 벽은 인근 유적지에서 발굴된, 오래된 토성을 전사해서 실내에 설치한 것이다. 거벽이 있는 통로에는 벽을 따라 전시용 유리관들이 나란히 놓였다. 그녀는 이동할 때마다 거벽과 유리관 사이를 지나가며 담벼락 같은 거벽을 바라보고 유리관에 눈을 주었다. 땅속에 깊이 묻혀 있다가 세상으로 나온 것들, 암키와 조각, 경질민무늬바리, 계란 모양 토기, 단지 조각, 사발 조각, 뚜껑 조각들이 유리관 속에 조각조각 놓인 모습을 바라보았다. 그걸 보면서 아주 오래전에 그것을 사용한 사람들을 떠올렸다. 흙으로 빚은 그릇에 음식을 담아 먹고, 일하고 사랑하고 아이를 낳고 이별도 했을 사람들을. 그것들은 한 번도 보지 못한 부모를 떠올리게 했다. 그녀를 낳은 부모는 미성년자일 때 그녀를 낳았고, 낳은 즉시 양육을 포기하고 아기인 그녀를 버림받은 아기들을 받아주는 목사의 집으로 보냈다.

그녀는 1층과 2층의 전시실에도 올라갔다. 전시실 출구 쪽에 집채처럼 커다란 옹관묘 앞에는 오래 머물렀다. 큰 항아리처럼 생긴 옹관은 한 사람의 생애란 태어나서 마지막엔 저 옹관 속으로 들어가는 일이라는 생각이 들게 했다. 그녀는 옹관이 있는 박물관이 거대한 무덤처럼 여겨졌다.

그녀는 지하층의 안쪽 통로로 들어가 보았다. 그곳은 관리 사무실이 있는 곳이었다. 사무실 옆에는 자료실도 있었다. 입구 데스크에 젊은 여자 사서 둘이 앉아 있었다. 그들은 유물과학과와 전시기획과 소속 박물관 직원들이 자료 요청을 할 때 소장 자료를 찾아주고 대출 반납을 처리하고 새로 입고된 도서들과 보존서고의 개인 기증 도서를 분류하고 정리해서 목록으로 작성하는 일을 하는 사람들이었다. 일반인도 이용할 수 있어서 안으로 들어갔다.

그녀는 도록과 도감으로 채워진 서가들을 구경했다. 서고에 가까운 그 자료실에는 네 개의 열로 나란히 놓인 책장마다 책이 가득했고 그중에는 그녀가 볼만한 책도 있지만 일반인에게는 관외 대출이 금지되어 있고 이용 시간 내에서만 볼 수 있었다. 오전 오후 교대로 와 머무는 자원봉사자를 제외하면 논문을 쓰기 위해 머물다 가는 연구자가 앉아 있는 조용한 곳이라는 점이 맘에 들어서 그녀는 일이 끝나면 종종 그곳에 들렀다. 얼마 지나지 않아 그녀는 자료실엔 더 이상 가지 않았다. 사서들이 자신을 쳐다보며 귓속말하는 것이 신경이 쓰였을 뿐만 아니라 무엇보다 그 자료실보다 더 좋은 장소를 발견했기 때문이다.

일을 끝내고 작업복을 벗은 후 건물을 나오면 곧장 집으로 퇴근했지만, 그날은 달랐다. 길은 두 갈래로 갈라졌다. 왼쪽 길은 지하철역으로 가는 방향이고 오른쪽 길은 공원 안쪽으로 향하는 길이었다. 봄날이었다. 양쪽으로 늘어선 벚나무에 벚꽃이 만개해서 연분홍 꽃잎들이 색종이처럼 흩날리고 있었다. 그녀는 진한 벚꽃 향기에 이끌렸다. 그 길에서 아이의 손을 잡고 앞서 걸어가던 젊은 여자를 보았을 때 그들을 따라 걸었다. 여자와 아이가 걸어간 오솔길 끝에서 건물 속으로 들어갈 때도 따라 들어갔다. 들어서자마자 잔잔한 피아노 음악이 들려왔다. 무덤 속처럼 고요하고 조명도 어두침침하게 느껴지는 박물관과 달리 조명이 밝고 북카페 식으로 꾸며 놓은 그 건물은 작은 도서관이었다. 그녀는 폐관 시간이 될 때까지 그곳에 머물렀다.

그림책이 많은 도서관이었다. 그녀는 딸이 자란 후에는 그림책 동화책을 전혀 보지 않았다는 것을 떠올렸다. 요즘엔 정말 책을 예쁘게 만들어내는구나. 책이 참 많구나. 표지도 다양하고 멋지군, 그림만 보아도 좋겠다 싶을 만큼 표지가 예쁜 책들이 가득했다. 그녀를 첫눈에 사로잡은 책은 큐레이션 서가에서 발견되었다.

처음엔 멀리서 검은 나뭇잎이 도드라졌다. 그다음에 달이 그려진 검푸른 하늘이 보였다. 검은 나뭇잎들 사이에 작은 올빼미들과 기어가는 작은 뱀, 숨어 있는 검은 고릴라의 눈이 보였다. 그녀는 그림책을 집어 들었다. 코끼리와 매와 낙타와 뱀과 거북이와 토끼와 사슴, 늑대와 기러기가 그려져 있고 한 면에 단 한 개의 문장이 들어가 있는 그림책이었다. 그녀는 처음에 앞에서부터 뒤까지 글과 그림을 넘겨

본 후, 처음부터 다시 보기 시작했다.

삶은 아주 작은 것에서 시작됩니다.

책에는 이 한 문장으로 시작되어 스물다섯 개의 문장이 이어졌다.

그녀의 마음에 들어온 것은, *산다는 게 늘 쉽지는 않습니다, 가끔은 길을 잃지요, 하지만 아무리 어렵고 힘든 시간도 언젠가는 지나갑니다, 그리고 새로운 길이 열립니다.* 이런 말들이 아니다.

그러니 매일 아침 부푼 마음으로 눈을 뜨세요.

그 문장이었다.

매일 부푼 마음으로 눈을 뜬다. 딸의 노트에도 그런 구절이 있었다. 매일 부푼 마음으로 딸의 눈을 뜨게 만든 버킷이 있다. 딸의 꿈은 지구를 오십 바퀴나 돌며 여행했다는 여자 여행가처럼 살아가는 것이었다. 엄마와 함께 유럽 가기. 딸의 노트에 적힌 버킷리스트 중의 하나였다. 딸은 자유로운 영혼을 지닌 아빠 쪽을 더 닮은 것 같았다. 곡을 만들고 노래하고 거리공연을 하고 여행을 자주 다니는 남자였다. 먼저 연락해 오기 전에는 그녀가 먼저 연락할 방법이 없는 머나먼 곳에 가 있곤 했다. 딸에게 사고가 났을 때도 그에게는 연락조차 닿지 않았다

이제 그녀는 퇴근하면 집이 아니라 숲속 도서관으로 향했다. 오후의 햇살이 비추는 길을 걸어가면 길가의 나무들이 봄에는 무채색에서 연둣빛으로 바뀌어 가고 여름이면 초록빛으로 무성하게 우거졌다가 가을이면 단풍색으로 바뀌어 갔다. 그 길은 딸과 주말마다 산책하던 길을 떠올리게 했다. 그녀가 도서관에서 주로 열람하는 책들은 여행서들이었다. '엔조이 유럽' '프렌즈 유럽'과 같은 제목을 가진 여행안내 책자는 두껍고, 그 안에 적힌 정보는 상세했다. 그녀는 매달 여행 적금을 붓기 시작했다. 그녀는 매일 부푼 마음으로 눈을 뜨려고 애썼다.

매일 도서관에 오는 그녀와 인사를 나누며 친밀해진 젊은 사서가 가까이 와 펼쳐 놓은 책들을 들여다보았다.

여행 가세요? 그녀에게 물었다. 언젠가 갈 거예요. 그녀는 작은 목소리로 대꾸했다.

그러자 젊은 사서는 몇 가지 주의사항을 알려주었다. 초특가 여행 상품으로 동남아 여행 갔다가 옵션을 강요당했다고, 가이드를 잘 못 만나서 마음고생한 일을 그녀에게 소근소근 털어놓았다. 마사지를 하루 두 번이나 받고, 쇼핑하는 데만 여러 군데 간 일과, 뉴질랜드에 갔는데 버스 타고 아홉 시간이나 달려 가서 겨우 작은 호수 하나만 보고 온 이야기를 하던 끝에, 유럽은 여름에는 가지 마세요. 너무 힘들어요, 덧붙였다. 그 말을 들으며 그녀는 말없이 고개를 끄덕였을 뿐이다.

그날은 생각보다 빨리 왔다. 단기 계약직인 경우 3번까지만 계약 재갱신이 이루어지는 규정에 의해서 그녀는 해고 통지를 받았다. 그녀는 만기가 아직 안 된 여행 적금을 해지하고 여행사를 찾아갔다.

*

밤 7시 15분. 비행기가 이륙했다. 전속력으로 달리다가 동체가 어느 순간에 지표면에서 몸을 떼고 날아올랐을 때였다. 그녀는 공중부양이라는 네 글자가 떠올랐다. 언젠가 본 외국 영화의 주인공이 공중부양과 함께 감쪽같이 또 다른 장소로 이동하는 장면을 떠올렸다. 그러나 영화와 달리 순간이동이 아니라 지루하고도 기나긴 이동이 이어졌다. 도시가 오렌지 불빛의 점묘화를 이루다가 점점 멀어져 가면서 비행고도가 높아졌다. 비행기는 서쪽을 향해 날아가다가 도착하는 곳에 가까워지자 철렁철렁 지상으로 떨어져 내렸다.

히드로 공항에서 비행기를 갈아타야 했을 때, 그녀는 게이트를 찾아가는 데 어려움을 느꼈다. 여행지와 경로를 탐색하는 일보다 그런 낯선 상황과의 직면이 더 커다랗게 다가왔다. 그런 일은 번역 앱이나 자유 여행사에서 제공한 책자 한 권 분량의 경로 안내서, 팸플릿으로 해결될 수 있는 차원이 아니었다. 여행을 자주 하는 사람들은 익숙한 일이겠지만, 환전부터 시작해서 비행기를 갈아타는 일, 입국심사대를 통과하는 일이 그녀에겐 모두 도전이고 모험이었다.

숙소는 공항 근처에 있었다. 간신히 체크인을 마친 후에 샤워도 하지 않고 침대에 쓰러져 죽은 듯이 잠이 들었다가, 아침에 낯선 호텔의 객실에서 눈을 뜬 그녀는 잠시 어리둥절했다. 가이드가 없는 여행이란 자유로운 여행이 아니라, 매우 불편한 모험임을 깨닫는 데는 하루가 걸리지 않았다. 그러나 이제와서 되돌아갈 수는 없었다.

비의 도시, 돔 모양의 지하철 지붕이 있는 도시, 어릿광대 복장을 한 사람들이 다가와 사진을 찍고 손가락 다섯 개를 모두 펼치고 돈을 달라고 하는 도시, 수로의 도시. 그녀는 네 개의 도시를 지나왔다. 수로의 도시에선 운하 위를 곤돌라들이 떠다녔다. 크레파스로 그려진 듯한 섬 사이로 꼭 동화 속 등잔처럼 보이는 바다 등대들이 줄지어 서 있었다.

그녀는 다섯 번째 도시에 도착했다.

낡고 오랜 건물들이 가득한 도시였다. 어느 방향으로 가도 칙칙하고 우울한 채색의 건물들이 시야를 가로막았다. 거리마다 담벼락을 따라 홈리스들이 기대어 앉아 있었다. 그중에 헝클어진 장발 머리의 사내의 눈길과 마주쳤다. 그녀는 그 눈길에서 벗어나기 위해 뛰듯이 빠르게 걸었다. 곧 그 블록을 벗어났다.

트램이 다니는 큰길을 따라서 가자, 황금색 첨탑이 보였다. 특이한 모양의 첨탑과 원색의 모자이크 지붕을 보자 그 성당이 여행 안내서에 언급된 유명한 성당이라는 것을 떠올렸다. 성당에 다가갔을 때, 입구에서 입장권을 사야 한다는 것을 알고 그녀는 당황했다. 다른 도시의 성당에서는 돈을 주고 들어간 일이 없었다. 미사 중에 들어가도 제지하지 않았다. 건물 내부로 들어가지 않고 성당 안쪽 묘지만 둘러보고 나오기도 했다. 그녀는 지갑 안에서 환전해 온 유로화를 꺼내어 건네었고 책갈피처럼 생긴 조그마한 입장권과 함께 동전을 거슬러 받았다. 성당 안으로 들어섰다. 성당 내부는 스탠드 글라스와 프레스코 벽화로 장식되어 있고 역대 사제들이 입었던 의상, 교회 장식품, 십자가 등이 장

미창 아래 벽면을 따라 유리관 안에 전시되어 있었다. 화살표를 따라가며 갤러리를 구경하듯 전시물에 눈을 주었다. 걸어가는 도중 눈의 조리개가 차차 열렸다. 벽에 걸린 십자가며, 구석에 자리한 작은 기도 공간들의 윤곽이 드러났다. 흐릿한 조명 아래 성모상이 있고 성모상 아래 한 사람이 기도를 올리기 좋을 만큼의 면적으로 작은 제단들이 만들어져 있었다. 그녀는 거기에 이끌렸다.

그녀는 제단 앞에서 기도를 시작했다. 눈을 감고 있다가 떴는데 여전히 눈을 감은 것처럼 앞이 침침했다. 소량의 빛이 조명을 대신해 주는 성당 내부의 낮은 조도 탓에 그녀는 눈앞이 점점 껌껌해지는 기분이 들었다. 그러자 또다시 지하 계단을 끝도 없이 걸어 내려가는 느낌에 빠져들기 시작했다. 그건 익숙한 감정이었다. 넘어질 듯 위태로워서 잔뜩 긴장하며 벽을 손으로 더듬으며 조심조심 계단을 내려가고 있다. 내려가다가 발밑 계단 참에 놓인 작은 항아리를 발견한다. 검은 항아리 앞에 무릎을 조아리고 마주 앉는다. 항아리 안에 무엇이 있나, 손을 넣어 보았을때 손에 잡히는 물체는 차갑고 축축했다. 그녀는 항아리 모양의 옹관 속에 들어가 누운 꿈을 꾼 적도 있다. 옹관 속에서 그녀는 병 속에 담긴 태아처럼 조그맣고, 말라비틀어진 뼈처럼 연약해져 있었다. 그녀는 꿈의 내용을 의사에게 자세히 묘사했다. 의사는 취침 전에 먹는 약을 처방해 주었다. 그 약을 먹고도 그녀가 잠을 이루지 못하자 또 약을 바꿔주었다. 나중에 의사는 그녀의 입에서 흘러나오는 여러 개의 꿈 얘기를 듣다 말고, 간단히 줄여서 말해 달라고 중간에 끊기도 했다. 그녀는 그 병원은 다시 가지 않았다.

그녀는 성당을 나왔다. 소형 유람선 정박지 근처에 있는 음식점 거리를 찾아냈다. 그중에 한 식당에 들어갔다. 주문을 받으러 온 이가 가져온 메뉴판을 들여다보다가 크고 동그란 빵의 가운데를 모두 파내고 안에 수프를 담아 놓은 요리 사진을 가리켰다. 이윽고 손톱이 긴 여자가 요이 트바이어트, 라는 말과 함께 주방에서 들고 온 접시를 널따란 탁자 위에 내려놓았다.

그녀는 해가 지기를 기다리며, 아직 환한 거리를 걸어다녔다.

그녀가 유람선을 탈 생각을 한 것은 여행 게시판에 오른 글을 보았기 때문이다. 이 항구도시에서 야경을 보지 않는다면, 당신은 아무것도 보지 못하고 가는 것이다. 그 글이 떠오르자 그녀는 이곳에 다시 올 수 있을 것 같지 않았다.

그녀는 선착장에 도착한 후 유람선을 기다렸다.

*

쿵. 쿵. 그녀는 두 번의 소리를 들었다. 소리는 거대한 진동음처럼 그녀의 몸을 강하게 뒤흔들었다. 둔중한 쇠의 울림이었다.

그녀는 갑판 위에서 사진을 찍던 남매와 고등학교 동창생 여자들과 손을 꼭 잡고 배에 오르던 노인 부부와 함께 바다 위로 떨어져 내렸다. 갑판 위에서 내려다볼 때, 고요한 여인 같은 강이었다. 물속으로 들어간 순간, 고요한 여인은 금속성 트림 소리를 내며 거대한 맹수로 변해가기 시작했다. 여행자들을 태우고 회항 중이던 작은 유람선은 물속에서 끼익 끼익 비명을 질러대기 시작했고 여러 번 회전했다. 거친 물의 소용돌이를 만들어냈다. 그녀가 고개를 돌려 배를 목격하고 기울어진 배와 함께 바다 위로 쏟아져 내리기까지 걸린 시간은 7초 남짓이었다.

그녀에게 생존수영을 가르쳐 준 강사는 수업 시간에 몇 개의 자료를 보여준 적이 있다. 배의 침몰이 임박한 경우 개인이 탈출하는 방법을 알려주는 자료였다.

개인 부양 장치, 즉 구명조끼를 착용하고 가장 짧은 경로로 빠르게 밖으로 나가라. 빠르게 밖으로 나가는 것이 중요하지만 위험하지 않게 나가는 것은 더 중요하다.

배의 복도에 있는 핸드레일, 파이프, 갈고리, 빛을 이용하라.

구명보트에 타라.

구조를 기다려라.

그런 게 다 무슨 쓸모가 있담. 물속에 떨어지는 순간 머릿속에 떠오른 것에 비상 탈출법도 있었지만, 그녀는 침몰하는 배와 함께 바다 위로 쏟아지는 순간, 겨우 한 마디를 외쳤을 뿐이다. 악! 그녀의 입에서 흘러나온 외침은 누구에게도 가 닿지 않는 소리, 물속에 빠진 한 마리의 곤충이 내는 무음에 가까운 소리였다.

모든 것이 고요해져 버렸다. 바닷물은 이따금 요동치고 쿵쿵거리는 천둥소리를 냈는데, 그 안에 아직 살아 있는 것들이 빠져나오려고 두드려대는 소리 같았다. 소용돌이 속에서 튀어나온 오십 센티미터 길이의 붉은 고무통 하나가 부표처럼 떠 있었다. 그게 구명줄이 되었다. 잠들면 의식이 떨어지니 최대한 잠이 들지 말아야 해. 누군가 속삭였다. 소미의 목소리였다. 그녀는 딸이 살아 있을 가능성을 늘 생각하고 있었으므로 딸의 목소리를 듣자마자 정신이 번쩍

들었다.

*

그녀가 아직 박물관에서 일하고 있을 때였다. 실종자 가족 대표가 전화를 걸어왔다. 실종자 가족 대표는 그녀의 근황을 물어보고 나서 한 가지 사실을 알려주었다.

보통 실종자의 경우는 오 년은 지나야 사망선고를 받을 수 있고, 그 사망선고도 법원의 재판을 받아야 가능하대요. 그러나 우리의 경우는 위난을 당한 상태의 실종, 특별 실종에 해당한다고 하네요. 일 년 동안 생사가 불분명할 때는 실종신고로서도 사망한 것으로 간주한대요.

그녀는 실종된 후 사망했다고 신고한 이후 제사까지 지내던 이가 뒤늦게 나타나 가족과 상봉했다는 신문 기사를 스크랩해 놓고 꺼내어 읽어보곤 했다. 어린 학생들이 남쪽 바다로 향하는 배를 탔다가 침몰과 함께 실종되었을 때 수색 대원들은 학생들을 찾아내었지만, 마지막까지 발견되지 못한 승선자들이 있다. 그중에 그녀의 딸도 있었다. 그러나 발견되지 못했을 뿐 어딘가로 흘러가서 해안가에서 구조되었을 가능성은 아직 있었다. 그녀는 계속 기다렸다. 언젠가 생존 소식이 오기를 기다리고 또 기다렸다.

그녀는 통로를 이동하던 중에 늘 보던 거벽에 난 작은 틈새를 발견했었다. 예전에는 못 보던 것이었다. 그녀는 벽에 가까이 다가가서 까치발을 하고 그 틈을 보려고 애썼다. 오랜 시간 쌓여 단단한 퇴적층을 이룬 벽면에서 단층과 단층 사이에 균열 같은 틈이 생겨난 것처럼 보였다. 그 틈 사이에 밖에서는 잘 보이지 않는 것이 숨어 있는 것만 같았다.

그녀가 흐릿한 눈을 떴을 때 눈앞에 나타난 것은 박물관에서 매일 보던 벽이었다. 벽은 천천히 그녀 쪽으로 다가오고 있었다. 곡선 모양의 단층면이 보일 정도로 눈앞에 바짝 가까워졌다. 가까워진 벽의 갈라진 틈 안쪽에 있던 것이 드러나 보였다. 나무뿌리와는 다른 형체였다. 그녀의 두 팔이 길게 뻗은 나뭇가지처럼 벽을 향해 뻗어나갔다. 문고리를 붙잡듯이 벽 속에 틀어박힌 불룩한 그것을 움켜쥐었다. 그것은 사람의 손가락처럼 보였다. 틈새에 박혀 있던 것이 그녀의 손에 이끌려 밖으로 모습을 드러냈다. 단단히 틀어박혔던 것이 그녀의 손에 이끌려 밖으로 서서히 빠져나왔다. 그녀는 두 팔을 벌린 상태로 덩어리를 받아냈다. 그녀는 벽에서 흘러나온 작은 덩어리를 부둥켜안았다. 그녀는 구조헬기가 내는 소리를 들었다. 작은 소리는 점점 크게 들려왔다가 점점 작아졌다. 분명 자신을 찾으러 다니고 있는 헬기였다. 그녀는 품에 안은 것을 놓치지 않기 위해 단단히 더 끌어안고 천천히 바다를 향해 흘러가기 시작했다.

*

해역의 어부는 초록색으로 널찍하게 펼쳐진 해면에서 반짝반짝 빛나는 한 덩어리의 물결을 보았다. 잔물결 같기도 하고 커다란 물고기가 수면 위로 파도 사이로 등지느러미를 드러낸 채 헤엄쳐 가는 형상인 듯도 싶었다. 바다에서 빛이 날뛸 때가 있지만 그것과는 전혀 다른 빛깔이었다. 그렇게 두 마리의 커다란 물고기가 황금빛의 물결이 흘러가다가 수평선 너머로 점점 멀어져 가는 것을 보았다.

*소설에서 흘림체 부분은 그림책, 『삶』(신시아 라일런트 글, 브렌덴 웬젤 그림, 순영 옮김, 북극 출판사)에서 인용한 것이다.

「염소」에서 세월호 학생들의 죽음, 「첫, 여행」에서 유람선 침몰로 죽은 딸, 「루나 이클립스」에서 용산 참사로 죽은 안나, 「그늘진 자리」에서 아이의 죽음, 모두 예기치 못한 죽음이다. 그들의 육신은 젊다 못해 어렸으며, 부푼 생의 꿈을 간직한 소년소녀들이다. 무고한 죽음들은 살아있는 사람들의 삶에 치명적인 상처를 남긴다.

살려줘. 살려주세요. 살려줘. 살려주세요.

소리는 점점 커졌다가 점점 잦아들었다.

루나 이클립스

루나 이클립스

단 두 마디로 구성되며 4분간 이어지는 그 노래는 작년 가을, 붉은 달이 떠오른 그 순간에 만들어졌다.

나는 그 곡의 창작 배경에 대해 많은 질문을 받았다. 그때는 아무 말도 할 수 없었다. 침묵하고 싶어서가 아니라 어느 정도 시간이 흐른 후에도 여전히 생생한 장면들 때문이다. 떠올리는 순간 전원 차단기가 내려오듯 기억의 암전이 일어나곤 했다. 그 노래를 들으세요. 단지 들어보세요. 그게 다입니다. 내가 할 수 있는 말은 그뿐이었다

5개월의 시간이 흐른 지금도 여전하다. 그러나 불쑥불쑥 헛것처럼 떠오르고 가라앉는 어떤 순간이 찾아올 때 입술이 근질거린다. 무슨 말이든 하고 싶어진다.

비행기를 타기 전에 있었던 일과 비행기를 타는 동안 며

칠 후 내가 무슨 일을 겪게 될지 짐작할 수 없는 상태에서 시간 태엽 돌리기에 열중하던 가장 덜 고통스러운 순간부터 시작되는 이야기다.

*

나는 안나에게 10월 31일에 인천공항 제2터미널에 도착할 예정이라는 것과 리허설을 포함한 행사 일정을 미리 알려주고 비행기를 탔다. 길고 지루한 비행이지만 지루하다고 느껴지지 않을 정도로 나는 약간 들떠 있었다. 이십오년 만에 나는 지구 반대편을 향하여 가고 있었다.

창밖은 밤이었다. 비행기 밖 하늘에는 내내 붉은 달이 떠 있었다. 뭔가 좀 이상하다는 생각이 들었는데 알고 보니 타원 모양의 창마다 검은 가림막이 내려져 있었다. 나는 가림막 너머에서 붉은 환이 계속 같은 자리에서 비행기를 따라오는 것처럼 느꼈다.

내가 앉은 좌석은 비상구 창문 쪽이었다. 이륙 직후부터 갓난아기가 칭얼대기 시작하고 젊은 부부가 아이를 번갈아 어르고 달래는 소리가 뒷자리에서 끊임없이 이어지고, 승무원들은 좌석 사이로 수레를 끌고 다녔다. 기류가 불안정하니 벨트를 매라는 세 번째 방송을 듣고 나서 나는 승무원에게 부탁해서 좌석을 옮겼다. 아이 울음소리가 조금 멀어졌다.

승무원이 다가와 나를 깨웠다. 가져온 기내식의 으깬 감자와 비프는 맛이 없고 모닝 빵은 딱딱했다. 방울토마토 두 개와 오렌지와 사과 반쪽이 담긴 샐러드는 먹는 둥 마는 둥 했다. 중간 간식으로 나온 주먹 크기의 샌드위치와 사이드 간식으로 제공된 프레첼마저 입맛을 돋우는 데는 실패였다. 어디선가 라면 냄새가 흘러왔다. 같은 걸 끓여 달라고 해서 그건 다 먹었다. 음료로 뭘 먹겠느냐고 승무원이 또 물었을 때 처음에는 제로콜라를 달라고 했지만, 두 번째는 와인을 청했다. 와인을 마신 후에는 조금씩 기분이 나아졌다. 한국 영화를 두 편이나 보고 노트에 뭔가를 끄적이고도 시간이 남아서 그때부터는 시간 태엽 감기를 시작했다.

공항을 떠나온 후 열 시간째 되었을 때 B시에서 찍은 사진들을 들여다보기 시작했다. 화면을 밀고 또 밀자 뒤쪽에 숨은 사진들이 나타났다. 내가 안나를 처음 본 2년 전 여름으로, 시 당국에서는 탈마스크를 허용했지만 열차나 지하철을 탈 때는 여전히 마스크를 꼭 쓰라는 방송이 들려오는 그 시점으로, 또 열차를 타고 해안가 마을로 달려간 축제의 시간 속으로 돌아갔다. 주홍색 조각 호박 두 개가 양 귀퉁이에 그려진 플래카드가 내걸린 유령 축제 거리를 걷고 있는 안나, 기념품을 파는 가게 안에서 산 검은 마녀 모자를 쓰고 있는 안나가 나타났다.

*

B시도 2020년 상황에는 도시 전체가 한동안 유령 타운이었다. 그즈음 누군가 아파트 발코니에 서서 즉흥 연주를 하거나 노래를 부르는 유튜브 영상이 인터넷에 떠돌았다. 수영선수는 부엌 식탁에 엎드려 수영 연습을 하고 무용수는 거실 한가운데서 체조를 했다. 마라토너는 발코니에서 혼자 뛰기도 했다. 그 영상에는 높낮이가 다른 스텐 냄비를 잔뜩 늘어뜨려 놓고 그걸 드럼처럼 두드리며 연주하는 남자의 즉흥 공연이 담겨 있다. 그 남자가 나라는 것을 확인한 후 영상 잘 봤다고 지인들이 하나둘씩 연락을 해왔다. 내가 할 수 있는 방식으로 생존신고를 한 셈이었다.

그 후로도 햇수로 2년이 되어 가도록 나는 외부 활동을 전혀 하지 못하고 작업보다는 창밖을 바라보는 일이 더 많은 날을 보내고 있었다.

내가 사는 아파트의 주민들은 나처럼 저소득층을 위한 임대주택 지원 제도의 혜택을 받아 운 좋게 입주했거나 정년 퇴직한 노인들, 남미나 아시아에서 취업비자를 받아 일하러 온 노동자들이다. 엘리베이터를 타면 드문드문 앳된 얼굴도 보이는데 그들은 월세가 인근 아파트에 비해 저렴하다는 조건에 이끌려온 유학생들이나 단기 체류자들이었다. 갑자기 바깥이 소란스러워지고 여러 개의 짐을 한꺼번에 담아서 운반할 수 있는 이동 카트 소리가 문밖에서 들려오면 잠시 살고 나갈 학생들이 이사해 오는 소리였다.

엘리베이터 옆에 있는 공용 세탁실 쪽으로 걸어가는 중이었다. 암적색 카펫이 깔린 칙칙하고 어두운 복도가 벽을 새로 칠하기라도 한 것처럼 문득 환했다. 비상구 쪽 방문 앞에서 처음 보는 여자의 얼굴이 나타났다. 넷플릭스에서 그즈음 상영 중인 한국 드라마 속 여배우처럼 등을 덮는 긴 머리의 계란형 얼굴에 눈매가 또렷한 미인이었다.

그날 안나는 B시에 막 도착했다. 트럼프 정권의 비미국인을 대상으로 한 방어적 조치들과 미국 대사관의 비자 발급 업무 중단으로 일정이 지연되었다가 바이든으로 정권이 바뀌고 나서 입국이 가능해졌다. 딸을 도와주기 위해 안나 엄마가 함께 들어왔다. 안나는 나를 발견하고 다가왔다. 익스큐즈미, 메이 아이 애스크…… 잠시 머뭇거리더니 물었다. 이 아파트는 원래 거실과 방에 등이 없나요? 전 세대 투룸 구조인 아파트는 현관 등과 부엌 등만 기본 옵션이고 나머지는 개별적으로 스탠드 등을 구입해서 사용해야 하는 구조였다. 안나는 자신이 맞닥뜨린 상황이 도통 이해가 안 된다는 듯이, 이제 곧 어두워지는데 당장 스탠드 등을 어디서 구해요? 체머리를 흔들었다. 이런 현지 사정은 도착하기 전까지는 파악할 수 없다는 것이 문제였다. 나는 아파트에서 가장 가까운 리빙몰의 위치부터 알려주었다. 안나는 우버를 호출했다.

안나 엄마는 처음엔 나를 중국인으로 알고 거리를 두는 눈치였지만 내가 한국에서 태어났고 미주리주에서 양부모와 살았다는 사실을 알고는 눈빛이 달라졌다. 아, 미주리에서 오셨어요? 우리도 미주리에서 잠깐 살았답니다.

그때부터 안나 엄마는 복도 반대편 끝에 사는 나를 찾아오기도 하고 때때로 식사에 초대하며 살갑게 굴었다. 내가 알려준 H마트에 가서 한국에 비해 몇 배가 비싼 식품 재료들을 사온 토요일 밤에는 꼭 나를 불러서 저녁을 함께 먹었다. 딜리셔스. 베리 딜리셔스. 식사 때마다 내 입술은 처음

대하는 음식을 흡입하듯이 순식간에 먹어치웠고 그 음식들의 맛은 끈끈함과 살가움으로 대뇌에 각인되었다. 양엄마는 나에게 늘 자상했지만 그 음식 속에서 끈끈함과 살가움을 느낀 적은 없었다. 안나 엄마는 나에게 한국 요리의 이름을 가르쳐 주려고도 애썼다. 소고기 스튜처럼 보이는 불고기전골 요리를 먹는 중에 지금 이 맛은 절대 잊을 수 없을 거라고, 이런 음식은 한 번 먹으면 앞으로 자꾸 먹고 싶어질 거라고 말해서 안나 엄마를 기쁘게 했다.

안나 모녀가 나에게 준 첫인상은 언젠가 시카고 미술관에서 본, 르노아르가 그린 두 자매 그림 속 여인상이었다. 부드러운 곡선과 양감, 따뜻한 색으로 채워진 세계. 아시아인들이 지닌 특유의 끈끈함과 살가움이 더해진 모녀상으로 그려진다.

식사를 하면서 주로 들은 것은 안나 가족이 미국 중부의 시골 마을에서 잠시 살던 시절의 이야기다. 안나는 그때 C시의 저널리즘 스쿨에 연수를 온 아빠를 따라 왔고 공립초등학교의 ESL반에 들어갔다. 안나 엄마는 싸이월드 미니홈피에 그 시절의 사진을 매일 올렸지만, 지금은 그 홈피가 폐쇄되어 사진을 볼 수가 없게 되었다고 아쉬워했다. 안나가 노란색 스쿨버스를 타고 내리는 모습, 마을 친구들과 볼

스케어를 하고 아빠와 근린 호수에서 낚시를 하는 사진 등을 편집해서 동영상처럼 올려 두었는데 따로 저장해 두지 못했다는 것이다. 안나 아빠는 차에 가족들을 태우고 장거리 운전을 하며 여행을 다녔다. 그때 B시에도 왔는데 딱 하루 머물렀다. 언젠가 또 오자고 했지만 가족 모두가 함께 한 여행은 그것이 마지막이었다. 안나 모녀의 입에서 독립기념일의 불꽃 축제, 사과 농장, 한밤중에 마차를 타고 묘지를 찾아가는 지역 풍속이 흘러나올 때였다. 다섯 살 이후 떠올려 보지 못한 한국의 일가들을 우연히 만난 감흥이 일었다. 양부모의 기대와 달리 다른 지역의 컨서바토리에 들어가 버리자 학비 지원이 끊어졌고 그 후에는 한 번도 양부모를 만난 적이 없다는 사실은 그들에게 말하지 않았다.

나는 안나 때문에 버텼어요. 그 말을 들은 것은 세 번째 식사 자리였다. 그날은 내가 틀어 놓은 플레이리스트에서 흘러나온 음악이 안나 엄마의 취향에 맞았다. 이탈리안들이 많은 동네로 가서 파스타를 먹고 돌아와 2차로 버드와이저와 라거를 주량을 넘겨 마신 밤이었다. 그때는 안나 아빠가 귀국 후 오랜 투병 끝에 이젠 고인이라는 사실을 아직 알지 못한 시점이었다. 안나는 아파트에서 걸어서 5분 거리 병원 부속 리서치 센터에서 9월부터 인턴 근무를 시작했다.

*

안나 엄마는 곧 귀국을 앞두고 있었다. 마침 핼로윈 시즌이었다. 안나는 엄마와 근교 여행을 가고 싶었고 나는 인터넷 사이트에서 열차 예매를 도왔다. 어떤 캐릭터의 옷을 입을지 한 달 전부터 고민하고 솜씨 좋은 엄마들은 아이에게 직접 옷을 만들어 입히고 미리 덩치 큰 호박을 사놓은 후, 핼로윈데이가 임박하면 조각을 시작하는 달의 마지막 날. 우리는 암트랙을 탄다. 해안선을 따라가며 달리는 노선이었다.

열차는 유령 축제가 열리는 해안가 소도시에 한 시간도 안 되어 도착했다. 해골이 그려진 검은 옷을 입은 사람들, 해적, 유령, 죄수와 공주와 기사로 분장한 사람들이 열차 안에서 쏟아져 나왔다. 안나 모녀와 나만 평소와 다를 것 없는 평범한 차림이었다.

주홍빛 조각 호박들이 양쪽에 그려진 플래카드들이 줄줄이 걸린 축제의 거리로 들어섰다. 엄마, 저길 봐. 안나가 엄마의 옆구리를 쿡 찔렀다. 안나 엄마가 고개를 돌리자 '오징어 게임' 영화 캐릭터인 프런트맨과 똑같은 옷을 입은 두 남자가 슬렁슬렁 걸어오고 있었다. 프런트맨은 영화의 인기를 반영하듯 유행 코스튬이 되어 있었다. 프런트맨 뒤에서 홍학 인형복으로 복장을 통일한 노인 무리가 뒤뚱뒤뚱 오는 모습을 보자 안나는 얼른 휴대전화 동영상 녹화 버튼을 눌렀다. 회색 죄수복을 입고 얼굴을 하얗게 분칠한 사내가 문 앞에 서 있는 첫 번째 가게를 지나치고 두 번째 기념품 가게로 들어갔다. 비좁은 가게 안 계산대 앞에 사람들이 길게 늘어 서 있었다. 입구에 초콜릿과 사탕을 산처럼 쌓아 놓은 매대를 지나 모조 밍크 벨벳 모자와 검은 마녀 모자들이 쌓인 곳으로 갔다. 안나는 거울 액자 앞에서 머리 부분이 지붕처럼 생기고 챙이 기다란 벨벳 모자를 썼다 벗었다 했다. 안나 엄마는 그 옆에서 언니와 친구에게 줄 선물을 고르기 시작했다. 포장된 은제 스푼을 만지작거렸다. 그게 맘에 드는 눈치였다. 좋은데요. 크지도 않고 부피도 안 나가니 가방에 담기에도 적당하고. 내 말을 듣고 나선 열 개나 집어 들어 계산대로 가져갔다.

영화배우처럼 분장을 한 사람들은 연예인 못잖은 인기를 끌었다. 사람들이 앞다투어 함께 사진을 찍으려고 했다. 아기 공룡 인형옷을 입은 아이가 뒤뚱뒤뚱 앞으로 걸어갔다. 아이는 양엄마가 직접 만든 체크무늬가 많이 들어간 조끼와 무릎이 드러나는 반바지를 내게 입힌 후 마을 사람들에게 나를 바다를 건너온 어린 왕자라고 인사시켰던 언젠가를 기억나게 했다. 그때 나는 부끄러웠다. 내 또래 남자 아이들이 입은 옷은 군인이나 소방관이나 파일럿 옷이고 여자 아이들은 공주나 요정 옷을 입고 있었다. 다음 해에는 검은 망토를 두르고 마을의 다른 집 문 앞에 서서 문을 두드렸다. "Trick or treat" "Trick or treat" 수줍게 말했다. 사탕과 초콜릿을 받아냈다.

안나는 프랑켄슈타인 분장을 한 사내가 허그 자세를 취할 때 굳이 거부하지 않았다. 프랑켄슈타인이 안나 목에 팔을 두르고 목을 조르는 시늉을 할 때 '나 홀로 집에' 영화 속 소년처럼 과장된 표정을 지었다. 안나 엄마가 옆에서 웃음을 터뜨렸다. 안나 어릴 때는 동네 영어 유치원에서나 하는 행사였어요. 애들이 뭔가 괴상해 보이는 복장을 하고 다니는 모습이 참 귀엽기도 하고 신기하기도 하더군요. 요즘은 흔해졌어요. 테마파크에서도 10월 한 달 내내 핼로윈 컨텐츠로 채우고 있거든요. 안나 엄마의 말을 들으며 나는 안나의 모습을 각도를 달리하여 여러 장 찍어 주었다.

마녀 박물관을 구경하고 나서 항구 근처에서 안나 엄마가 준비해 온 도시락을 먹고 주변의 유적지까지 구경하고 나자 어느덧 해가 기울었다. 시간이 흐를수록 사람들은 더 많아졌다. 거리는 점점 코스튬 무도회장처럼 변해 갔다. 유령 축제의 밤에 참가하려는 여행자들이 몰려오고 있었다. 해가 저문 후에는 부모의 손을 잡은 아이들이 총총히 걸어 다녔다. 어린아이들이 어둑한 밤길을 자유로이 걷고 핼로윈 데코를 한 집을 찾아다니며 사탕과 초콜릿을 받아내는 모습을 안나 모녀는 따라다니며 구경했다. 우리는 열차 예약 시간에 맞춰 늦지 않게 돌아서야 했다. 역으로 돌아가는 길은 막 열차에서 내려 역에서 나오는 사람들과 돌아가는 사람들이 엉켜 혼잡스러웠다. 봉을 든 사람들이 인파를 통제하고 있었다. 우리는 천천히 이동했다.

며칠 후 안나 엄마는 한국으로 돌아갔다. 귀국 전날, 안나 엄마는 마지막 요리를 했다. 송별연을 겸한 식사 자리였다. 미카엘이 한국에 오는 날, 최고의 환영 만찬으로 대접할게요. 그때 안나 엄마에게 기대한다고 꼭 한국에서 보자고 한 것은 진심이었다. 적당한 취기를 느끼며 다들 한결 기분이 좋아졌을 때 안나 엄마는 진짜 하고 싶은 말을 덧붙였다. 미카엘, 안나를 부탁합니다.

안나 엄마는 나에게 왜 그런 말을 했을까. 부탁이란 단어에는 결코 가볍지 않은 울림이 느껴진다. 아무나 아무에게

나 부탁하는 게 아니다. 우리는 겨우 두 달 반 전에 처음 만난 사람들이었다.

다시 생각해 보면 안나 엄마가 부탁한다고 했을 때는 내가 믿을 만한 사람이라는 의미였다. 응급상황이 생겼을 때 엄마 대신 가까이서 달려와 도와줄 한 사람. 안나 엄마가 나에게 바란 건 그 정도였을 것이다. 안나가 총기 사고가 여러 번 발생한 남쪽 지구에 가려 했을 때 나는 거긴 위험하니 안 가는 게 좋겠다고 말렸다. 안나에 대한 그런 감정은 책임감만은 아니었다.

안나 엄마가 떠난 후에 곧 겨울이 닥쳐왔다. B시의 겨울은 길고 춥기로 유명하다. 난방기가 가동되는 소리가 벽을 울리는 밤을 보내고, 아침이면 창밖에서 작업을 시작한 인부들이 내는 목소리와 트럭이 공사장으로 들어오는 소리에 눈을 뜨곤 했다. 안나가 이사 온 후에는 발코니에 무릎을 구부리고 앉은 채 뒷마당을 자주 내려다보았다. 새벽에 집을 나선 근교의 통근자들이 도시락 가방과 텀블러를 양손에 쥐고 등에는 백팩을 멘 차림으로 주립병원 쪽으로 줄지어 올라가는 것을 보면서 안나를 기다렸다.

드디어 안나가 길에 나타난다. 집을 나서서 이어폰을 꽂은 채 음악을 들으며 걸어간다. 안나가 좋아하는 음악밴드는 브로콜리라는 재밌는 이름이 들어가는 밴드였다. 걸어가다가 안나는 이따금 엄마에게 전화를 건다. 아마 페이스톡일 것이다. 안나가 시야에서 사라질 때까지 지켜보다가 돌아서곤 했다. 안나는 빨리 한국으로 돌아가고 싶었다. 안나는 2022년 여름 내가 한국으로 오기 3개월 전에 한국으로 돌아갔다.

안나가 귀국할 즈음 한국의 문화재단 주최로 '코로나로 3년 만에 열린 K예술 콘서트' 공연이 LA에서 열렸다. 며칠 후에 서울에서 열릴 예정인 공연은 LA보다 더 확대된 규모의 행사로 나는 내가 졸업한 컨서바토리 출신 재외 한인 그룹 밴드의 음악 편곡을 담당했다. 콜라보 공연에 보컬로도 참여할 예정이다. 나에게 한국행은 안나 모녀를 다시 만날 수 있는 기회였다.

*

담당자에게서 온 메일을 열어 보았다. 이틀 후에 예정된 공연 일정이 취소되었다는 안내였다. 나는 취소된 이유가 무엇인지 물었다. 국가 애도 기간이 선포되었다. 오픈 행사는 부득이하게 취소될 수밖에 없었다. 담당자는 양해를 구했다. 일정을 다시 알려주겠다고 한다.

이튿날 아침 늦은 조식을 먹고 창가에 섰다. 취소된 일정이 빛으로 변환되어 내 머리 위로 바늘처럼 우수수 쏟아져 내리고 있었다. 아이패드에 적어 놓은 일정에 블록을 지정한 후 delete 버튼을 눌렀다. 서판을 교체한 듯이 텅 빈 화면이 대신 나타났다. 하얀 백지 상태로 명상하듯 햇빛을 느꼈다.

일단 주변 거리부터 돌아보기로 했다. 무엇을 할 것인가는 걸으면서 생각하기로 했다. 걸으면서 생각하기는 오랜 버릇이었다. 걷다 보면 엉킨 실마리가 하나씩 풀려 나가곤 했다. 때때로 길 위에 버려진 기분이 들 때도 있는데 그건 익숙한 기분이었고 그런 건 아무래도 상관없었다.

나는 다시 온 모국에서 거리의 배회자가 되었다.

그 붉은 벽돌색 건물을 발견한 것은 걸어가다가 사거리에 이르렀을 때였다. 열여덟 개의 대형 광고판이 차로를 따라 가로등처럼 늘어서 있고 광고판에서 한국의 모델들과 배우들이 번갈아 나타나고 화려한 화면들이 번쩍거렸다. 성형외과 간판이 붙은 건물이 많이 보이고, 극장 건물이 있고, 어학원, 프랜차이즈와 캐릭터 브랜드숍과 음식점이 가득한 거리였다.

벽돌색 건물은 주변의 건물들과 다르게 타워형으로 지어진 고층 빌딩이었다. 입구 쪽 외벽에 가로 20미터 세로 10미터쯤 되는 대형 글판이 걸린 것이 눈에 들어왔다. 글판에는 짤막한 글귀가 적혀 있다. 무슨 글귀가 적혔는지 지나가다 걸음을 멈추고 고개를 뒤로 젖히고 한참 올려다보았다. 흐릿한 배경 그림 위에 띄엄띄엄 간격을 두고 배열된 검은 글자들을 읽었다. 우리가 절망의 아교로 밤하늘에 붙인 별. 그래, 아이들 얼굴 우수수 떨어졌다. 어머니의 심장에, 단 하나의 검은 섬에.

조금 더 걸어가서 건물 모퉁이를 돌아가자 지하층으로 이어지는 계단이 나타났다. 계단의 벽면은 물이 수직으로 흘러내리는 인공폭포였다. 폭포에 시선을 주다가 사람들이 계단을 오르내리는 것을 보고 따라 내려갔다. 중간 통로로 연결된 회전문 안으로 들어섰다. 책과 사람들로 가득한 거대한 매장이 시야에 펼쳐졌다. 서가 길이만 수십 킬로가 넘는다는, 말로만 들은 세계 최대의 문고. 언젠가 안나 엄마에게 들은 기억이 났다. 더 큰 서점이 시청 근처에 있는데 그것은 본점이고 안나 가족이 사는 집 근처에는 분점이 있다. 안나 가족은 주로 그 분점을 찾아간다고 했다.

책이 너무 많아서 책이 눈에 들어오지 않았다. 통로를 따라 진열된 책들이 홀푸드 마켓 매대에 쌓인 과일과 야채처럼 보였다. 평소에 나는 책을 읽는 사람이 아니었다. 다만 베스트셀러 판매대에서 조금 전 건물 외벽 글판에서 본 시인의 이름이 보였을 때 그 시인의 시집을 집어 들고 계산대로 갔다. 시집을 구입한 후에는 허기를 느꼈다. 쉬지 않고 걷기만 했기 때문에 다리도 아팠다. 나는 시차 적응이 안 된 상태였다. B시에 있었다면 한밤중이었다. 눈꺼풀이 무거워지고 누군가 내 몸속에 쇠추를 달고 자꾸 바닥으로 끌어내렸다. 너른 지하 공간에는 책만 있는 것은 아니었다. 통로의 끝에서 스타벅스가 보였다. 커피와 샌드위치를 주문한 후 나는 앉을 만한 자리를 찾아다녔다. 꽤 너른 홀 안에는 빈자리가 보이지 않았다. 벽을 따라 1인용 테이블이 놓인 자리 모퉁이에 한 사람이 끼어 앉을 만한 공간이 나타났을 때 그곳에 앉았다.

클래식 음악이 흐르는 아늑한 실내에 모인 사람들을 구경했다. 대부분 연인들이거나 노트북을 앞에 놓고 자신만의 작업에 열중하거나 자족적인 시간을 보내는, 평화로운 일상 풍경 속 젊은이들이었다. 그들 중 누구도 나를 신경 쓰는 사람은 없지만 B시의 거리 곳곳에서 눈에 띄는 홈리스들처럼 빗지 않은 장발에 헐렁바지를 입은 차림으로 우적우적 샌드위치를 먹는 내 몰골이 저들에게 어떻게 보일지 방해가 되지 않을지 신경이 쓰였다. 나는 곧 지하 서점을 나왔다.

숙소로 돌아가는 길이었다.

맞은편에서 빠르게 걸어오는 중년 여자가 보였다. 휴대전화를 들고 누군가와 통화를 하며 걸어오고 있었다. 여자가 걸어오다가 갑자기 멈췄다. 선 채로 계속 말했다. 선배 언니가 만나자고 불러서 나갔는데…… 선배 언니는 빠져나왔다는데…… 여자는 다시 걷기 시작했다. 이제는 어딘가에 부딪혀서 충격을 받은 것처럼 절뚝거리며 걸었다. 갑자기 심장이 빠르게 뛰기 시작했다. 여자의 얼굴이 점점 가까워질수록 심장 뛰는 소리가 더 커졌다. 여자의 얼굴을 확인한 순간부터 눈을 다른 곳으로 돌릴 수가 없었다.

중년 여자는 나를 스쳐 지나갔다. 나는 여자를 뒤따라갔다. 물어 보고 싶었다. 확인이 필요했다. 여자는 빠른 걸음으로 뛰듯이 걸어가며 계속 전화기에 대고 말을 하고 있었다. 병원을…… 병원에…… 병원으로…… 여자는 갑자기 차도로 내려섰고 차로를 가로질러 길 건너편으로 뛰었다.

야, 이 미친년아, 소리가 들려왔고, 클랙슨 소리가 연달아 크게 들렸다. 나는 더 따라갈 수 없었다. 길을 건너간 여자가 시야에서 보이지 않을 때까지 길바닥에 두 발이 얼어붙은 사람처럼 움직일 수 없었다. 아무래도 잘못 본 것 같았다. 안나 엄마일 리는 없었다. 일 년 전에 본 얼굴과 조금 전에 본 여자의 얼굴은 전혀 다른 사람이었다. 안나 엄마와 조금 닮은 사람을 내가 착각한 것이라 여겼다. 아니면 헛것을 본 것이었다. 분명 내가 아는 안나 엄마는 아니었다.

안나에게서는 연락이 없었다.

방으로 돌아왔다. 텔레비전을 켰다. 채널을 이리저리 돌렸다. 뉴스 속보를 전하는 채널에 고정했다. 길 위에서 일어난 사고에 대한 뉴스를 전하고 있었다. 길 위에서 갑자기 사람들이 사라지는 일. 대도시에서 일어날 수 없는 일에 대해 앵커가 전하고 있었다. 누가 언제 어디서 무엇을 어떻게 왜? 웅웅거리는 말들 속의 사건을 나는 파악하기 어려웠다. 무엇보다도 사건을 이해하기가 힘들었다. 그 사건과 나는 아무 관련이 없으므로, 나는 외국에서 살아왔으므로, 사고 관련자 중에 내가 아는 사람이 있을 리 없었으므로 나는 더 관심을 두고 싶지 않았다. 내가 이 도시에서 아는 사람은 안나 모녀가 전부였다. 번개처럼 스치는 생각을 황급히 떨쳐버렸다.

안나에게서는 아직 연락이 없었다.

나는 안나의 계정에 수시로 들어가 새로운 피드가 있는지 확인했다.

10월이 되자 인스타유저들은 3년 전에 찍은 자료들을 개인 보관함에서 끌어내 스토리나 게시물에 추가했다.

폐쇄되었던 거리가 다시 열리고 있었다.

그동안에는 항일성 식물 화분을 잔뜩 들여놓은 실내에서 '밝고 경쾌하고 맑고 고운 음악 33곡 이어 듣기' 시리즈나 '듣기만 해도 행복해지는 빠른 템포의 경쾌한 피아노 연주곡 10시간 모음' 같은 음악을 종일 틀어주는 유튜브 채널을 구독하며 재택을 이어가고 드문드문 쉼표가 있을 뿐인 나날이었다. 안나는 언제 죽을지 모르는 인생이라는 것이 우리가 재난을 반복해서 겪으며 체득한 교훈이 아니었느냐며, 밖으로 나가고 싶다고 했다. 가고 싶은 곳을 가고, 보고 싶은 것을 볼 기회였다. 그걸 놓쳐서는 안 되었다.

안나는 그런 생각들을 스토리에 적었다. 안나는 쓰는 글에 결심을 덧붙여 쓰는 습관이 있었다. 안나의 계정은 결심으로 가득 채워져 있다. 일주일에 3회는 꼭 운동할 결심. 건강해지겠다는 결심. 책을 100권 읽겠다는 결심. 계속 열심히 살아갈 결심. 안나 엄마는 안나와 자주 안부를 나누면서도 메신저는 깊은 생각을 나눌 공간은 못 되기에 글을 통해 딸의 마음을 읽는다고 말한 적이 있다. 엄마에게 안나는 늘 부지런하고 성실하고 적극적인 딸, 한 번도 실망시킨 적이 없는 딸, 기쁨만 주었던 딸이라고 안나 엄마는 자랑하곤 했다. 2020년 경 한국을 떠날 준비를 할 무렵의 안나는 누가 내 삶을 결정해 주었으면 좋겠다, 회의하는 모습이었다. 그러나 B시에서의 일을 마치고 한국으로 되돌아갈 때는, 이제 나의 시간과 내가 쌓아올린 것들이 내 삶을 결정해 줄 것이다, 스스로 선언하는 자신감을 내보였다. 안나 계정에는 그런 기록들이 이어졌다. 안나의 마지막 결심은 10월의 세 번째 주에 올라왔다. 그 글에서 시간이 멈춰 있었다.

타원의 궤도를 따라 도는 순환노선을 발견했다. 차를 타고 가다가 중간에 내려 주변을 돌아보고 다시 같은 역에 올라타고 돌아올 수 있으니까 시티투어버스와 다를 것이 없었다. 전차가 멈출 때마다 어느 역인지 살폈다. 내리고 싶은 역에 내리면 되었다. 어느 역에서 내려야 할지 고민했다. 그때 역명판이 눈에 들어왔다. CITY HALL.

지하도를 빠져나왔다. 광장으로 이어지는 출구로 나오자 연두색 조끼 차림의 제복을 입은 사람들이 출구 앞에서 대기 중이다. 그들 뒤로 창에 철망을 씌운 버스들이 차로에 세워져 있다. 내가 나온 입구 쪽에는 바로 앞에서 사람들이 길게 줄지어 서 있었다. 안내를 맡은 사람인 듯 누군가 이쪽으로 줄을 서세요, 두리번거리는 나에게 손짓했다. 사람들이 기다랗게 늘어선 줄의 끝에 가 섰다. 발끝으로 시린 기운이 밀려들었다. 고개를 들었을 때 회색 하늘이 눈에 들어왔다. 구름은 낮고 허공에서 누군가 공중에 잘게 찢은 종이를 흩뿌리는 듯했다. 휴지 조각들이 바람개비처럼 허공에서 날아다녔다. 눈이 오기에는 한참 이른 시점이었다. 줄은 천천히 줄어들었다. 한 걸음 한 걸음 걸어가고 있을 때 누군가 흰 꽃을 내 손에 쥐어 주었다. 그 꽃을 들고 걸었다. 사람들을 따라 걸어가다가 멈추었다. 나는 제단 앞에 서 있었다. 작은 향로가 한가운데 놓인 제단이었다. 들고 간 흰 꽃을 향로 옆에 내려놓았다. 고개를 들어 앞을 바라보았다. 흰 꽃들이 보였다. 흰 꽃. 흰 꽃. 흰 꽃…… 온통 흰 꽃으로 채워진 제단. 흰 꽃들 너머로 검은 휘장을 기다랗게 늘어뜨린 커다란 벽이 보였다. 꽃의 가운데 자리에 조그마한 위패가 하나 놓여 있었다. 위패는 안이 텅 비어 있다. 저 위패는 무엇인지, 여기는 누구를 위한 제단인지, 그런 물음이 떠오르는 순간이었다. 찰칵. 찰칵. 등 뒤에서 플래시가 터지는 소리가 났다. 뒤돌아섰다. 카메라들이 보였다. 나는 당황했다. 제단에서 얼른 벗어났다. 이내 카메라의 시선에서도 벗어났다. 나는 제단에서 멀어졌다. 제단에서 조금 떨어진 곳에 스무 명쯤 서 있는 무리가 보였다. 저마다 팻말을 들고 서 있다. 그들은 처음엔 고요했다. 이윽고 무리 중 한 사람이 침묵을 깨고 외치기 시작했다. 그 무리의 반대편에 또 다른 무리가 있었다. 반대쪽 무리 쪽에서도 외침이 들려왔다. 두 무리는 이윽고 서로를 향하여 외치기 시작했다. 알아들을 수 없는 말들이 교차했다. 무리들이 쏟아내는 말들은 계속 나를 뒤따라왔다.

숙소로 돌아왔을 때는 온몸에 기운이 하나도 없었다. 나는 지쳐 있었다. 팻말에서 본 낯선 말이 떠올랐다. 모르는 말이어서 사전에서 뜻을 찾아봐야 했다. 사전에는 뜻이 풀이되어 있었다. 마땅히 해야 할 것으로 기대되는 일정한 행위를 하지 않는 일. 나는 부작위, 그 낯설고 어려운 말이 광장에 설치된 제단과 무슨 연관성이 있는지 알 수 없었다.

*

한 줄기의 길. 그리 넓지 않은 길. 열 사람이 나란히 걸어가면 가득 찰 보폭의 길. 길의 양쪽은 상가였다. 달빛 거리의 상점들은 문을 닫았다. 월광. 이 거리의 이름이다. 개기월식이 있는 날이었다. 안나는 서울의 명소 거리를 안내했다. 공연이 끝나고 귀국 후 첫 만남을 이곳에서 가지면 어떻겠는가, 제안했다. 특별한 밤이 될 거라고 했다. 그러나 안나에게서는 더 이상 연락이 오지 않는다.

인적이 끊긴 거리에 대신 쓰레기들이 뒹굴고 있다. 뒤집힌 채 이리저리 바람에 쓸려 다니는 빈 상자들. 넘어진 오토바이와 자전거. 담배꽁초들. 담뱃갑. 벗겨진 신발 한 짝. 페트병들. 음료수가 반쯤 들어 있는 유리병. 찢어진 종이 조각들. 로커를 그려 놓은 벽화에 흰 스프레이로 누군가 써 놓았다. 영가이, 희망을 잃지 마. 그 옆에 누군가가 복사된 사진들을 붙여 놓았다. 뜯지 않은 과자 봉지들. 오 예스라고 쓰인 겉봉지. 벌꿀캔디갑. 검은 비닐봉지들과 함께 달빛이 아름다운 거리는 유령거리가 되었다.

아무도 없는 것이 아니었다. 그림이 그려진 층층 계단에 누군가 앉아 있었다. 언니, 부른다. 한 사람이 더 있다. 두 사람의 실루엣이 어른거린다. 앉은 여자와 서 있는 여자. 계단에 앉은 여자가 그 사람을 언니, 라고 부른다. 서 있는 여자가 계단에 앉은 여자를 사진으로 찍고 있다. 사진을 다 찍고 여자들은 걸어갔다. 길목 안쪽으로 걸어갔다.

나는 여자들을 뒤따라 일행처럼 걸어갔다. 이해의 폭이 넓은 사람을 만나야 해. 이해의 폭은 다양한 경험에서 얻어지거든. 고군분투할 때 우리는 여러 가지 해결책을 모색할 수 있지. 항상 성공할 수는 없어. 일부는 실패하고 일부는 좋은 결과로 이어져. 무수한 실패가 있을 수 있다는 깨달음, 그 와중에도 좋은 결과는 반드시 온다는 믿음, 실패를 겪을 때도 얻는 깨달음, 실패가 나쁜 것만은 아니라는 깨달음이 중요해. 또 실패를 극복한 사람들과의 만남을 통해서 너는 이해의 폭이 넓어질 수 있어. 키 큰 여자가 어린 여자에게 하는 말이 들린다. 맞아. 선배 말이 맞아. 두 여자는 고개를 들어 길가의 이층집을 보고 있다. 저기 좋아 보여. 저기 들어갈까. 불이 꺼져 있던 이층 디저트 카페 창문에 불이 들어와 있다. 오팔색 네온등이 희미하게 반짝였다. 혼

술집에도 불이 켜졌다. 루나 이클립스 관람 환영. 창문에 덧붙여진 종이 위 글자들이 읽혔다. 저기도 좋겠다. 여자의 목소리가 들렸다.

임시 개장이라도 한 듯 가게들이 환해졌다. 처음에는 세 사람이 걷고 있었다. 세 사람은 네 사람이 되고 다섯 사람이 되고 점점 사람들이 많아졌다. 무리 지어 걸어가는 사람들이었다. 점점 더 사람들이 많아지기 시작했다. 사람들은 대부분 코스튬 분장을 하고 있었다. 해골이 그려진 검은 옷을 입은 사람, 만화영화 속 여우 분장을 한 외국인, 토끼 모자를 쓴 키 큰 남자, 백설 공주 옷을 입은 가녀린 여자, 마녀 모자를 쓴 여자. 다들 축제 거리에 어울리는 차림들을 하고 있다. 사방에서 타래가 풀리듯 사람들이 자꾸 흘러나왔다. 나를 향해 걸어왔다. 나를 지나쳐 걸어갔다. 거리의 사람들은 모두 부옇게 보였다. 형체가 또렷하지 않았다. 그림자인 듯 겹쳐 보이기도 했다. 꿈인지 현실인지 분간되지 않았지만 또렷이 느낄 수 있었다. 이 길 위에서 개성적인 분장을 하고 걸어 다니고 있었다. 기념일을 맞아 축제 거리에 왔거나, 그 거리를 지나가던 사람들이었다.

여자들과 나는 골목을 돌아다녔다. 장식이 달리고 층층이 그림이 그려진 계단들이 골목마다 나타났다. 계단에 오른 사람들이 손짓을 하면 맞은 편의 누군가 그 모습을 찍었다. 길에서 벗어나려고 애썼지만 벗어나려 할수록 안쪽으로 밀려갔다. 단지 걸으려고 했을 뿐인데 걸을 수 없었다. 사람들 속에 끼어 있었다. 발이 공중에 뜰만큼 사람들에 밀리고 밀렸다. 사람들이 점점 많아지고 있었다. 인파. 말 그대로 사람 물결이었다. 물결 위에 물결이 밀려들었다. 물결에 밀려 떠내려가는 기분이었다. 여자들을 놓치고 말았다.

그때, 거리에 있는 사람 중 누군가 외쳤다.

지금 6시입니다. 이제 곧 시작됩니다. 목소리는 계속 들려왔다.

월식은 7시 16분 12초부터 진행됩니다.

사람들이 웅성거렸다. 생기와 탄성이 살아 있는 앳된 목소리들이 와글와글거렸다. 그때부터는 내 정신이 아니었다.

머리 위로 흐르는 강물 소리처럼 사람들의 말이 들려왔다. 말소리는 무적소리로 바뀌며 점점 아득해져 갔다. 먼 곳으로, 우주로, 바다로, 하늘로, 까마득한 기억 속으로 데려가는 무적(霧笛)이었다. 달리는 열차 안에서 창밖을 바라보는 안나와 안나 엄마가 보였다. 덜컹. 덜커덩. 해안가의 소도시로 달려가는 열차 안이었다. 안나 엄마는 창밖을 보고 있다. 이따금 가느다란 한숨을 내쉰다. 미카엘. 우리 안나를 부탁해요. 안나 엄마의 시선을 따라 나도 창유리 밖을 보았다. 창밖은 어둠이었다. 어둠은 차갑게 느껴지는 검은 물질이었다. 모든 살아 있는 것을 멈추게 하고 순식간에 빨아들이는 흡반 같은 블랙홀의 세계였다. 찬 기운이 등골로 스며들었다. 나는 잠시 정신이 들었다. 그때 머리 위에서 목소리가 들려왔다. 여러분, 여러분. 이제 곧 붉은 달을 볼 수 있습니다. 머리 위에서 아까 외치던 사람의 목소리가 다시 들렸다.

태양, 지구, 달이 일직선상에 있을 때
달이 지구의 주 그림자에 들어가기 시작하면 달은 붉게 변한다.
지구의 그림자 속에서 오직 붉은빛만이 달에 도달한다.
누군가 주문처럼 외는 소리가 들려왔다.
지금 보는 저 달은 앞으로 200년 동안 볼 수 없는 희귀한 달입니다. 여러분. 달님에게 부탁해 보세요.

밀지 맙시다. 밀지 맙시다. 밀지 맙시다. 밀지 맙시다. 밀지 맙시다. 밀지 맙시다.

달님. 달님. 달님. 달님. 달님. 달님. 달님. 달님. 달님. 달님. 달님. 달님. 달님.

사람들이 외치기 시작했다. 점점 나는 숨을 쉴 수 없었다. 가슴에 심한 압박감을 느꼈다. 어두워졌던 눈앞이 별안간 반짝이고 환해지고 검은 하늘에 뜬 붉은 달이 또렷이 보였다. 그리고 나는 분명히 들었다. 그것은 어둠 속에서 흘러나오는 소리. 땅속에 스며들었다가 되살아오는 소리. 솟구쳐 올라오는 소리. 처음에는 작은 소리. 그리고 점점 합창처럼 커져가는 소리였다. 수백 명이 달을 향해 보내는 목소리였다.

살려주세요. 살려줘. 살려주세요. 살려줘. 살려주세요. 살려줘. 살려주세요. 살려주세요. 살려줘. 살려주세요. 살려주세요. 살려줘. 살려주세요. 살려줘. 살려주세요. 살려줘. 살려주세요. 살려주세요. 살려줘. 살려주세요. 살려주세요. 살려줘. 살려주세요. 살려줘. 살려주세요. 살려줘. 살려주세요. 살려주세요. 살려줘. 살려주세요. 살려주세요. 살려줘. 살려주세요. 살려줘. 살려주세요. 살려줘. 살려주세요. 살려줘. 살려주세요. 살려주세요. 살려줘. 살

려주세요. 살려줘. 살려주세요. 살려줘. 살려주세요. 살려줘. 살려주세요. 살려주세요. 살려줘. 살려주세요. 살려줘. 살려주세요. 살려줘. 살려주세요. 살려주세요. 살려줘. 살려주세요. 살려주세요. 살려줘. 살려주세요. 살려줘. 살려주세요. 살려줘. 살려주세요. 살려주세요. 살려줘. 살려주세요. 살려주세요. 살려줘. 살려 주세요. 살려줘. 살려주세요. 살려줘. 살려주세요. 살려줘. 살려주세요. 살려줘. 살려주세요. 살려줘. 살려주세요. 살려줘. 살려주세요. 살려주세요. 살려줘. 살려주세요. 살려줘. 살려주세요. 살려줘. 살려주세요. 살려줘. 살려주세요. 살려줘. 살려주

세요. 살려줘. 살려주세요. 살려줘. 살려주세요. 살려줘. 살려주세요. 살려줘. 살려주세요.

소리는 점점 커졌다가 점점 잦아들었다.

누군가 길바닥에 쓰러진 나를 뒤늦게 발견했다. 나는 운이 좋았다. 사람들은 무슨 일이 있었느냐고 묻는다. 하지만 나는 내가 본 것에 대해 즉시 대답할 수 없었다.

국가 애도 기간이 지나고 나서 열흘 후에 랜선 공연이 열렸다. 그날 나는 예정된 곡을 취소하고 대신 다른 창작곡을 발표했다. 내가 발표한 곡은 '살려주세요'와 '살려줘' 단 두 마디로 이루어진 곡이다. 나는 그날 방청객들에게 먼저 그 곡은 2022년 11월 8일 레드문의 밤, 달빛 거리에서 탄생했다는 사실을 고백했다.

기억은 차차 희미해져갔다. 그러나 그때 내 귀에 울리던 소리는 여전히 이명음이 되어 내 귓전에 남아 있다. 그 거리를 떠올릴 때마다 까마득한 허공 저편에서 여전히 생생하게 들려오는 것이었다.

*본문에 서술된 짧은 시구의 출전은 진은영의 시 「그러니까 시는」이다.
(출전 『나는 오래된 거리처럼 너를 사랑하고』, 문학과지성사, 2022년)

이제 나는 점점 그녀에게 가까워지고 있다는 것을 깨닫는다.

시간은 그녀의 편이었다.

내가 다다른 곳

내가 다다른 곳

1

시작은 한 통의 전화다.

그날 내게 전화를 걸어온 사람은 한국의 쌀 증산 운동을 주제로 박사논문을 썼다고 자신을 소개한 후 그 일에 대해 말하기 시작했다.

전화를 받기 며칠 전 나는 모교 개교기념일 행사에 참석했는데, 그 행사에 참석한 것은 공로상을 받기로 예정되어 있었기 때문이다. 동문 추천을 받은 졸업생 중에서 한 명을 선정해서 수여하는 관례적인 상이지만, 지역 신문 한 면에 내 사진과 함께 작지 않게 기사가 나간 모양이다. 며칠 후에 모르는 번호로 전화가 왔는데 그게 그 전화였다.

그는 과학 문명연구소 소속 연구자인데 학술연구재단의 지원을 받아 현대사를 기록하는 사업에 참여하고 있었고 과학사와 농업 분야에서 구술해 줄 사람을 찾는 중이었다.

"박사님, 현대 과학기술사에서 다수확 품종이라는 주제를 그동안 과학사학계뿐만 아니라 국내 학계에서조차 본격적으로 다룬 적이 없다는 것을 알고 저는 놀라지 않을 수 없었습니다. 그 시절의 일을 널리 알릴 좋은 기회이지 않습니까?"

결론은 자신의 일에 협조해달라는 것이다. 들어보니, 내가 한 말이 오래도록 기록으로 남는 일이었다. 그것은 꽤 부담되는 일이다. 더 적절한 인물을 찾아보시오, 완곡한 의사를 전하고 한동안 잊고 지냈다.

2

나는 딸의 집에서 지내는 처지였다.

2년 전, 혼자 지내는 내가 못내 불안한지 딸 부부가 어느 날 나를 서울로 모시겠다고 했다. 그러나 늘 흙을 바라보고 산 사람이 도시 아파트에서 갇혀 지내는 일은 감옥을 사는 것이나 마찬가지다. 닭장 안에 갇힌 것처럼 갑갑증이 나서 다시 가겠다고 짐을 쌌다가 푼 것이 여러 번이다.

그런 나를 겨우 붙들어준 것이 청보리밭이었다.

남한산에서 뻗어 내려온 낮은 구릉의 끝자락에 자리한 공원을 낀 아파트 옆, 공원 구석에 이게 웬일이냐 싶게 널따랗게 청보리밭이 자리하고 있는 것이 한편으로 놀라웠다. 고향 청보리밭에 비하면 텃밭 수준이기는 하지만 보는 것만으로 숨통이 트이는 것이었다. 공원에서 가장 넓은 평탄대지의 일부를 개간해서 봄, 가을보리를 추수해서 불우이웃돕기에 쓴다고 했다. 처음 본 날에는 가을에 파종한 청보리가 다 자라 있었다. 그때부터 내가 산책하러 간다, 말하고 집을 나서면 그건 보리밭을 보러 간다는 의미였다.

지금은 서운케도 그 보리밭을 영영 볼 수 없다. 어느 날부터 굴착기가 와서 보리밭을 밀어내기 시작했기 때문이다.

멀리서 보면 완만한 언덕길처럼 보이는데 그곳이 사실은 옛사람들이 집을 짓고 살았던 터라고 했다. 국제행사를 치를 건물을 짓기 위해 땅을 파는 과정에서 땅속의 비밀이 세상에 알려진 것은 30년 전이었다. 그때 1차로 발굴을 했는데 급히 하는 바람에 충분히 발굴이 안 되어 2차로 재발굴을 할 계획을 나라에서 세웠다는 것이다. 매일 작업복차림의 인부들이 오가고 굴착기가 땅을 파고 흙을 퍼내었다. 흙은 다른 곳으로 옮기지 않고 옆에 쌓아두어 멀리서 보면 흙 무더기로 이루어진 작은 산처럼 보인다.

우리는 걷다가 어느덧 보리밭이 있던 자리까지 왔다. 다른 날과 달리 동행자가 있는 날이었다. 동행자는 나에게 줄기차게 전화를 걸어온 젊은 박사다. 나는 인터뷰를 거듭 사양했지만, 그는 나를 설득하기 위해 집까지 찾아온 것이었다.

매일 네 종류의 신문을 읽고 산책을 한다. 처음에 그가 찾아왔을 때, 걸을 수 있을 때까지는 매일 걷는 것이 나의 신념이다는 식으로 말하며 산책을 핑계로 돌려보내려 했다. 그렇게 내방객이 마음을 접고 발길을 돌리기 바랐지만, 뜻밖에도 그는 산책길에 동행하겠다고 따라나서는 것이었다. 그마저 뿌리칠 순 없었다.

처음에 나는 보리밭에 대해 말하려고 했었다. 그런데 엉뚱하게도 그 순간에 탄화미(炭化米)가 불쑥 입밖으로 튀어나왔다. 몸 깊은 곳에서 치밀어 오른 충동이 내 입을 벌려 처음 생각과 다른 말들을 쏟아내는 일이 종종 있었다. 목까지 차오른 말들이 밖으로 나오기 시작하면, 그때부터 제어가 되지 않는다. 퇴직 이후부터 점점 더 그런 경향이 강해지고 있었다. 그 순간에는 기억이 사라지기 전에 빨리 말을 해야 할 것 같은 조급한 마음조차 일었다.

"저걸 보니 생각나는 게 있습니다. 남한강 변의 흔암리 유적에서 탄화미가 나온 것은 1976년 무렵입니다. 그 발굴을 통해 우리는 인류가 선사시대에 먹던 쌀에 관한 중요한 정보를 얻을 수 있었지요. 1977년에 발굴한 부여 송국리 유적의 집 자리에서도 탄화미가 발견된 일이 있는데, 혹시 기억하십니까?"

동행자는 나의 말에 어리둥절한 표정을 지었다. 웬 탄화미인가, 싶어서 눈을 끔벅거렸다. 이윽고 그는 자신이 1978년생이어서 태어나기 이전의 일은 잘 모르지만, 1998년쯤에 발견된 소로리 볍씨[1]는 잘 안다는 식으로 이내 맞장구를 쳤다. 그게 1만 5000년 된, 세계에서 가장 오래된 탄화 볍씨라지요? 하고 거들었다. 그때 나는 그가 나의 이야기를 더 듣고 싶어 한다고 여겼다. 그는 바람이 다 빠진 채로 축 처지고 늘어져 가는 듯했던 나의 영혼에 자꾸 공기를 넣어주고 부풀어 오르게 했다. 선생님의 말씀을 더 듣고 싶습니다. 마치 나에게 마이크를 들이댄 듯이 권하므로 나는

1) 충북 청주시 흥덕구 옥산면 소로리의 구석기 시대 유적에서 발견된 세계에서 가장 오래된 볍씨. 가장 오래된 볍씨로 알려졌던 중국 후난성의 11,000년 전 볍씨보다 수천 년 더 오래된 것이다.

계속 옛이야기를 하기 시작했다.

'이 나라는 빠르게 공업 중심국으로 바뀌었고 그 과정에서 농업은 지배적 담론의 세계에서 점차 소외되어 갔다. 이제 위대한 볍씨니, 증산체제니, 그런 일에 대한 기억은 거의 남아 있지 않다. 사람들이 떠올리는 것은 실패한 기억들, 그때 자살한 사람들이나, 강압과 강요에 관련된 부정적인 기억들이다.'

그날 그가 내 입에서 흘러나오는 이야기를 자꾸 더 듣고 싶어한다고 여긴 것은 나만의 착각이었는지 모른다. 그날의 산책은 동행자가 나의 말에 경청한 시간이 아니었다. 거절로 기울어 있던 마음이 그에게 설득당해 반대쪽으로 기울어간 시간이었다.

3

방문자는 세 사람이었다. 나를 설득하기 위해 여러 번 전화하고 산책길까지 따라온 젊은 박사와 촬영기기를 들고 온 사람 외에도 검은 양복을 입은 남자가 있었다. 그는 젊은 박사와 같은 연구소에서 일하고 있다고 자신을 소개했다. 딸의 집은 서재가 없고 방마다 침대가 놓여 있어 촬영

장소로 적절치 않았다. 거실에서 인터뷰를 진행하기로 했다.

젊은 박사는 먼저 종이에 적어 온 나의 약력을 읊었다. 다수확 품종을 개발하여 산업과 학문 발전에 크게 기여한 바를 인정받아 최근에 공로상을 받았다는 사실을 빠뜨리지 않았다. 그 말을 들으며 무슨 말로 서두를 여는 것이 좋을까, 궁리했다. 절기상으로는 처서가 지났지만, 아직 백로 전이고 더위가 느껴지는 날이었다. 한창 벼꽃이 필 때였다. 그때 할 말이 떠올랐다. 벼꽃 얘기로 시작하면 좋을 것 같았다.

"벼꽃이 피기 시작할 때는 농부도 함부로 논에 들어가지 않습니다."

그 말과 함께 내 눈이 카메라를 향했다.

"식물이 꽃을 피우는 것을 개화라고 하는데 벼꽃의 경우는 개화가 아니라 출수라고 합니다. 벼도 식물이기 때문에 꽃이 피고 꽃가루가 있어 수분이 이루어지고 그 결과 벼알이 생기고 가을이 되면 속이 찬 낟알이 생기는 것입니다. 벼꽃이 피지 않으면 가을에 양식을 얻을 수 없으니까요."

계절마다 빛깔이 달라지는 들이었다. 이른 봄 논둑에 서면 논두렁이 넘치도록 가득 가둬놓은 물 위에 내려앉은 햇빛이 은빛이 되어 빛나는 것을 볼 수 있다. 이윽고 들은 녹색 우단으로 가득 채워진다. 여름에 열차를 타고 교외로 나가면 창밖으로 펼쳐지는 풍경이다. 개화의 순간이 온다. 벼알이 여물어가며 들은 천천히 황금색으로 바뀌어 간다.

야생 벼가 어디에서 처음 나타났는지는 확실하게 알려지지 않았다. 중요한 것은 벼는 우리 민족에게 가장 중요한 작물이었다는 사실이다. 그것을 상기시키고 우리는 벼농사를 고집하며 한반도에 주저앉은 씨족들의 후예라는 점을 강조하면서 내가 누구인가를 알고 싶으면 무엇을 먹는지 먼저 들여다보라는 말에 이어, 우리들이 행위하고 사고하는 행태의 많은 것들은 쌀과 쌀을 경작하는 문화에서 비롯되었고, 이건 내 개인적 의견이 아니라, 이 사회를 오래 연구해 온 사회학자의 입에서 나온 말까지 이어나간 것은 도시에서 태어나 자란 젊은이들은 지금까지 벼를 쌀 나무로만 여겨 왔을 것이라는 생각이 계몽의 본능을 자극했기 때문이었다. 보릿고개가 없어지고 절대빈곤이 없어진 지 오래라고 하지만 먹고사는 문제만큼은 본질이 변하는 법이 없는 것이다. 그런 말을 하면 딸은 슬그머니 자리를 피하곤 했다. 듣고 싶지 않은 것이 아니라 너무 자주 들어서라고 딸은 변명했다.

이제는 빛이 바랜 사진들과 신문 조각으로 가득한 스크랩북을 젊은 연구자들 앞에 펼쳤다. 내 목소리의 톤이 조금 높아졌다.

"이 사진은 고향의 들을 찍은 것입니다. 육지의 대부분이 산지로 이루어진 나라에서 가장 너른 충적토 평야를 이룬 땅입니다. 일본의 간토평야가 1만 7,000제곱킬로미터이고 중국의 양쯔, 화북 평야가 각각 20만, 30만 제곱킬로미터인 것에 못 미치지만, 전체 면적이 3,500제곱킬로미터는 될 것입니다. 바람이 불 때마다 가는 볏 잎이 물결치는 모습이 하늘 아래 망망한 바다처럼 보이지요."

가을에 수확한 양곡은 바닥났고 보리는 아직 여물지 않은 봄, 풀뿌리와 나무껍질로 굶주린 배를 채우던 시절의 일에 대해서는 자세히 말하지 않았다. 딸의 말이 떠올랐기 때문이다. 아버지, 이제 그건 전설 같은 이야기예요.

4

나는 볍씨 박사로 알려졌지만, 처음부터 볍씨를 연구한 것은 아니다. 내가 개발한 볍씨로 인해 유명해졌을 뿐이다.

처음 연구한 것은 양파였다. 당시의 양파 저장법이 유지

비용이 많이 들어 비경제적이라는 점에 주목하고 대안을 찾아내려 한 것이 연구의 시작이었다. 내가 개발한 새 저장법은 발아를 방지하여 저장 기간을 늘릴 수 있다는 장점이 있었다. 두 번째는 사과였다. 사과 또한 색과 맛을 지속하려면 적절한 저장 방법이 필요하다. 사과 표면에 얇은 플라스틱 코팅을 입혀 사과의 보존 기간을 늘리는 방법을 개발했다. 이 방법은 사과 본래의 신선한 맛과 빛깔 및 영양가를 유지하게 하는 장점이 있었다. 학회지에 실은 논문이 알려져 신문사에서 취재기자가 찾아왔다. 실험실에서 사과의 수분을 측정하는 자세를 취한 모습을 촬영해 갔다. 부친은 그 사진과 함께 신문에서 내 기사가 난 부분만 잘라내어 유리 액자에 넣어 두었다. 신문에는 문교부에서 그해 9월에 실시된 대학원 졸업식에 일곱 분야에 걸쳐 박사 164명을 승인했다는 기사가 실려 있다. 박사가 지금처럼 흔하지 않은 때에는 학위수여자가 신문에 게재되었다. 부친은 신문 속 명단에 내 이름이 있다는 사실을 사람들에게 보여주고 싶어 했다.

단군 이래 수많은 새 품종이 나왔지만 1단보에 350킬로그램 수준을 넘지 못했다. 평균 쌀 수량은 고작 310킬로그램에 불과했다. 400킬로그램은 넘지 못할 장벽처럼 여겨졌다. 쌀은 늘 부족했다. 아무리 애써도 그 수준을 벗어나지 못한 이유는 품종의 단점 때문이었다. 자포니카(Japonica)[2] 형에다 인디카(Indica)[3] 형의 장점을 끼워 넣으면 병과 도복에도 강하고 밥맛도 좋을 것이라는 전제하에 길고 긴 세월 동안 도전하고 노력했지만, 실패를 거듭하고 있었다. 매년 수출해서 달러를 벌어들이는 품목이 변변치 않은 상황에서 외국에서 쌀까지 수입해야 하는 상황은 경제 발전의 장애물로 여겨졌다. 식량 문제를 해결하기 위해 획기적인 품종이 나와야 했다. 지도자는 품종의 개발을 독려했다. 우리는 혁명의 길을 가고 있다고 지도자는 말했다. 볍씨 개발에 성공하면 그 볍씨에 개발자의 이름을 붙이고 대대손손 영광이 되게 하겠다고 격려했다.

벼꽃이 피는 시간은 오전 10시부터 오후 2시까지다. 벼 껍질이 반으로 갈라지며 먼저 수술이 위로 천천히 올라오고 암술은 껍질 속에서 보일 듯하다. 여섯 개의 수술이 하나하나 밑으로 늘어지기 시작해 약 2시간쯤 걸려 다 늘어지면 기다렸다는 듯 벌어졌던 껍질이 다시 닫힌다. 그사이 수

---

2) 자포니카(Japonica)는 쌀의 품종 중 하나로 다른 주요 쌀 품종인 인디카에 비해 짧고 둥글다.

3) 인디카(Indica)는 인도차이나반도의 안남 지방에서 생산되는 쌀 품종으로, 자포니카와 달리 길쭉하고 가느다란 모양새를 갖고 있다.

술의 꽃가루가 떨어져 암술에 닿게 되고 수정이 이루어진다. 개화와 동시에 이루어지는 자가수정이다. 유전자 조작은 개화가 되기 전에 꽃가루를 제거하고 원하는 종류의 꽃가루로 인공수정을 시켜 종자 변화를 시도하는 치밀한 작업이다. 해를 거듭해 인공수정을 시키면 전혀 다른 품종을 만들어 낼 수 있었다. 벼꽃은 해가 뜨면 개화하였다가 한낮이 지나면 꽃을 닫아버리기 때문에, 꽃이 열려 있는 짧은 시간에 수백 그루의 벼에 대해 작업을 마쳐야 했다. 하나의 품종을 만들기 위해 인공 교배 조합을 수백 수천 가지를 만들어가는 과정. 그 모든 과정은 기적의 종자라는 목표를 향해 있었다.

시험 재배를 거친 새 볍씨는 전국적으로 확대 보급되었다. 나라에서는 시장가격보다 높은 가격에 쌀을 수매하는 방법으로 신품종 재배를 촉진했다. 당시 내 목표는 기존 볍씨의 단점을 보완한 후속 품종의 개발이었다.

흰 종이에 '1단보에 쌀 624킬로그램'이라고 세로로 써서 육종연구실 칠판에 길게 붙여 놓았다. 꿈의 숫자였다. 기자들이 달려왔다. 섣부른 발표였다. 미완 단계에서도 신품종이 나올 때마다 언론에서는 7단 기사로 뽑아서 보도했다. 그런 빠른 반응은 지도자의 볍씨에 대한 뜨거운 열정과 무관하지 않았다.

신품종은 각 시군에 공급되었다. 군에 배치된 지도사는 그 볍씨를 심기만 하면 10아르에 500킬로그램은 생산된다고 약장수처럼 떠들고 다녔다. 돌아다니며 침종하고 있는 항아리를 열어보고 엎어버리고, 일반 벼를 파종한 모판에 장화를 신고 들어가 밟아버린 후 일반 볍씨가 아니라 다수확 볍씨를 강제적으로 심게 했다.

몇 년 후에 내가 맡은 시험 논에서 재래의 품종보다 출수기가 빠르고 볏단의 길이가 기존 품종 벼의 평균보다 크고, 이삭당 벼알 수가 기존 품종보다 많은 품종이 탄생했다. 기존의 볍씨에 비해 그 품종은 단보당 750kg를 생산했다. 그 벼는 증산의 상징이 되었다. 쌀의 질이 상품이고, 도열병, 호엽고병, 멸구 등 병충해에도 강한 볍씨라고 선전되고 유통되었다.

"20세기 초에 단보당 쌀 생산량이 고작 160킬로그램이었던 이 나라는 70년 만에 세계 최고 기록 생산량을 이루어냈습니다. 경이로운 일 아닙니까? 단기간에 이런 경제 발전을 이룬 나라는 전 세계에 우리나라가 유일하지 않습니까?"

내 목소리가 떨리고 있었다. 어느덧 숫자 10에 놓여 있던 벽시계의 작은 바늘이 12에 닿아 있었다. 딸이 다과상을 준비해 왔다. 우리는 과일과 차를 마시며 여담을 나누었다.

"박사님의 말씀 잘 들었습니다. 그런데 한글 창제에 비견될 만큼 위대한 발명품으로 칭송받던 그 벼가 왜 그렇게 빨리 역사 속으로 사라져버렸을까요?"

그 말을 한 사람은 검은 양복을 입은 남자였다. 검은 옷이 흰 얼굴과 깊고 어두운 동공을 도드라져 보이게 했다. 그의 입에서 흘러나오는 나직하고 고요한 음성이 내 귓전에 종소리를 내기 시작했다. 검은 양복이 말하기 전까지 내 기분은 좋았다. 세계 최고 수준의 기초과학연구를 수행한다는 목적으로 10여 년 전에 기초과학연구원이 설립되었고 세계 최초로 환경 감시 정지궤도 위성을 쏘아 올리고 우주발사체까지 개발되는 이 시점에 도시에서 태어나 자란 젊은 연구자들이 나를 찾아온 순간을 만년의 선물로 여겼다.

"당시 쌀 생산량 증대를 위한 품종개량은 근대국가가 응당 해야 할 과업이었다고들 말하더군요. 그 벼는 효과적으로 농민을 장악할 수 있는 수단이 되어주었습니다. 국가 주도로 개발에 성공한 만큼 위에서 내려온 지침을 따르지 않으면 제대로 자라지 못하는 품종이었으니까요. 못자리 만들기부터 거름 주는 시기까지 국가에서 일일이 지침을 내렸습니다. 그 지침을 잘 따른 사람 중에 저의 부친이 있었습니다. 부친께서는 나라에서 원하는 대로 그 벼를 심었다가 폐농했습니다. 단지 폐농으로 끝난 것이 아니었습니다. 어머니 배 속에 있는 저를 아버지가 없는 유복자로 만들었으니까요."

나는 꿈에서 깨어난 듯이 눈을 끔벅거렸다. 망연히 그를 바라보았다. 마치 이날을 기다려왔다는 듯이 이어지는 검은 양복의 말에 귀를 기울여야 했다.

"벼 품종 하나가 육성되어 최종적으로 농가에 전해지기까지는 긴 시간이 소요되는 일입니다. 교배해서 얻은 씨를 뿌려놓고 5세대 동안은 눈으로 보아서 가능성이 보이는 것만 골라내지요. 이 과정에서 버려지고 선택된 것은 수백, 수천 배이겠지요. 거기서 걸러 얻은 것을 다시 2년 동안 골라내고 거기서 합격한 종자를 다시 2년에 걸쳐 조사하고 여기서도 합격한 벼를 마지막으로 전국의 시험지에서 현지 검정을 한 후 보급하는 과정이 최소한 8년에서 11년은 걸리는 일이었습니다. 박사님이 개발한 볍씨는 시간상으로 충분히 시험 되지 않은 종자였습니다. 유정란 수준인 볍씨를 병아리인 양 둔갑시켜 시장에 내놓은 것이나 다름없지요. 아직 검증되지 않는 품종이므로 적극적으로 유통을 막아야 했습니다. 신품종이기에 그만큼 충분한 시험 재배를 할 필요성이 있었는데 불철저한 부분이 많다는 점을 알려야 했습니다. 그랬다면 적어도 다음 해에 닥쳐올 비극은 막을 수 있었을 겁니다."

그 뒤에 이어진 말은 기억이 나지 않는다. 그 말을 듣고 나도 무슨 말이든 하고 싶었다.

"나는 평생을 시험장에서 보냈습니다. 흙과 볍씨만 들여다보는 시간이었습니다. 빈곤으로부터 탈출하는 그 지난한 과정에 나의 오랜 연구와 시간이 기여했다는 사실 하나만은 부정할 수 없습니다. 빛과 그림자는 항상 존재하는 법입니다."

내가 하고 싶은 말은 이런 말이었다. 그러나 실제로 내가 그 말을 입밖에 내었는지 기억조차 나지 않게 나는 몹시 당황하고 있었다. 그때 내 안색을 살피던 인터뷰어가 끼어들어 검은 양복의 말이 이어지는 것을 막았다. 오늘은 여기까지 하고 마치도록 하지요. 뒤이어 그는 일주일 후 같은 시간에 찾아와도 되겠느냐고 물었다. 그렇게 하자고 고개를 끄덕이며 몸을 일으켰다. 물을 마시고 화장실에 다녀왔다. 방문자들이 떠날 때 그들을 배웅했다. 나는 그들 속에서 검은 양복이 보이지 않는 것을 뒤늦게 깨달았다.

*

잠을 자다가 이따금 가슴 답답한 증세를 느끼긴 했지만, 강도가 점점 세어졌다. 한밤중에 심장은 균열을 호소하기 시작했다. 딸은 119를 불렀다. 의사는 심장 초음파와 혈관 조영술 검사를 실시하고 십여 년 전에 출혈을 일으켰던 뇌혈관 쪽이 아니라 심혈관 쪽에도 새로운 문제가 생긴 것을 파악했다. 오른팔을 통해 심장까지 관을 넣고 스텐트 그물을 펼쳐 관상동맥을 넓혀주는 시술을 받았다. 시술을 끝낸 직후, 의사는 병원으로 즉시 오지 않았으면 심근경색이 올 수 있었다는 사실을 알려주었다.

오빠들에게 연락할까요? 딸이 물었다. 다들 바쁠 테니, 입원 사실을 굳이 알려서 부담을 주지 말라고 말했다. 큰오빠가 새 책을 출간했다고, 딸은 아들의 근황을 전했다. 둘째 오빠 작은아들이 이번에 대학에 들어갔대요. 둘째 아들은 이민 간 후 내게는 소식을 전하지 않고 있지만 딸과는 종종 소통을 하는 듯했다. 입원 일주일째가 되던 날이었다.

2차 인터뷰를 하기로 한 날, 딸이 직접 연구원에게 전화를 걸어 나의 입원 소식을 알렸다. 그는 나의 건강을 염려했다. 박사님의 빠른 쾌유를 바란다고 딸을 통해 인사를 전했다.

아버지, 이것 좀 보실래요? 큰오빠가 유튜브에 동영상을 올렸네요. 딸은 노트북을 병상으로 가져와 보여주었다. 나는 아들이 유튜브까지 하는지를 몰랐기 때문에 무슨 말을 하는가, 들어보았다. 예전에도 들어본 설교였다. 그때와 다르지 않았다. 녹음기를 틀어놓은 듯한 설교였다.

나의 어머니는 천국에 있습니다. 아들은 말하고 있었다.

그래서 어머님을 볼 수 없지요. 그런데 어머님을 자꾸 생각하노라면 어머님이 어느 날 꿈으로도 나타나십니다. 그때는 실제로 내 곁에 계시는 것처럼 느껴져요. 생전의 모습이 생각나지요. 도시락에 달걀을 싸준 것, 소풍 갈 때 바나나를 사주신 것 또 내가 눈물을 흘릴 때 눈물을 닦아 주시면서 위로해 주셨던 일이 떠오릅니다.

아들의 입에서 흘러나온 말들. 천국, 어머니, 달걀, 바나나는 내게 이질적으로 들렸다. 아들은 베트남에서 교회를 세웠다고 한다. 아들의 얼굴을 자세히 보았다. 아들은 내내 미소를 지었다. 아들은 외탁을 했는지 나와는 닮은 구석이 전혀 없었다.

나는 퇴원 후에 다시 산책을 이어갔다. 하지만 이젠 예전과 같은 산책은 더 이상 힘들어졌다는 것을 느낄 수 있었다. 꺼졌다 켜졌다 깜박거리는 삼십 촉 전구처럼 길 한가운데 서서 눈을 깜박이기 일쑤였다. 발밑에 모자이크 조각처럼 맞춰진 보도를 내려다보았다. 블록의 틈과 틈을 밟고 선 흰색 워킹화가 눈에 들어왔다. 신발이 낯설어 보였다.

햇빛이 쨍쨍하고 바람은 없는 날. 능선 코스를 포기하고 의자에 앉아 잠시 쉬어 가기로 했다. 이제는 많이 쉬고 되도록 천천히 걸으라는 것이 의사의 지침이었다.

청보리밭이 있던 자리는 절반 가까이가 파헤쳐 있고 아름다운 경관은 완전히 사라졌다. 그 대신 흉물스럽게 보일 수 있는 큰 구덩이가 이제는 두 개로 늘어나 있었다. 구덩이 속에 들어앉은 사람들과 서 있는 사람들이 눈에 들어왔다. 서 있는 사람들은 흙이 잔뜩 묻은 방수포로 바닥을 덮는 일을 하고 있다. 모래주머니들을 그 위에 올려놓고 비닐 장막이 바람에 날아가지 않게 고정하는 작업을 했다. 앉은 사람은 커다란 흰색 도판을 무릎 위에 올려놓고 그것에 얼굴을 바짝 대고 무언가를 꼼꼼히 그리고 있다. 몇 걸음 떨어진 곳에서 또 한 사람은, 땅바닥에 머리가 닿을 듯이 엎드린 자세로 수혈을 들여다본다. 그들은 화면을 정지시켜 놓은 듯 움직임이 없었다. 또 한 사람은 조심조심 수혈, 구멍의

둘레를 따라 붓질하고 그 옆에서 한 사람은 동그란 테두리를 따라 흰색 칠을 하고 있다. 거대한 무덤. 그 안에 매장된 것들을 찾는 사람들이었다. 깊이 팔 때마다 토기 말 족쇄를 비롯한 각종 철기 뼈로 만든 갑옷 중국 남조에서 들여온 동전 무늬 도기 금동제 허리띠 장식 등이 나타났고 그 결과 그곳이 오래전에 세워진 성터였음이 밝혀져 있었다. 기존의 조사로는 이 성안에 오래전 사람들이 살고 다녔던 터에 어떠한 건물들이 어떤 식으로 배치되어 있었는지 알 수 없어서, 구덩이를 판 사람들은 그것을 알아내기 위한 조사를 하고 있었다.

언덕을 향해 가로질러 걸어가는 한 남자가 눈에 들어왔다. 내가 앉은자리에서 남자의 실물은 청년인지 노인인지 분명치 않았고 하나의 실루엣처럼 보였다. 남자는 느릿느릿 화면 속을 기어가는 한 마리의 달팽이처럼 보였다. 죽을 힘을 다해 기어가다가 어느 순간에 멈추면 거기가 끝일 것 같다고 생각하며 갑자기 나는 남자에게 동질감을 느꼈다. 그의 모습이 흐릿해져 가는 순간, 내 팔과 다리에도 서서히 기운이 빠져나가는 느낌이 들었다. 나는 내가 강하다고 생각해왔다. 나는 단지 계속 앞을 보며 직진하듯이 뚜벅뚜벅 걸어가면 되었다. 일시적으로 찾아온 몸의 징후들 또한 마찬가지일 터였다. 하지만 이제는 오늘의 산책이 마지막 산책일 가능성을 늘 생각해야 했다.

누군가 숲속에서 찬송가를 부르고 있었다. 노래는 자장가처럼 들려왔다. 내가 다다른 곳. 고요한 곳. 평화로운 곳. 내가 향해 가는 곳. 노래를 들으며 나는 끄덕끄덕 졸기 시작했다.

잠깐 조는 사이에 구덩이 속에 있던 사람들은 철수한 모양이다. 작업장엔 이제 아무도 없었다. 그 순간 억눌린 호기심이 반짝 고개를 들었다. 구덩이의 가장자리로 빙 둘러쳐 놓은 철망 울타리 안쪽에서 햇볕이 쨍할 때는 파라솔을 머리 위에 펼쳐 놓고 가만히 땅바닥을 내려다보며 반나절이 지나가도록 조용히 살펴보던 사람들. 과연 구멍들 속에 무엇이 있는지 나도 한번 들여다보고 싶었다. 늘 구경꾼처럼 지나가며 품었던 충동이었다.

충동은 점점 강하게 내 등을 밀었다. 구덩이 쪽으로 다가가게 만들었다. 잠금장치가 되어 있지 않은 철망 울타리 문을 열고 안쪽으로 들어섰을 때 누구도 제지하지 않았다. 산책자들의 눈길은 무심했다. 나를 쳐다보는 사람은 없었다.

작업자들이 표시해 놓은 부분을 발로 밟지 않으려고 조심

하며 디뎠다. 한 걸음 한 걸음. 가장 커 보이는 구멍 쪽으로 다가갔다. 무릎을 꿇고 허리를 구부렸다. 구멍 가까이 눈을 바짝 대었다. 어린아이가 머리를 기울이면 쏙 들어갈 것 같은 크기였다.

안은 거뭇거뭇했다. 아직 보이는 게 없었다. 홍채는 동공을 열어 어떤 상을 인식하려고 애썼다. 시간이 조금 흐르자, 차차 눈이 밝아지면서 희끄무레한 상이 눈에 들어왔다. 그 희끄무레한 것은 굴속에 숨은 토끼처럼 그 안에 웅크린 모양새다. 토성에는 토끼들이 굴을 파고 그 안에서 지내는 일이 많아서 그것이 유적을 훼손시킨다고 딸은 말한 적이 있다. 사람들이 귀엽다고 그들에게 먹을 것을 주지만, 관리소에서는 그들이 골칫거리라고 했다. 토끼가 들어가 숨은 것일까. 나는 참지 못하고 구멍에 손을 넣어 그걸 붙잡으려 했다. 그러나 내 손이 들어가는 순간, 그 희끄무레한 형체는 풀썩 주저앉아 버렸다. 여전히 손은 그것이 웅크리고 있던 자리를 더듬었다. 이윽고 손에 잡혀 올라온 것은 한 줌의 재였다. 손을 털고 몸을 일으키려는 순간 휘청, 몸이 균형을 잃고 말았다.

정신이 들었을 때는 이미 해가 기울고 있었다. 언덕 속의 움푹한 곳에 누워 있었다. 흙 이슬 풀 냄새를 맡았다. 벌레들의 합창이 들려왔다. 뒷등이 선뜩했다. 이윽고 돔처럼 눈에 들어오는 하늘과 조용히 운행하는 천체와 나를 품속에 끌어안은 듯한 대지의 기운을 느꼈다. 문득 마음 밑자리에서 늘 불안을 부채질하던 바람의 기운이 잔잔해져가는 것을 느꼈다. 그것은 평온함이었다.

천지간. 마치 대지와 대지를 지켜보는 천체의 광대한 회전 운동이 만들어낸 기운에 의해 나는 새로운 세상의 신기한 빛이 나에게로 다가오는 것을 감지했다. 또 다른 세상에서는 구름 같은 형상과 존재들이 오락가락하고 있었다. 돔 모양의 그 세상에서 펼쳐지는 것은 고향의 들판이었다. 무수한 물결 속에서 한 송이 꽃처럼 번뜩이며 떨리고, 떨리는가 하면 펼쳐지면서, 터지는 빛이요 피어나는 꽃처럼, 한 잎 한 잎씩 겹겹이 밀어닥치는 빛의 물결이 있었다. 그것이 이윽고 온 하늘을 덮고 눈에 익숙한 색으로 물들여가고 있었다. 그때 바로 내 옆에 있는 듯이 나를 향한 목소리가 들려왔다.

선생님, 더 하실 말씀은 없으십니까?

그날 나를 찾아온 젊은 박사가 물었을 때였다. 할 말이란? 뒤늦게 그 말이 되살아났다.

6

내가 개발한 신품종 희로에 대해서 나는 그날의 인터뷰 자리에서 말하지 못했다.

그 볍씨는 식량의 자급자족을 목적으로 생산량을 늘리기 위해 개발되었고 녹색혁명의 기적을 이룬 상징처럼 부상했고 한때 나에게 영예를 안겨주었다. 쌀의 질이 상품이고, 도열병, 호엽고병, 멸구 등 병충해에도 강한 볍씨라고 선전되었다. 그러나 그건 나의 의지와는 무관하게 진행되었다. 실험실에서는 성공했지만, 막상 현장에서는 그와 다른 결과를 만들어낼 가능성은 늘 있었다. 나는 그 사실을 알고 있었다. 새로운 품종이기에 그만큼 충분한 시험 재배를 할 필요성이 있었다. 그건 현장에 있는 사람이라면 누구나 부인할 수 없는 사실이다. 나는 그 부분에 책임이 있다. 끝까지 유통을 막지 못한 점. 그것이 실수라면 실수였다. 쌀 증산에 대해 강박증적으로 몰아치던 시대였다. 국가 주도로 행해진 일이었다. 만약 그때 내가 끝까지 막았다면? 만약 영화라면, 시간을 되돌려서 실수를 고치고 다른 국면을 만들어 낼 수 있다. 그러나 그것은 돌이킬 수 없는 실수였고 다음 해에 닥쳐온 파국 또한 피할 수 없었다.

또 하나의 실수에 대해서는, 누구에게도 말한 적이 없다. 그건 공개적인 자리에서 차마 할 말은 아니었다. 어느 실수가 더 치명적인 실수인지는 알 수 없다. 그로 인해 사람이 죽었기 때문에 저울로 달면, 두 개가 비슷한 무게일 수도 있고 어느 한쪽이 더 무거울 수도 있다.

지금 시대라면 용납되지 못할 일들이 어둠의 경로를 통해 이루어지던 그 시기에 벌어진 일이다.

작물시험장에서 일하던 때 내가 몰래 만나기 시작한 여자의 뱃속에는 지금의 내 딸이 자라고 있었다. 나는 그 사실이 외부에 알려지길 원치 않았다. 세상은 변했고, 나는 조심스러웠다. 열일곱 나이에 나의 아내가 된 여자와 헤어지게 된 것은 그런 속사정이 있다. 서류를 고치는 일은 위법한 일이었으나, 그 일을 위해 얼마간의 금전적 대가를 충분히 지불했고 그런 일은 당시 불가능한 일은 아니었다. 아내는 그 사실을 모른 채 나의 부모님과 어린 동생들을 돌보며 살아갔다. 나중에는 그동안 살던 집에서 나와야 했고 그 이후에는 홀로 살아갔다. 처가의 사람들은 착한 사람들이었고, 아내에게 닥친 힘든 일을 크게 문제 삼지 않았다. 그들은 아마도 아들이 나중에 어머니의 편을 들어줄 것이라고 믿었던 것 같다. 그러나 그들은 나의 아들들이었고 어머니보다는 아버지의 편에 서는 것이 현명하다는 것을 일찌감치 깨달았다.

7

아내는 혼자 살아가던 집에서 뒤늦게 발견되었다. 병원에서 의사는 아내의 뱃속에 음식을 섭취한 흔적이 없다는 것을 발견했고, 미라에 가까운 상태였다고 기록했다. 사인은 영양결핍과 탈수로 인한 사망이었다. 아들들은 내 앞에서 그 일에 대해서도 드러내어 항의하지 않았는데 사회적으로 아버지가 폄하될 것을 우려했을 것이다.

때때로 하나의 장치가 작동하곤 했다. 무엇인가 기억이 나는 순간에 그것은 작동했다. 잊고 싶은 것이 떠오르는 순간 머릿속에서 정교한 장치는 기억의 재생을 막았다. 그 장치가 기억을 사라지게 만든다고 나는 심해지는 건망증 원인에 대해 스스로 분석하기도 했다. 그러나 이제 나는 기운이 다 빠져서 그 장치는 작동하지 않거나, 고장도 자주 일으키는 것이다.

다만 머릿속에서 환등기가 돌아가듯 그 집이 떠오를 때가 있다. 때때로 그 집을 찾아가는 꿈을 꾸었다. 마당에 큰 텃밭이 있고, 텃밭 가장자리에 작은 언덕길이 있고, 올라가는 계단이 있고, 그 계단 끝에 재래식 화장실이 있었다. 뒤주가 놓인 방과 긴 마루와 방마다 미세기 문이 달렸고 바깥벽에 여닫이문이 있고, 불을 때는 아궁이와 굴뚝이 있던 시골집 마당에 들어서는 꿈이었다. 그곳에서 세상과 무관한 듯이 살아가는 가냘프고 유순하고 창백한 여자가 있다.

그 집에서 그녀는 홀로 살아가고 있었다. 어디선가 도급을 받아온 일을 하며. 종일 야채를 다듬고, 콩을 까고, 구슬을 꿰며 지내고 있었다. 그녀는 밥을 먹을 때는 소반에 간장 종지 하나 놓고 비벼 먹었다. 일하다가, 피곤해서 꾸벅꾸벅 졸고, 콩을 까며 끊임없이 중얼거렸다. 내가 다가가면, 눈이 둥그레지며 몸을 일으키며 말했다.

여보, 오셨어요?

때때로 나는 흐느낌처럼 들려오는 소리를 들었다. 묘지에서 내려오는 산에서 마주치는 타인의 묘비석 뒤편에서, 플랫폼으로 행진곡과 함께 막 진입한 열차의 지붕에서, 천천히 걸어가는 거리의 반대편에서 가늘게 불어오는 바람결에 묻은 희미하고 여린 음성이 있었다.

매일 매일 밥을 지었어요. 어머니께 밥 짓는 법부터 새로 배웠어요. 쌀을 맑은 물이 나올 때까지 서너 번을 씻고 밥을 많이 할 때는 미리 물을 팔팔 끓이다가 쌀을 부면 좋다고, 물이 손등 요기까지만 닿게 하라고. 손등 반이 잠기도록 하면 된다고. 밥을 안치고 한 번 부르르 넘치면 솥뚜껑을 열었다가 닫아서 거품을 가라앉히고 놔두라고. 어머니께서 가르치셨어요. 그렇게 그대로 놔두면 오독오독 소리가 나지요. 그게 밥 처져지는 소리였어요. 한쪽에 보리쌀을 한 귀퉁이에 쌀을 놓고 아침밥을 짓고 또 점심밥을 짓고 곧 저녁밥을 짓고, 온종일 부엌을 떠날 수 없었어요. 밥을 지을 때는 일단 한 번 삶은 꽁보리밥을 안치구요. 그 한가운데를 파고 귀한 쌀 한 움큼을 넣었어요. 시부모님 드릴 건 거기만 뜨면 되고요. 사랑하는 당신에게 쌀밥을 드리고 나는 항상 남은 밥을 먹었어요.

그래서 나는 그녀를 벼꽃 같은 사람이라 불러주었다. 벼꽃. 미화. 米花. 내가 그녀에게 지어준 또 다른 이름이었다. 그녀는 내가 갓 여자대학을 졸업한 딸의 엄마와 동거를 시작하기 전까지는 내 부모를 모시며 밥을 지었다. 자신도 모르게 아내의 자리를 잃은 후에도 그 집에서 평생 나를 기다려왔다.

이제 나는 점점 그녀에게 가까워지고 있다는 것을 깨닫는다. 시간은 그녀의 편이었다. 나는 다시 만나면 그녀의 젖은 손을 잡아주고 그간의 어려운 사정에 대해서 고백할 것이다. 그녀는 언제까지나 내가 돌아오기를 기다리며 따뜻한 밥을 짓고 있을 여자이고, 여전히 나를 기다리고 있을 사람이었다.

나는 눈을 떴다. 낯선 저녁이었다. 흐린 달이 은륜의 테처럼 검푸른 하늘에 걸려 있었다. 멀리 웅덩이 바깥을 기어오르는 사람들의 그림자가 섬처럼 보였다. 이윽고 나는 떨어뜨린 휴대폰을 찾아내어 가까스로 딸에게 전화를 걸었다. 당황한 딸의 목소리가 전화기 너머에서 들려왔다. 구급차 사이렌 소리가 가까워지는 것을 들으며 흐릿해지는 눈을 감았다.

구덩이엔 대체 왜 들어가셨습니까?

구급차 안에서 구조대원이 나에게 물었다. 되찾은 기억을 밖으로 내보내기 위해 나의 입이 벌어졌다가 이내 다물어졌다. 살아오면서 누구에게도 그 일들에 대해 입 밖에 내어 말한 적이 없다.

구급차는 병원을 향해 달리기 시작했다.

*이 소설의 인물과 사건은 모두 허구이다. 김태호의 『근현대 한국 쌀의 사회사』(들녘), 이철승의 『쌀 재난 국가』(문학과지성사)를 참고했다.

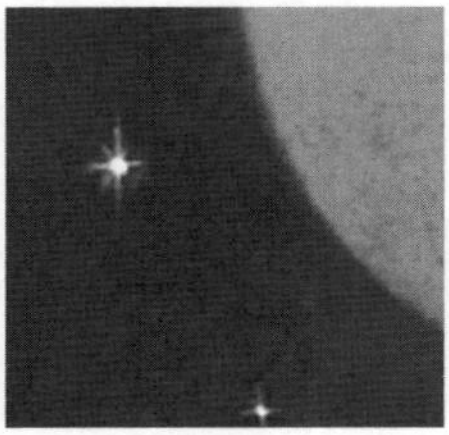

내가 아는 모든 이야기들은 혼돈 속에서 태어났다.

재와 사랑의 미래

재와 사랑의 미래

1

미화 이모가 꿈속에 나타난 것은 내가 서른아홉 살이 되던 해로, 그때 나는 세인트루이스를 향해 가는 비행기를 타고 있었다.

먼 나라로 떠나는 것도, 열다섯 시간이나 걸리는 긴 비행 경험도 모두 처음인 나는 좁은 좌석에서 자꾸 몸을 비틀었다. 시간이 흐르면서 서서히 밖이 어두워져야 정상이었지만 아무리 시간이 흘러도 여전히 밖이 환했다. 어두워지길 기다리며 창밖을 내다보다가 그마저도 진력이 나자 시간을 보내려고 등받이에 붙은 스크린으로 영화를 보면서 남은 비행 시간을 수시로 체크했다. 그러다 졸기 시작했고 잠깐 잠이 들었을 때였다.

꿈속에서 미화 이모는 나를 배웅하기 위해 공항에 나와 있었다. 그때 이모의 얼굴은 양장점 일로 바쁜 엄마 대신 유치원 소풍 가는 길에 따라와서 사진을 찍었을 때와 똑같은 모습이었다. 아마도 내 무의식 속 어딘가에 저장된 심상이 꿈의 통로로 흘러든 것이 틀림없다. 나중에 귀국한 후 다시 그 사진을 찾아서 보았을 때, 등이 구부정하고 제 나이의 곱절은 되어 보이고 얼핏 보면 노인처럼 보이는 이모 얼굴을 한참 들여다보다가 실제로는 마흔도 안 된 나이 무렵이라는 것을 알고 충격을 받았다. 그보다 젊었을 적 사진 속에서 이모는 참으로 단아한 분위기를 지닌 동양적 미인상으로, 미화 이모의 남편은 이모를 처음 동네 마을에서 보자마자 첫눈에 반했다고 한다. 그가 이모를 아내로 얻기 위해 목숨까지 걸었다는 순애보 같은 이야기는 집안의 전설이 되어 있었다. 그러나 그 사진이 찍힐 무렵 미화 이모는 두 집 살림 중인 남편과 떨어져 외딴 그 집에서 홀로 살아가는 중이었다. 이모는 세 아들을 낳은 엄마였고 남편은 일찌감치 지방대학에 임용되었기에 그녀의 여생이 편안하리라 믿었던 외할머니는 이모가 그렇게 된 후 상심 끝에 골병이 들었다. 꿈속에서도 사진 속에서도 이모 얼굴에는 어떤 생기도 빛도 없어 보였다. 나는 그 사진을 찍은 이모와 똑같은 나이에 미국을 향해 가고 있었다.

출국을 앞두고 엄마에게 인사하러 갔을 때 미화 이모의 아들 애기를 들었다. 어쩌면 그 잔상이 그 꿈을 만들어내었는지 모른다. 이모 아들은 내가 결혼하기 전에 미국으로 유학을 떠났는데 그 후에는 귀국하지 않았고 영주권을 얻기 힘든 미국이 아니라 같은 북미권인 캐나다로 이민을 신청해서 거기서 안착했다는 소식을 그날 처음 들었다. 그들은 결혼 후 일상에 치이면서 내 관심권 밖으로 완전히 멀어져 있던 대상들이었다. 엄마 수첩에 있는 이모 아들의 연락처를 내 수첩에 옮겨 적어 놓는 순간부터 그들은 그림자가 되어 나와 함께 바다를 건너가고 있었다.

2

잘 다니던 직장에 돌연 휴직계를 내고 뒤늦게 외국 대학원 박사과정에 들어갈 결심한 그에게 박사 공부를 시작하기엔 너무 늦은 나이라고 나는 반대했다. 하지만 그가 다니는 회사는 임원으로 승진하지 못하면 40대 중반에도 퇴직해야 하는 곳이었고 그는 자신의 전망을 신속하게 판단했다. 도서관에서 조용히 논문을 쓰며 지내다가 마흔아홉의 나이에 교수가 된 선배를 만나고 돌아온 날은 그의 마음 저울이 현재에의 안주와 미래에의 도전 중에서 후자로 완연히 기운 날이었다. 일단 목표를 정하면 밀어붙이는 성격인 그의 결심을 되돌릴 수는 없었다. 그때만 해도 5년 안에는 귀국할 수 있을 줄 알았기에 살던 집도 매매하지 않았다. 시동생 부부가 우리가 살던 집에 들어와 살면서 관리해주는 조건으로 출국길에 올랐다.

세인트루이스 공항에 도착해서 2시간을 달려서 마을에 도착했을 때는 해질 무렵이었다. 차에서 내렸을 때 두 눈 가득 밀려든 건 마을이 하나의 색채로 변해가는 광경이었다. 한 개의, 또는 서너 개의 장면이 일생을 지배한다. 나는 그때 남은 생 동안 선명하게 떠오를 하나의 기억 장면을 가졌다는 것을 예감할 수 있었다. 굳이 브로드웨이까지 가지 않아도 되겠어. 어떤 공연보다 더 장엄하고 극적인 일몰 앞에서 나는 괜히 가슴이 벅차올라 중얼거렸다.

마을에 사는 동안 매일 밤 노을빛이 나의 꿈속으로 스며들었다. 그로 인해 마을에 도착했을 때의 나와 떠날 때의 나는 전혀 다른 분위기로 변해 있었다. 그곳에서의 시간이 나에게 스며들어 예전과 다른 빛깔을 만들어내었는지는 알 수 없다. 귀국한 후에도 창밖을 보면 여전히 그 마을에서 본 일몰이 눈앞에 펼쳐졌다. 핏빛으로 장엄하게 불타올랐다가 서서히 보랏빛으로 변해가는 저녁놀이 창밖에 있었다. 보랏빛마저 서서히 사라지고 먹빛으로 변해 있는 세상이 있었다. 매일 해가 뜨고 해가 지고…… 삶과 죽음이 끊임없이 반복되는 유니버스. 나는 그 거대한 심연 한가운데 똬리를 틀고 있었다.

우리보다 앞서 유학 생활을 하고 귀국한 기자가 살다가 넘겨준 집에 도착했을 때, 구글맵에서 제공하는 인공위성 지도를 통해 미리 살펴보고 갔으나 지도 상으로 본 집과 실제 와서 본 집은 예상했던 것과 많이 달라서 당황했다. 일단 다운타운과는 꽤 떨어진 거리에 있을 뿐만 아니라 버스도 전철도 다니지 않는 곳이었다. 그 집을 소개하고 자신이 사용하던 세간살이 일체를 선금을 받고 넘긴 기자는 그런 사실은 언급하지 않았다. 미국에서 가장 살기 좋은 도시 중의 하나로 꼽혔고 집세가 저렴하다는 장점만 나열했을 뿐이다.

쓰레기차가 집 앞으로 매주 월요일 새벽에 오고 쓰레기는 큰 봉투로 3개까지 버릴 수 있다는 안내 스티커가 문손잡이 옆에 붙여져 있었다. 세탁기와 건조기, 가스레인지와 같은 옵션이 갖추어진 주택이었다. 부엌에 들어가 점검해 보니 가스레인지가 점화가 되지 않았다. 부동산 임대회사의 고객관리부서에 전화를 걸어 수리해달라고 요청하는 일은 우리를 공항에서부터 태우고 온 유학생이 도와주었다. 유학생은 근거리에 있는 아시안 식품점도 소개해주었다. 아시안 식품점에서 당장 먹을거리를 구입한 후 돌아오는 길에 한국에서 볼 수 없는 특이한 모양의 표지판이 눈에 스쳤다. 저건 뭐예요? 내가 묻자, 유학생은 사슴이 튀어나오는 곳이니 주의하라는 표지판이라고 알려주었다. 도로에서 오파섬이나 다람쥐, 사슴을 치는 일이 많이 발생한다고 했다. 길바닥에 피를 흘리는 사슴을 트렁크 칸에 싣고 집에 가져가기도 한다는 말에, 사슴을 집에 끌고 간다고요? 왜요? 나는 묻고 싶었지만 입 밖에 나오지는 않았다. 장시간 비행으로부터 이어진 일정에 나는 너무 지쳐 있었다.

집은 마을과 숲이 잘 보이는 언덕길에 있었다. 다음 날 아침이 되자 전날 저녁에 눈에 들어온 마을은 옷을 갈아입은 듯이 전혀 다른 풍경으로 바뀌어 있었다. 아침에 떠오른 해가 마을을 골고루 비추며 전원 마을의 풍경을 드러냈다. 한낮에도 전등을 켜야 할 정도로 늘 어두웠던 서울의 복도식 아파트에 익숙한 나에게 눈앞에 펼쳐진 밝고 고요한 풍경은 비현실적으로 다가왔다. 2층 침실에서는 커다란 창문을 통해 마을이 환히 내려다보였다. 언덕 위의 집에는 해가 오래 머물다 갔다

마을의 집은 모두 큰 차고를 갖추고 있었다. 아침 7시에서 8시 사이와 오후 3시 이후 학생들을 등하교시키는 노란색 스쿨 버스가 다닐 뿐, 일반 대중교통 버스가 다니지 않고, 열차역도 없는 곳에서 한 사람이 차를 몰고 나가버리면 나는 우리에 갇힌 짐승처럼 발이 묶였다.

아침 일찍 그는 차를 몰고 학교에 갔고 나는 마을 지리를 익힐 겸 홀로 산책을 나섰다. 한국에는 골목마다 있는 편의점도 놀이터도 술집도 눈에 띄지 않는 마을은 모형으로 지어놓은 테마파크 지구촌 마을에 들어선 것처럼 낯설게 눈에 들어왔다. 나는 두리번거리며 길을 따라 걸어갔다. 마을은 오가는 사람조차 좀처럼 보이지 않았다. 마을 사람들에게 집이란 하나의 성채이고 퇴근하면 곧장 그 성으로 들어가 홀로 또는 가족끼리만 시간을 보내고 있다는 것은 조금 더 시간이 흐른 후에 알았다.

나는 걸어가는 도중에 등 뒤에서 서늘한 기운을 느꼈다. 이상한 느낌에 뒤를 돌아보았을 때였다. 앗, 비명을 지를

새도 없었다. 나를 향해 빠르게 달려오는 짐승과 마주했다. 달려오는 짐승은 사슴이었다. v형으로 생긴 조그마한 얼굴에 날렵한 두 귀를 가진 그 짐승은 흰 얼룩무늬가 점점이 그려진 등을 옆으로 휙 보이며 금세 달려가 버렸다. 정면에서 달려오는 짐승을 마주 보리라 상상조차 할 수 없었던 나는 꿈인지 아닌지 손바닥으로 뺨을 쓸어 보며 사슴이 달려간 곳을 바라보았다. 사슴이 많은 마을이라고 하지만 동네에서 뛰어다니는 사슴을 바로 눈앞에서 볼 것이라고는 예상하지 못한 일이었다. 나를 지나친 사슴은 마을 뒤편의 숲으로 사라져 보이지 않았다.

며칠 뒤에 나는 사슴이 달려간 숲까지 걸어가 보게 된다. 무슨 생각으로 그 숲에 가 볼 생각을 했는지 모른다. 단지 호기심에 이끌려 걸어갔다. 버려진 차가 있는 공터를 지나 개집과 동그랗게 말아놓은 건초더미와 그네를 달아놓은 큰 떡갈나무가 있는 곳을 지나 계속 걸어갔을 때 마을 뒤편으로 난 언덕길의 끝으로 숲이 이어져 있었다. 마주한 숲은 거대한 삼림이었고 거인처럼 다가왔다. 안은 꽤 깊고 어두워 보였다. 숲을 마주했을 때 밀려든 것은 공포감이다. 누군가 나무 사이에 숨어 있다가 막 나타난 먹잇감을 보고 뛰어나올 것 같았다. 얼른 발길을 돌렸다. 한참을 걸어 마을로 되돌아왔다. 다시는 그 숲 근처에도 가지 않았다.

7년 후에 나는 한 번도 내 스스로 걸어 들어가본 적이 없는 그 숲에 다시 가게 된다. 내 의지로 간 것이 아니다. 납치되다시피 숲으로 끌려갔기 때문이다.

나는 흙냄새를 맡으며 얕은 구덩이 속에 누워 있었다. 차갑고 붉은 흙이 맨 살갗 위로 흩뿌려지고 이윽고 콧속으로 쏟아져 들어오기 시작했을 때 정신이 들었다. 코끝에서 흙냄새가 진동하고 흙가루가 공중에서 회오리를 일으키고 있었다. 그 순간에는 내가 어떤 장소에 와 있는지 짐작하지 못했다. 흐릿한 눈을 떴을 때 마을에서의 시간이 눈앞에서 영화처럼 흐르는 광경을 가만히 바라보았을 뿐이다. 꿈처럼 느껴지던 마을의 도착 장면과 마을 한가운데 길에서 마주친 사슴이 보였다.

마을에 도착한 첫해에 외국인을 위한 영어 교실이 개강하는 3월이 오기를 기다리며 창으로 쏟아지는 햇빛 아래, 투명한 유리 어항에 들어앉은 사람처럼 창가에 몇 시간이고 앉아 있는 내가 보였다. 나는 빈 욕조의 바닥부터 차오르는 따뜻한 물처럼 빛과 고요가 가득히 몸속에 차오르는 것을 느끼고 있다. 밝은 햇빛은 깃털처럼 떠다니는 방 안 먼지까지 낱낱이 보여주곤 했다. 환한 고요 속으로 아주 오랜 기억들이 찾아오기 시작했는데 그때처럼 시간이 흐르는 느낌이었다. 이윽고 햇빛이 핏빛으로 변해가는 것을 보았다. 핏빛은 서서히 보랏빛으로 바뀌어가고 있었다. 막 외계 행성에 불시착한 듯한 이상한 기분으로 누워 있다가 점점 현실을 자각하며 깨어났다.

나는 그 숲에서 오랜 시간 버둥거리다가 탈출했다. 나를 스쳐 달려가던 사슴처럼 숲속을 달렸다. 달리는 내 눈앞에 문득 이모가 떠올랐다. 왜 그 숲속에서 이모가 보였는지 알 수 없었다.

3

그 일은 그가 박사 학위를 받고 운 좋게 주립대학에 자리를 잡은 다음 해에 일어났다. 우린 영주권도 신청했는데 꽤 오랜 시간을 기다린 끝에 영주권자도 된 상태였다.

한인 여성이 남편에 의해 땅에 매장되었다가 가까스로 구덩이에서 탈출한 그 사건은 재미 한인 사회에서 큰 화제가 되었다.

한인 부부는 그날 큰 다툼이 있었다. 남자는 여자를 위협하며 상자를 밀봉할 때 쓰는 테이프를 가져와 두 손을 묶었다. 눈에도 테이프를 붙이고 허벅지와 발목에도 테이프를 감은 뒤 차고로 끌고 갔다. 150센티미터가 조금 넘는 키에 몸무게가 43킬로그램도 안 되는 여자를 키가 190센티미터가 넘는 남자는 사냥꾼의 손아귀에 들어온 어린 사슴처럼 다루었다. 남자는 여자를 차에 태우고 집에서 떨어진 숲으로 데려갔고 50cm 깊이의 땅속에 떨어뜨린 후 얼굴에 흙을 뿌렸다. 그리고 남자는 그곳을 떠났다. 여자는 흙 속에서 숨을 쉬기 위해 코를 꿈틀거렸고, 눈에 붙은 테이프를 떼기 위해 얼굴을 열심히 움직였다. 몇 시간 만에 눈에 붙은 테이프가 떨어졌다. 여자는 숲속을 달렸다. 인가를 찾아낼 때까지 어두운 숲속을 달리고 달렸다.

한인 부부의 구체적인 신상은 자세히 알려지지 않았지만, 마을에서는 한동안 가십거리였다. 그 일로 인해 여자는 마을에서 더 살아갈 수 없었다. 몇 개월 후 남자와 헤어져 귀국길에 오른다.

나는 그때 그 사건의 주인공이 나라는 사실이 드러날까봐 두려웠다. 귀국한 후에는 SNS 계정을 모두 해지했다. 가입한 메신저에서도 탈퇴한 이후 오로지 미금에서 두문불출했다.

4

미금에서 나는……. 다이어리에 쓰던 중에 종종 미금이 아니라, 미궁이라고 틀리게 쓰는 일이 있다. 그러나 그게 꼭 틀린 말도 아니다. 다이달로스가 미궁을 만들어 미노타우로스를 가두었듯이, 지나간 시간을 이곳 미궁 아니 미금에 두고 절대 밖으로 내보내고 싶지 않은 마음이 잘못 쓴 말에 투영된 듯 여겨지기 때문이다.

미금=미궁. 미궁=미로. 단지 글자가 다를 뿐, 본질은 모두 같은 것인지 모른다. 구불구불하게 이어지고 끝이 좀처럼 나타나지 않는 굴의 안은 검은 물질에 뒤덮인 것처럼 사뭇 어둡지만, 손전등을 비추면 꿈틀거리는 움직임이 느껴진다.

나는 내가 겪은 일이 꿈이었다고 생각한다. 그 일과 관련한 어떤 해명도 듣지 못했다. 자기 행동을 후회한다거나, 사과한다, 어떤 변명의 말도 듣지 못한 채 그와 헤어져야 했다. 어떤 일을 현실과 비현실로 구분할 수 있다면 여전히 그 일은 지금도 비현실적으로 여겨진다.

미금 집은 원래 윤희 언니가 주말에 와서 글도 쓰고 책도 읽기 위해 따로 얻은 집이었다. 방 하나는 오롯이 서재였다. 원목 책상 하나는 창가 쪽에 배치하고 방의 벽면에 천장 높이까지 짜 맞춘 붙박이 책장에는 민음사나 창비니, 문학동네니 여러 출판사에서 나온 문학전집류와 대학 전공책과 오래전 언니가 정기구독했던 월간 잡지류 일체를 본가에서 다 옮겨다 놓았다. 미금에서 나는 그 책들을 '먹'으며 살아간다.

엄마를 보러 갈 때 외에는 서울에 가지 않았다. 가족들 앞에 등장하는 나는 나와 비슷하게 생긴 또 하나의 나였다. 또 하나의 나는 계속 그려오던 그림도 그리고 번역 일감도 의뢰가 들어오는 대로 거절하지 않고 해낸다. 보름에 한 번꼴로 전통시장에 나가 장을 보고 일상인처럼 살아가고 있다. 그건 외양일 뿐인 거였다. 진짜 나는 미궁 깊은 구석에 몸을 숨긴 채 잠들어 있었다.

시간이 흐르자, 마을에서 일은 전생처럼 아득하게 느껴지기 시작했지만 잠이 들면 시계 태엽은 자동으로 감기기 일쑤였다. 나는 여전히 그 마을에서 살고 있었다. 나는 여전히 그 소리를 듣는다. 처음에는 먼 곳에서 들려오는 북소리 같다. 소리는 처음엔 작게, 이윽고 점점 크게 들려온다. 쿵 쿵 쿵 쿵. 북소리는 이윽고 천둥소리로 변한다. 잊을 수 없는 그 날, 숲속을 달리는 내 심장이 내는 소리다.

5

펼친 책 중간께에 눈이 한참 멈추었다. 그 말이 보였다. 늘 그 자리에 있지만, 어느 날 갑자기 눈에 들어온 책 속에서 나타난 말이었다.

혼돈.

혼돈이 들어간 전체 문장은 이랬다.

'혼돈이 그 사람을 집어삼킬 것이다'

터널의 끝에서 비쳐오는 한 줄기의 빛처럼 그 단어가 눈에 박히는 순간, 빛의 속도로 심장 아래 건반 하나를 둥, 하고 건드렸다. 불가사의로 여겨진 그 일에, 오래도록 이해할 수 없는 사건에 혼돈, 이라는 열쇳말을 가까이 대자 갑자기 머릿속에 윙, 전기가 일어났다.

혼돈이 항상 승리하는 세계에서 꿋꿋하게 버텨내는 삶에 관한 우화처럼 읽히는 논픽션을 쓴 저자가 나에게 속삭이듯 말하고 있었다.

'혼돈은 말야. 부러져 떨어진 나뭇가지나 질주하는 자동차야. 총알 하나를 거느리고 밖에서 치고 들어가 그를 으스러뜨릴 수 있어. 아니면 반란을 일으키는 그 사람의 몸속 세포들과 함께 안에서 박차고 나와 그를 해체해버릴 수도

있어. 혼돈은 너의 개를 죽이고, 너의 자전거를 녹슬게 만들어. 네가 가장 좋아하는 것을 무너뜨리고 네가 간신히 쌓아올린 모든 성스러운 장소를 폐허로 만들 수 있어.'

나는 내가 겪은 일을 떠올리고 절대 이해할 수 없었던 이해의 실마리 하나를 비로소 얻은 듯이 파르라니 눈을 감았다.

6

고요 속으로 그림자들이 찾아오기 시작한다. 나는 그들이 찾아오는 순간을 그림자 극장이라 이름 붙인다. 그림자 극장에는 그림자들이 무대 위에 둘러앉아 있다. 무대의 흰 스크린에 확대되어 비치는 그림자들처럼 둘러앉은 그들의 모습은 실제의 모습보다 훨씬 더 커 보이기 마련이다.

그림자 극장의 1막 1장의 무대는 그 집이다.

덜 마른 시멘트 위로 걸어감으로써 그 자리에 그대로 남은 발자국들은 시간이 지나 화석처럼 변해간다. 대부분은 망각의 바다로 흘러갔지만, 그중 조각조각 흘러 다니다가 불현듯 기억의 해안에 이르는 편린들이 있다. 장면 장면은 연속성이 없으나 모래 위에 조각들을 늘어놓으면 건너뛰어서 어떤 장면에 이어지고 돌아가서 어떤 장면에 이어지기도 하는 그런 기억 장소 중에 그 집이 있다.

나는 윤희 언니에게 혹시 언니는 그 집이 기억나는가, 물었다. 나보다 다섯 살이 많은 언니는 어린 나보다 그 집에 대해 좀 더 자세히 기억하고 있을 것 같았다.

윤희 언니가 색연필까지 동원해서 그린 기억 속의 집이 전송되어왔다. 언니가 그린 종이집을 들여다보며 나는 기억을 되살리려 애쓴다.

그 집은 양쪽으로 출입문이 두 개였다. 남동쪽에 큰 대문, 북서쪽에 작은 쪽문, 두 개의 문 사이 한가운데 기와지붕을 한 단층집이 자리하고 있다. 집의 남쪽 마당은 커다란 텃밭이다. 텃밭의 크기는 100평 남짓이다.

큰 대문 옆에는 집과 나란히 감나무 한 그루가 서 있다. 텃밭에는 늘 파, 상추, 깻잎, 감자, 고구마가 자라고 있다. 집은 홑집이 아니라 겹집 구조로 댓돌이 놓인 툇마루 오른쪽으로 방이 두 개, 마루 안쪽으로 안방, 그 뒤로 골방, 방이 네 개인데 마루 오른쪽 방에는 시골 삼촌이 본가에서 소도시로 유학왔을 때 지낸 방이다. 안방과 그 방에 나란히 붙은 골방이 자매들의 방이었다.

'골방에 문이 하나 달려 있지 않았던가?' '그 문을 열고

바깥 출입할 수 있었어.'

집은 기억 속에서 밖으로 나온 순간 눈앞에 있는 집으로 변해갔다.

방과 방들 사이의 문은 여닫이문이 아니라 미세기문이었다. 툇마루 앞에는 큰 평상이 놓여 있었다. 평상 위에서 밥을 먹고 공기놀이도 하고 낮잠을 자기도 했다.

그 집은 부엌과 화장실을 모두 집밖에 만들었다. 언니가 종이집에 부엌도 그려 놓았는데 작은 쪽문 위쪽에 부엌이 위치했다.

텃밭과 작은 쪽문 사이에 돌확을 그리고 그 옆에 작은 펌프를 그려놓았다. 펌프? 펌프! 그건 재래식 작두 펌프였다. 텃밭 앞에서 집을 바라보는 시점에서는 펌프 자리가 왼편에 놓이지만, 만약 툇마루에 앉아서 펌프를 바라보면 오른쪽에 놓일 것이다. 그때 떠오른 것이 있다. 미국 집 이층집 창가에서 내려다본 집이다. 그 펌프는 꿈속에서도 나타났다.

그날도 그는 일찍 차를 몰고 학교에 갔다. 나는 산책을 마친 후 잠시 누워 있었다. 그 전날, 남편의 후배 부부가 초대한 자리에 갔다가 받아 마신 술이 주량을 넘긴 탓이었다. 점심을 챙겨 먹어야 할 텐데, 하면서도 천장을 바라보며 누워 있었다. 어느 순간, 갈비뼈 안쪽에서 누군가 몸을 일으켜 홀연히 빠져나가 침대 머리맡에 앉는 것을 느꼈다. 나는 아직 몸을 일으키지 않았다. 그때 몸속에서 어린아이처럼 작고 가냘픈 형상이 빠져나와 침대 머리맡에 앉는 것을 보았다. 얍얍얍, 누군가 크게 고함을 내지르는 소리가 창밖에서 들려왔다. 비로소 몸을 일으켰다. 창가로 다가가 밖을 내다보았을 때였다. 2층 방 창가에 서면 지붕 높이까지 올라오는 엘름나무가 바로 코앞에 닿을 듯 보이고, 붉은색으로 기둥이 칠해진 전봇대가 마을의 한가운데를 가로지르며 뻗어나가는 마을 전경이 보이고 아랫집 마당이 내려다보였다. 그 순간 눈에 들어온 것은 아랫집 마당이 아니라 큰 텃밭이 있는 소도시의 그 집 마당이고 마당 한구석에 작두 펌프가 있는데 그 앞에서 펌프질하고 등 멱을 하고 차력사가 된 것처럼 얍얍, 기합을 넣으며 고함을 내지르는 소년들의 모습이었다. 헛것을 본 것일까. 나는 눈을 크게 떴다.

종이에 그려진 집을 보면 꿈속의 풍경에서 펌프가 보이던 그 자리와 정확히 일치했다. 언니가 그린 것은 텃밭과 집을 마주한 관점에서 그린 것이다. 그 위치에서 보면 작두펌프는 왼쪽에 놓인다. 그러나 툇마루에 앉아 바라보는 관점에서 보면 펌프가 오른쪽에 놓인다.

그 집은 나에겐 생가이고, 부모에게는 본가에서 독립해 나온 첫 집이다. 언니는 본가에서 태어났고 남동생들은 몇 년 후에 어머니가 양장점을 개업하면서 살기 시작한 뒷집에서 출생했으므로 그 집에서 태어난 사람은 내가 유일했다. 우리가 떠난 후에는 미화 이모가 빈집에 들어와 한동안 살았다. 연년생 동생들이 태어난 시기에 어머니는 아직 손이 많이 가는 나를 미화 이모에게 보냈으므로 그 집은 나의 생가인 동시에 유년기를 미화 이모와 함께 지낸 장소였다.

미화 이모의 원래 이름은 귀자. 아내에게 미화라는 애칭을 만들어준 것은 그녀의 남편이다.

미화를 풀어쓰면 벼꽃이다. 미화. 米花. 벼꽃. 세상에서 가장 아름다운 꽃이 있다. 나는 한 번도 보지 못한 꽃이다. 미화 이모를 통해서만 그 꽃을 떠올릴 수 있을 뿐이다. 이모가 밥상머리에서 한 말이 있다.

이 밥이 어디에서 왔는지 알고 먹어야 해.

볍씨에서 싹이 나 모가 되기 위해서 엄마의 배 속처럼 부드러운 흙이 볍씨를 자라게 해야 한다. 곧은 줄기를 가지기 위해, 호수 같은 논으로 옮겨져 자라나야 하고 길고 긴 뜨거운 여름을 견뎌내야 해. 그 시간을 통과한 후 작은 벼꽃은 비로소 낟알을 피워낸단다. 고통 끝에 태어나는 이삭 하나하나, 거기에 피어나는 그 맑고 고운 꽃이 벼꽃이야. 벼꽃이 피지 않으면 지금 네가 먹는 이 밥도 없는 거란다.

미화 이모에게 그 말을 처음에 들려준 것은 미화 이모의 남편이었다.

이모의 남편이 신문에 났을 때 이모는 그 신문을 구해다가 나에게 보여주었다.

신문에 난 얼굴과 비슷하게 생긴 남자가 이모를 찾아온 날이 있다. 그때는 툇마루에 앉아 한참 햇빛 바라기를 하고 있을 때였다. 안경을 쓰고 깡마르게 생긴 어른 남자는 나를 보았는지, 보고도 눈에 들어오지 않았는지, 누구냐고 묻지도 않고 쌩하니 찬 바람을 일으키며 방 안으로 들어갔다. 그날은 다른 날과 좀 달랐다. 미화 이모가, 미진아, 하고 내 이름을 부르더니 오늘은 밖에서 나가 놀고 오라고 말했기 때문이다. 나는 밖으로 나가지 않고 계속 툇마루에 앉아 있었다. 그때 등 뒤의 방안에서 사람 말은 들리지 않고 끊임없이 무언가 부석부석거리는 이상한 소리만 나는 것을 계속 듣고 있었다. 내가 잠시 졸았다가 깨어나자 어느새 어른 남자는 사라지고 없었다.

미화 이모가 툇마루에 앉아 있다. 이모는 하염없이 먼 산을 바라보고 있다. 라디오에서 흘러나오는 노래를 듣고 있다.

강물이 흘러가는 것처럼, 확실히 바다로 가듯이
그대여, 그렇게 될 거예요.
어떤 것들은 그렇게 될 운명이죠.
내 손을 잡아줘요. 내 모든 인생을 가져가요.
나는 당신을 사랑하지 않을 수 없어요.

엘비스 프레슬리가 부르고 있다. 'Can't help falling in love with you'. 노먼 터로그 감독의 영화 '블루 하와이'에 삽입된 그 노래는 엘비스 프레슬리의 대표적 히트곡이었다. 앨비스는 소도시에 열차 폭발 사고가 일어난 그해에 심장마비로 죽었다.

그 집은 열차 폭발 사고가 났을 때 사라졌다.

화물 열차가 다이너마이트와 전기 뇌관 등 고성능 폭발물을 싣고 역에서 정차하던 중 폭발 사고를 일으켰다. 그날 지방 소도시의 열차역에는 거대한 구덩이가 생겼고 반경

오백 미터 이내 건물이 대부분 파괴된다. 역에서 근무하던 철도 공무원을 포함하여 59명이 사망하고 1343명이 중상 및 경상을 입고 이재민 1647세대를 만들어낸 그 일은 소도시가 겪은 가장 큰 사건일 것이다. 신문박물관의 현대사의 중요 사건만 스크랩해서 전시한 신문 1면 전시관에 열차역 폭발사고 현장이 찍힌 사회면 1면이 걸려 있는 것만 봐도 그렇다. 소도시 사람들은 그날 폭발 소리를 듣고 북한군의 공습을 받은 줄 알았다.

우리 가족이 소도시를 떠난 것은 폭발 사고가 나기 직전이었다. 그 무렵 지방 공무원인 아버지가 서울로 발령이 났고 먼저 도시를 떠나 있었다. 아버지는 서울에서 가족과 떨어져 홀로 일 년을 지냈다. 엄마는 아버지가 서울로 간 후 살던 집을 복덕방에 내놓고 서울로 이주를 서둘렀는데 표면적인 명분은 자식 교육이었다.

열차역 폭발 사고 이후 사람들은 도시의 이름을 들을 때마다 폭발 사고를 연상했다. 그리고 몇 년 후에 도시의 이름이 바뀌었는데 바뀐 도시의 이름은 낯설었다.

다만 변하지 않는 것은 그 지역에 나라에서 가장 너른 곡창 지대가 있었다는 사실이었다. 너른 평야는 시도 전체 면적의 3분의 1을 차지하고 있다. 곡창 지대는 일제 강점기에 집중적인 곡물 수탈의 현장이었다. 내 고향에서 생산된 곡물은 우마차에 실려 항구에서 나라 밖 일본으로 실려가곤 했다.

전 국민의 9할이 농민이었던 농업국가 시대에, 농부의 아들이었던 대통령이 식량 증산 정책을 밀어붙이던 시기에 소도시에는 생산성이 높은 볍씨를 개발하는 중요한 연구 프로젝트를 수행한 작물시험장이 있었다. 그 작물시험장에서 나온 볍씨 품종에는 자연스럽게 소도시의 지명이 붙여졌고 품종이 개발된 연대와 숫자가 표시되었다. 그러니 소도시의 옛 이름은 이제 그 작물시험장에서 나온 전설의 볍씨에만 남아 있을 것이다.

작물시험장은 한때 미화 이모의 남편이 일하던 곳이었다. 이모는 남편이 그곳에서 중요한 연구를 한다고 했다. 이따금 미화 이모의 아들들이 찾아와 며칠씩 그 집에서 지내고 떠나갔다. 이모의 아들들이 집에 와 있으면 늘 김치만 오르던 밥상 위에 조기와 고기반찬이 올라왔다. 왜 이모는 남편과 아들과 같이 살지 않고 혼자 떨어져 지낼까. 그때의 나는 그 이유를 알기에는 너무 어렸다. 나는 소도시를 떠난 후에는 한 번도 그곳을 찾은 적이 없다.

7

벌어진 암막커튼 틈새로 검푸른 빛이 새어 들어오고 있었다. 그날 나는 낯선 방에서 눈을 떴다. 머릿속 부유하는 조각들을 시간 순서대로 맞춰 보려고 애쓰고 있었다. 그 방은 미화 이모의 손자 방이었다. 새벽에 눈을 뜬 나는 흘러간 시간들을 어둠 속에 펼쳐 놓고 지금 이 순간은 대체 인생의 어느 막 어느 장일까, 생각했다.

수첩에 적힌 전화번호가 자꾸 눈에 띈 것은 미국에 도착한 후 2년쯤 흘렀을 때였다. 가을의 나무들이 서서히 겨울로 들어갈 채비를 하고 있을 무렵이었다. 발밑에서 낙엽들이 몸부림쳤다. 밖에서 무슨 소리가 들려올 때마다 창을 열어보면 구스들이 무리를 지어 날아갔다. 구스의 울음이 입혀진 나뭇잎의 갈색들이 순간 더 짙어 보였다.

그는 6개월에서 1년 또는 2년, 단기나 장기로 오는 해외 연수자와 국비유학생들, 기자, 공무원, 교환교수들과 자주 어울렸다. 한국에서 각자 직업이 달랐던 그들은 그곳에서 팀을 이루어 수시로 골프를 하러 갔다. 근처에 한국보다 이용료가 매우 싼 골프장들이 있었다. 여기서 골프를 많이 하는 것이 경제적으로는 이득이랍니다, 그들은 변명하듯 내

앞에서 말했다. 그들의 아내들은 쇼핑에 몰두했다.

나는 생쓰기빙데이 기간에 나온 할인 항공권을 검색하기 시작했다. 경비를 절감하기 위해 나 혼자 다녀오겠다는 계획에 남편은 괜찮을까, 하면서도 도착해서는 원주민 가이드를 통해 패키지로 다녀올 것이라는 말에 반대는 하지 않았다.

국제전화를 걸었다. 지금 여기는 좀 추워. 이모 아들은 내 목소리를 한참 뒤에 알아들었다. 오지 말라는 말 대신 완곡화법으로 속마음을 전했다. 수화기 저편에서, 여기 온대요? 왜요? 또 다른 목소리가 들려왔다. 정확하고 분명한 감정이 담긴 목소리였다. 환영받지 못할 것이라는 것을 분명히 예상하면서도 그 여행은 실행되었다.

검푸른 도화지 위에 두 개의 흰 수직선을 그려 놓은 듯 보이는 길이 끝나지 않을 것처럼 이어지고 있을 때 꿈을 꾸는 듯이 여겨졌다. 2시간도 채 눈을 못 붙이고 집을 나와 새벽 여명 속의 1-70번 하이웨이를 달리고 있었다. 처음 미국에 도착해서 밤과 낮이 뒤바뀌어 애먹던 그때처럼, 의식은 잠이 들어 있어야 할 한밤에는 대낮처럼 초롱초롱하고 정작 길을 나서면서부터는 꿈속처럼 몽롱해졌다. 차창을 내리자

선뜩선뜩 한 새벽 찬 바람이 밀려와 몽환을 번쩍, 달아나게 했다.

수첩에는 2개의 주소가 적혀 있었다. 하나는 이모 아들의 집 주소, 또 하나는 그가 일하는 가게 주소. glory photo 1600-50 ave s.w calgary 주소가 적힌 종이를 보여주자 택시드라이버는 남쪽으로 계속 달려갔다. 사진관에 도착한 것은 오후 3시가 안 된 시각이다. 학생복을 입은 잘생긴 중 · 고등학생 때의 얼굴, 20대의 얼굴, 늦은 나이에 유학길에 오르기 전의 모습, 결혼식을 치르러 잠시 귀국했을 때의 여윈 얼굴 너머로 한 중년의 사내가 내 앞에 얼굴을 드러냈다.

5평 남짓한 사진관은 한국의 사진관들보다는 조금 더 넓을 뿐이다. 내부 인테리어만 보면 이곳이 한국인지, 캐나다인지 구분되지 않았다. 그는 토요일 예약된 손님은 다 다녀갔다며 사진관 문을 닫았다. 그의 차를 타고 집으로 이동했다.

"나에게 미국이 제2의 고향이야. 내가 조지아에서 5년 있었잖아."

운전 중에 그가 말했다. 공부 욕심이 많은 그가 유학길에 올랐을 때는 박사학위를 취득하고 언젠가 교수가 되리라는 꿈을 갖고 있었을 것이다. 사진관 사장이 된 현실은 애초의 꿈이 뜻대로 이뤄지지 않았음을 의미했다. 나는 그가 하는 말을 조용히 들었을 뿐 그동안의 이력에 대해서는 자세히 묻지 않았다. 한 장의 사진에 많은 것이 함축되어 있듯 5평 사진관에 앉아 있는 그의 모습에서 이미 많은 말을 들은 것처럼 여겨졌다.

"내가 이민 온 것은 아이들 때문이지. 한국보다는 낫겠다 싶어서."

그는 큰아들이 의대에 입학할 거라고 자랑하듯 말하더니, 한국을 떠나기 전에 인사를 하지 못했다고 말꼬리를 흐렸다. 뒤늦게 그것이 마음에 걸리는 모양이었다. 이민 갈 당시 그는 엄마를 찾아오지 않았다. 그럼에도 엄마는 그의 연락처를 모두 알고 있었는데, 삼형제 중 유일하게 전화한다는 이모의 둘째 아들이 알려주었을 것이다. 엄마는 한 번이라도 전화 오면 형제의 근황을 꼼꼼히 물어보고 다 적어두는 사람이었다. 이모의 장례를 치른 후 그들은 우리 집에 더 이상 오지 않았고, 오지 않으면서 멀어져 갔다. 남쪽 주택가의 타운하우스에 도착했을 때, 그의 아내가 김치를 새로 담그던 중에 문을 열었다.

나는 준비해온 선물과 함께 아버지의 생신일에 촬영된 가족사진을 보여주었다. 그때 그가 나를 바라보면서 불쑥 말했다.

"올해 여름에 우리 부모님도 이곳에 다녀가셨어."

LP판의 궤도를 돌던 바늘이 갑자기 튀어 오르듯, 부모님이라는 단어가 끼이익, 귓전에서 튀었다. 눈에 티가 들어온 양 자꾸 깜박였다. 그가 부모님이라고 부른 대상은 미화 이모의 남편을 포함하고 있었다. 부모님이 다녀가셨다는 말은 미화 이모의 남편과 그의 아내가 다녀갔다는 뜻이고 그 아내는 미화 이모가 아닌 다른 여자임을 의미했다. 그들이 얼마 전에 이 집을 다녀갔다는 의미였다. 내가 앉은 소파에 앉고 지금 앉은 식탁에 앉아 함께 식사를 하고 갔다는 뜻이었다. 신문사 인물검색창에서 그의 프로필을 검색했을 때 떠올랐던 얼굴이 떠올랐다. 인물 소개란의 프로필은 매우 간략했다.

나는 선물로 가져간 캐나다산 와인을 따서 마시고 싶었지만 눈칫밥이 소화가 안 되었는지 약간의 체기를 일으켰다. 이모 아들 부부와는 많은 얘기를 나누지 못한 채 그의 쌍둥이 아들 방으로 들어가 불을 끄고 누웠다.

정확히 몇 막 몇 장인지 모르는 또 하나의 시점에 B병원 중환자실 침대에 누워 있던 이모의 모습이 희미하게 어른거렸다. 그녀는 이미 그때쯤엔 거의 완전한 투명 인간이 되어 사람이라기보다는 단지 침대의 표면에 어룽져 있는 무늬처럼 보였다.

희미하게 그 집에 다녀가던 남자의 모습을 떠올렸다. 그가 다녀가면 미화 이모의 눈과 입에서 자꾸 흘러나오는 것들이 있었다. 병아리처럼 종종거리며 옆에 머물던 나는 미화 이모의 손에 있는 손수건이 자꾸 눈가를 향하는 것을 바라보았다. 나중에는 내 눈에도 이모의 눈에서 흐르는 것과 똑같은 것이 흘러내렸다. 그 흐름 속에서 이전까지는 느껴보지 못했던 색이 다른 감정과 빛깔이 점점 안에 차오르는 걸 느꼈다. 이모의 입술 틈에서 가락이 흘러나왔다. 그 가락은 슬픔, 비감, 비애, 그러나 그보다 더 선연하고 진한 빛깔의 단어로도 표현할 수 없는 감정을 담은 가락이었다. 슬픔이 아닌 슬픔, 슬픔보다 더한 슬픔. 그런 게 있을 것 같았다. 그것이 어떠한 흐름이었는지 시간이 갈수록 그 감각은 점점 흐릿해져 갔지만 나중에 내가 마을의 끝에 펼쳐진 숲 속을 달리고 있을 때 가슴 속에 차오른 건 아주 오래전에 이모의 눈에서 흘러내리던 슬픔이었다.

다음날, 부부의 일요 예배 가는 길에 동행했다. 한인 장로교회에 가는 길에 그는 자신이 교회에서 회계 일을 맡아 하고 있다고 말했다. 예배 도중에 담임목사가 내가 아버지의 계명을 지켜 그의 사랑 안에 거하는 것 같이 너희도 내 계명을 지키면 내 사랑 안에 거하리라. 요한복음 15장을 읽을 때 나는 주보를 들여다보았다. 십일조 헌금자 명단에 이모 아들 이름이 박혀 있다. 목사가 아멘, 할 때 나도 아멘 했다. 그는 사진관에서 벌어들이는 소득의 일부를 십일조로 내고 십계명을 잘 지키며 공부 잘하는 세 아들을 부양하며 가정적인 아빠로 살아가고 있었다.

그는 사진관으로 출근할 시간이 되었을 때, 다시 오지 못하리라는 것을 예감하며 나는 그를 바라보았다. 사진 한 장 찍겠습니다. 두 사람이 어정쩡하게 선 모습으로 셀카 사진을 찍었다.

밴프에서 온 원주민은 정확히 아침 9시 반에 집 앞으로 나를 데리러 왔다.

아무래도 오늘 주행은 무리입니다. 원래 가기로 한 길의 노면이 얼어붙었다고 원주민은 곤혹스러운 표정을 지었고 얼어붙은 길에서 차바퀴는 자꾸 미끄러졌다. 원주민은 북쪽으로 방향을 돌렸다. 국립공원 내에서 가장 큰 호수라고 했다.

"이 호수는 길이가 24킬로미터이고 고스트 강을 막아 만든 담수호수입니다. 나코다 인디언 말로 Minnewanka 영혼의 물이라는 뜻을 갖고 있습니다."

웃으세요. 웃으세요. 기사는 호수 앞에 나를 세워 놓고 사진을 찍어주겠다고 했다.

나는 웃지 않았다. 영혼의 호수라 이름 붙여진 검푸른 호수 앞에 섰다. 배의 갑판 위에 찬바람을 맞아 가며 웅숭그리며 선 것처럼 금세 귀가 얼얼해지고 뼛속까지 냉기가 날카롭게 파고들기 시작했다. 나는 파랗게 얼어붙은 양손으로 양 귀를 덮은 채 눈을 감았다. 몇 초나 흘렀을까. 그 순간, 나는 혼자 온 것이 아니라고, 이 여행은 나 혼자서는 올 수 없는 여행이라는 것을 깨달았다. 내 의지가 아니라면 누구의 의지였을까? 나의 몸을 빌어서라도 이 먼 땅에 오고 싶은 영혼은 누구였을까? 나는 그때 호수의 수면 위로 떠오르는 흰 그림자들을 보았다.

내가 기억하는 미화 이모의 마지막 모습은 섬망 상태에 이른 얼굴이었다. 남도 태생의 시인 시에서 그려진, 혼례복을 입고 방안에 앉아 오랜 기다림 끝에 서서히 재로 변해간 신부의 얼굴이 그런 모습이었다. 미화 이모는 언제까지나 재가 된 신부의 얼굴이다. 세계의 여러 곳에 흩어져 사는 미화 이모의 가족들에게 오래 전에 잊힌 얼굴이다.

8

사건이 일어난 날, 다툼의 원인이 되었던 최초의 말을 나는 떠올릴 수 있다.

결혼할 때 내 부모 앞에서 당신은 약속했다, 주례를 선 지도교수를 증인처럼 세우고 뭐라고 당신이 약속했는지, 그 약속을 기억하냐고 강한 어조로 또박또박 음절을 끊어 읽듯이 말했다. 끝까지 아내를 사랑하겠다고 가정에 충실하겠다고 맹세했다고, 그건 진부한 낡은 말이 아니라, 신 앞에서의 언약과 같다고, 인간을 인간 되게 하는 것. 그건 언약을 지키는 것. 그게 사람과 동물의 다른 점이라고 말했다. 마치 판관처럼 하는 아내의 말의 어느 대목이 그를 강하게 자극했는지도 모를 일이었다. 그 뒤에 그 일이 일어났다.

그러니까 아내의 입에서 판관의 목소리가 들려오는 것을 그는 견디지 못했다. 도덕율에 의한 통제의 역사보다 더 강한 것이 그를 삼켰다.

그즈음 그는 한국에서 공부하러 온 제자뻘 되는 어린 유학생을 만나고 있었다. 한인교회 사람에 의해 두 사람의 깊은 관계가 전해졌을 때도 그를 끝까지 믿으려 애썼다. 그는 그럴 사람이 아니었다. 그러나 한 사람에 대한 믿음, 그 믿음조차 헛것일 수 있었다. 변해가는 것들은 헛것이 되어갔다. 헛것을 보고 헛것에 속으며 헛것을 믿는 것도 사람이었다. 그는 한집에 있을 때도 이따금 다른 생각에 빠져들었고 그 순간에는 완전히 낯선 사람으로 여겨지게 했다.

나를 그 숲으로 끌고 가서 내버리고 간 사람은 그였을까, 그가 아닌 다른 무엇이었을가. 나는 처음 고운 모습은 사라지고 점점 변해 간 이모의 얼굴을 떠올렸다. 엄마는 이모가 그 집에 버려진 것이나 마찬가지라고 말하곤 했다. 이모는 평생 남편을 그 집에서 기다린 착한 신부였다. 구덩이에 누운 나의 눈앞에 이모의 얼굴이 떠올랐고 이윽고 그 얼굴은 내 얼굴로 변해가고 있었다.

이모 남편은 아직 살아 있었다. 나는 인터넷에 오른 기사들을 통해 그의 생존 사실을 확인하곤 했다. 이모가 보여준 신문 속에서 보던 젊은 날의 모습처럼 여전히 안경을 쓰고 있지만 처음 그 집에서 그를 볼 때의 강퍅하고 마른 모습이 아니라 여유로운 풍채를 갖춘 원로의 모습이었다.

9

좀처럼 잠이 오지 않는 밤, 나는 일어나 어둠 속에 앉는다. 다시 그림자 극장에 불이 들어오고 무대 위에서 한낮의 꿈처럼 미국에서 살았던 마을이 떠오른다.

그 마을은 내륙의 외딴 섬 같았다. 높은 빌딩이나 산이 없는 지대였다. 바람은 장애물을 만나지 않고 들판을 무섭게 휘몰아쳤다. 장애물이 없는 들판에서 만들어지는 태풍과 썬더스톰이 있었다. 그때마다 적막하고 순한 하늘이 얼마나 무시무시한 괴물로 변해가는지를, 대자연이 순식간에 얼굴을 일그러뜨리고 노여워하고 절규를 시작할 때 마을이 광기 속에서 그저 하나의 작은 미물이 되어버리고 마는 것을 지켜보았다. 번개와 천둥 후에는 격렬한 빗발의 난타가 이어졌다. 다음날, 태양이 뜨면, 빗물은 순식간에 증발하고 썬더스톰의 흔적은 금세 사라져 버리고 말았다. 언제 그런 일이 있었느냐는 듯이 감쪽같았다. 그리고 햇빛이 무심히 반짝거리는 것이다. 다음 날이면 마을에는 아무 일도 없었던 듯이 조용했다. 내가 떠나온 후에도 마을은 아무 사건도 일어나지 않은 것처럼 평화로운 일상을 이어가고 있을 것이다.

10

미금에서 나는 혼돈 속으로 파고들었다.

내가 아는 모든 이야기들은 혼돈 속에서 태어났다.

바다도 없고 땅도 없고 만물을 덮는 하늘도 없었을 즈음의 세상에서는 온 우주를 둘러보아도 그저 막막하게 퍼진 듯한 펑퍼짐한 모양을 하고 있을 뿐이었다. 형상도 질서도 없는 하나의 덩어리 그 자체였던 세상의 이름은 혼돈이었다. 그때는 사물로 굳어지지 못한 모든 요소가 구획도 없이 밀치락뒤치락하고 있는 상태였을 뿐이다. 어둠, 밤, 바다, 자연도 그 후에 태어난 것들이었다. 황소로 변하고 나무로 변하고 괴물이 되어간 신들의 얘기들에 내 이야기가 뒤섞였다. 여자아이는 디프네처럼 숲에서 나무로 변해 있거나 사슴으로 변한 모습으로 꿈속에서 자꾸 도망쳤다. 그러자 그 숲에서 괴물로 변해간 그의 모습도 마치 변신이야기에서 제우스가 동물로 변해 여자를 유혹한 이야기처럼 뒤바뀌었다. 그도, 그 숲의 일도, 내가 지나온 한 경험의 세계도 하나의 이야기로 변해갔다.

창밖이 밝아오기 시작하면 나는 아드리아네의 실을 움켜쥔 채 천천히 미궁의 출구 쪽을 향하여 기어나가고 있다. 혼돈 속에서 뻗어 나올 또 다른 이야기들이 내가 기어가는 미궁의 출구 끝에서 가느다란 빛을 쏘아 보내기 시작한다.

*이 소설의 제목은 김연덕 시집, 『재와 사랑의 미래』에서 차용한 것이다. 본문에서 흘림체로 된 부분은 룰루 밀러의 『물고기는 존재하지 않는다』(정지인 옮김, 곰출판)에서 인용한 것이다. 오비디우스의 『변신이야기』를 참고했다.

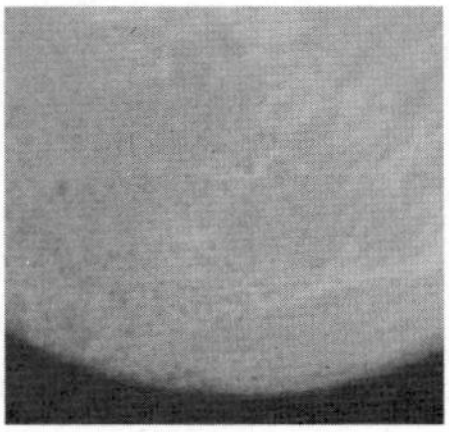

구름 사이로 흰 새가 날아가는 것이 보였다. 땅속에서 날아오른 새였다.
새가 날고 있었다. 새는 점점 흐릿해졌다. 물빛 하늘이 일렁였다.

그늘진 자리

그늘진 자리

택시는 좀처럼 잡히지 않았다.

사람들이 우르르 차도까지 내려와 저마다 구조를 원하는 손짓을 하는 걸 바라보다가 그녀는 택시 호출을 포기하고 걸어가다가 빈 차가 보이면 잡아보기로 했다.

그녀는 3년 만에 익선동에 왔다. 오랜만에 이루어진 모임 자리였다. 최근에 자녀에게 좋은 일이 생긴 모임 주선자가 한턱을 내는 자리였다. 한옥을 개조한 퓨전 음식점에서 저녁 식사를 하며 축하의 말을 주고받으며 다들 기분이 좋았다. 그녀는 내내 조용히 듣는 사람이었다. 아무도 그 일에 대해 묻는 사람은 없었다. 그것이 배려이거나 아직 알지 못하기 때문이라고 그녀는 처음에 생각했다. 사람들의 눈빛에서 무언가를 기억하는 빛이 아니라 아무 기억도 담기지 않은 것을 깨닫자, 분위기를 해치지 않기 위해 자주 미소를 지은 것이 과장된 것으로 비치지 않을까 하는 기우에서 조금은 가벼워질 수 있었다.

식당을 나와서는 길을 건너갔고 미로 같은 골목길을 걸어가며 가게들을 기웃대다가 수제 맥주집으로 몰려들어갔다. 모임은 자정 가까운 시간에 끝이 났다. 2차에서 끝냈어야 했어. 그녀는 서둘러 일어나지 않은 것을 후회했다.

차로와 나란히 걸어가는 그녀의 눈과 귀와 머릿속으로 모래가 들이쳤다. 그녀는 손으로 머리를 툭툭 치며 머릿속 모래들을 털어내려고 애썼다. 그러나 그건 마음속 사구에서 불어오는 모래바람이 만들어낸 것이므로 손으로 털어낸다고 사라지는 법이 없었다. 그녀는 눈을 깜박거렸다. 문득 눈앞으로 걸어가는 아이의 뒷모습이 보인 순간이었다. 그건 아이가 막 초등학교에 입학했을 무렵, 3월의 어느 날의 장면이었고 꽤 오래전 일이었고 그때는 환한 아침이었다. 주량을 넘겨 마신 술 탓이라고 여기며 그녀는 길모퉁이로 돌아가 어둠 속에 웅크렸다. 두 팔로 무릎을 감싸 안고 무릎 한가운데 얼굴을 묻었다. 그대로 잠이 들어도 상관없을 것 같았다.

기이한 성채처럼 어둠 속에 서 있는 빌딩들이 그녀의 옆드린 등을 무뚝뚝한 눈길로 내려다보고 있었다. 할증 요금을 다섯 배로 올린 택시를 호출하자 곧 응답이 왔다. 오고 있다는 기사의 전화를 받고 나서 그녀는 몸을 일으켰다.

*

문밖에서 까마귀가 자꾸 울었다. 까마귀 울음소리는 시간의 흐름과 함께 아이들이 골목을 지나면서 왁자지껄 떠드는 소리로 바뀌어 갔다. 골목 저편에서 창문을 탁, 닫는 소리, 트럭 행상의 핸드마이크 소리, 구름 위를 스치고 가는 비행기의 굵고 묵직한 음향이 밀려들었다. 빗소리가 들리고 창틈으로 갯비린내 같은 것이 흘러오기도 했다. 이따금 누군가 방문을 열고 들어와 창을 열어 놓고 나갔다가 얼마간 시간이 흐른 후 다시 들어와 창을 닫고 나갔다. 그녀는 깊은 잠이 든 것은 아니어서 그런 기척을 다 의식했다.

1층에서 올라오는 틈입자로서의 음향이 방문을 노크하듯 희미한 의식을 계속 두드려대고 있었다. 그 소리는 지속적으로 그녀의 입면을 방해하고 있었다. 눈을 뜨자 흐릿한 시야에 월넛색 원목 책장과 처음의 색깔을 다 잃어버리고 군데군데 홈이 패인 옷장과 12자 11자 크기의 방 안에 있는 크고 작은 사물들이 카메라 초점이 아웃 포커스 상태에서 인포커스 상태로 맞춰지듯 선명해졌다. 늘 같은 자리에 있는 오랜 사물들은 배가 뒤집힌 듯 전복된 그녀의 의식을 원위치로 되돌려 놓곤 했다.

지금 그녀가 누운 방은 결혼 전 그녀의 방이었고 지금은 피아노 방이다. 적자에 이른 교습소를 정리하던 해에 중고 피아노업체에 전부 넘기지 않고 피아노 하나를 그 방으로 옮겨 놓았다. 2층이었기 때문에 사다리차까지 동원해야 했고 운반비에 웃돈까지 준 끝에 이전 작업을 마칠 수 있었다.

이 방에 언제든지 기어들어 조용히 건반을 두드리는 순간이 그녀에겐 유일한 위안인 때도 있었다. 20년이 지나도 여전히 검은빛 선명한 영창 피아노와 베토벤의 월광과 열정, 모차르트 소나타 전곡집 세트가 꽂힌 책장은 늘 같은 자리에서 그녀를 기다렸다. 그게 마음을 안온함을 주는 요소인지 알 수 없지만 어떤 순간에도 변하지 않는 대상이 거기 있다는 것만으로도 위로가 되어주는 것이었다.

몸을 일으켜 창문을 열기 위해서 커튼을 양쪽으로 젖히는 순간 그녀는 얼굴을 찡그렸다. 금빛 가루가 정수리로 쏟아져 내리는 동시에 쩡, 머리 위에서 큰 울림이 있었다. 창턱에 앉은 일본 인형이 고개를 좌우로 까딱거리며 인사를 시작했다. 머리를 자동으로 움직이게끔 장치가 된 인형이었다. 그녀는 기계적으로 웃고 있는 얼굴을 물끄러미 보았다. 일본 출장을 다녀오는 길에 공항 면세점 잡화점 매대에 놓여 있던 인형은 우연히 남편 눈에 띄었다. 딸이 생각나서 사들고 온 선물이라며 그는 가방 안에서 꺼내어 놓았었다. 그녀는 가방을 챙길 때 서랍 속의 인형을 함께 챙겨 넣은 기억이 났다.

1층으로 내려가는 계단은 미끄러웠다. 그녀는 조심조심 계단을 디뎠다. 리스칠이 된 계단과 바닥은 늘 반들반들했다. 그녀의 어머니는 걸레 바구니를 들고 다니며 계단을 오르내리며 수시로 닦고 다녔다. 그녀는 소리를 따라갔다. 음향 발신자를 찾아냈다. 다가가 전원 코드를 뽑았다. 전원이 차단되는 순간 녹음기의 소리도 멈추었다. 그녀의 어머니는 매일 불경 테이프를 틀어놓았고 불경을 읽었다. 김영임의 회심곡을 비롯한 불가들과 전국 사찰에서 녹음된 스님들의 염불 소리가 집 구석구석을 울리면 집은 이내 제당으로 바뀌어 갔다.

왜 이리 깜깜하지?

그녀는 눈을 깜박거리다가 곧 이유를 깨달았다. 세상에 저렇게 두꺼운 겨울 커튼을 매달아 놓으니 빛이 들어올 틈이 없잖아. 거실의 통유리창 벽면 전체를 온통 가린 것은 두꺼운 암막 커튼이었다. 혼자서는 달기 힘든 높이였다. 저걸 달기 위해 부엌의 의자를 끌어내야 했을 것이다. 그녀의 입이 저절로 벌어졌다.

그때 현관문 밖에서 웃음소리가 들려왔다. 우흐흐흐흐끽끽끽끽. 터져 나오는 웃음을 참지 못하는 익숙한 소리였다. 현관문을 열고 들어서는 어머니는 2층에서 막 내려온 딸의 얼굴을 보고도 웃음을 멈추지 않았다. 주영이가 아께 말도 없이 나가길래. 입때 찾아다녔다. 갸가 또 어데 갔는지 모르겠다. 저기저기 가본께. 올런가 또 올런가. 이따 올런가.

뇌졸중을 앓은 이후 그녀의 어머니는 발음이 부정확했다. 그보다도 어머니의 입에서 흘러나온 주영이라는 이름에 그녀는 덜컥 가슴이 내려앉았다. 대체 그게 무슨 말이냐고 목젖까지 올라오던 말은 빨간 겨울 속바지를 입고 서 있는 어머니의 아랫도리 차림을 보는 순간 쑥 들어가 버리고 말았다. 속바지만 입은 차림으로 집 밖으로 나간 것이다. 잠결에 이따금 어머니의 얼굴이 눈앞에서 어른거리곤 했다. 아가, 밥 먹자. 어린 날 그녀의 젖을 물고 있을 때처럼 아득하게 귓전을 울리던 목소리의 자애로운 얼굴과 눈앞의 얼굴은 전혀 다른 사람처럼 보였다. 어머니의 세상 속에서는 두 개의 시간이 흐르고 있다.

애그. 너. 또. 또 샛노랗구나. 냉장고에 찰밥을 넣어 두었는데 그걸 데워 와야겠다.

밥을 데워야겠다고 부엌으로 향하는 노인의 뒷모습을 따라가던 그녀의 시선은 바닥으로 떨어졌다가 다시 창으로 향했다. 창백한 해가 거실 안으로 얼굴을 들이밀었다. 지은 지 40년이 되어가는 구옥은 늘 햇빛이 모자랐다. 거실 등을 켜도 실내는 늘 침침한 빛이었다. 그녀는 진회색 가죽 소파에 등을 기댔다. 그때 그녀의 발등 위로 툭 떨어지는 것이 있다. 소파에는 늘 어머니가 들여다보는 천수경과 기도첩이 뒤집힌 채 나뒹굴었다. 바닥에 떨어진 그것을 다시 제자리에 올려놓던 그녀의 눈이 기도첩에 머물렀다. 그 안에는 주영의 이름과 생년월일이 여전히 적혀 있다. 어머니는 천수경을 읽은 후 매일 그 종이책을 만지고 들여다보아서 종이들의 모서리가 너덜너덜해져 있었다. 그녀가 며칠이나 미루어 온 일을 기도첩이 환기시켰다.

문소리가 나지 않도록 대문을 조심스레 열었다. 그때 등 뒤에서 어머니의 목소리가 들렸다. 주영이니? 그녀는 그 소리를 듣고 걸음을 빨리했다. 골목을 빠져나오기 전에 뒤를 돌아보았다.

슬레이트 지붕과 슬라브 옥상이 있는 단층집으로 가득한 주택가에서 초록 기와지붕을 가진 벽돌집은 골목 어귀에서 금세 눈에 띄는 그 길목에서 가장 좋은 집이었다. 주변의 단층집들은 담장을 허물거나 4층이나 5층짜리 신축 빌라 단지로 재건축되어 이제 옛날 동네의 모습은 모두 사라졌다. 이제 초록 기와지붕 집은 골목에서 제일 작은 집이자 가장 쓸쓸한 집으로 변해 있었다.

*

하늘이 참 맑네.

혼잣말하듯 그녀가 허공에 말을 띄우자, 날이 좋네. 환청 같은 대꾸가 들려왔다. 그때 그녀의 몸은 땅을 딛는 것이 아니라 허공을 딛듯이 자꾸만 휘청였다. 나뭇잎들 사이로 쨍, 햇빛은 정수리를 울리고 숲에 고인 향이 몸속으로 스며들어 정신이 아득했다.

그녀는 산을 오르고 있었다.

배낭을 멘 차림을 한 여자들이 깔깔거리며 그녀를 앞질러 갔다. 여자들은 금세 저만치 멀어졌다. 사방 온통 초록으로 넘실대는데 그 속에 빨갛고 노랗고 검은 점들이 번져가는 듯 보였다. 수풀 뒤에 숨어 있던 까치가 포르릉, 나무 위로 날아오른 것은 한 무리의 가족이 나타난 순간이었다.

앗. 저기 다람쥐.

젊은 남자의 손을 잡고 올라가던 남자아이가 우뚝 멈추더니 옆에 선 나무 위쪽을 손가락으로 가리키며 외마디 탄성을 질렀다. 아이가 가리키는 곳을 본 남자가 저건 청설모야, 고쳐준다. 남자의 목소리에는 이제 한참 세상을 배워나가는 어린 아들을 둔 아버지로서의 자상함과 인내심이 배어 있었다. 몇 걸음 뒤에서 올라오던 젊은 여자가 남자를 부르고 있다. 여보, 어디까지 올라갈 거야? 얘가 자꾸 보채. 여자아이가 여자의 바짓자락을 잡고 울상을 짓고 있다.

아파. 다리 아파. 그만 가.

아가. 좀만 올라가자. 조금만 가면 돼. 계곡 있는 데까지는 가야지.

남자가 다가와 여자아이를 불끈 안아 올렸다.

그녀는 그들의 뒤를 따라갔다. 아빠의 목을 두 팔로 감싸 안은 여자아이의 얼굴이 남자의 어깨 위에서 덩실덩실 흔

들렸다. 여자아이의 두 눈은 뒤따라오는 그녀의 얼굴을 지나 그녀의 뒤로 따라오는 엄마를 향하고 있다. 까르르. 무슨 말을 들었는지 아빠의 가슴에 안긴 여자아이가 웃음을 터뜨렸다. 웃음소리는 가벼운 깃털처럼 푸르르 날아올라 수목 사이로 불어오는 바람 속으로 흩어졌다. 소리들은 투명한 깃털이 되었다. 작은 새 같은 아이의 몸속에서 터져 나오는 방울소리, 물소리, 새소리가 아득히 부서지는 햇살과 함께 눈앞에서 날리기 시작했다.

*

아기는 좀처럼 울지 않고 아기보살처럼 환하게 순하게 누워 있을 뿐이었다. 그러나 말갛게 씻어 놓은 살구 열매 같은 아기의 살갗에 볼을 비벼대면 몸속 어디에 숨어 있었는지 투명한 방울소리가 벙긋이 벌린 입술 속에서 까르르 터져 나왔다. 복숭앗빛 도는 볼에 코를 대고 흠흠 빨아들이면 살구 냄새 모과 냄새가 밀려들었다. 아기는 무럭무럭 자랐다. 다섯 살이 되었을 때 집 근처의 유치원에 입학했다. 유치원 이름은 작은나무였다.

버스에 앉아서 창밖을 보면 눈물이 나.

어느 날, 유치원 통학 버스를 타고 등원을 하던 아이의 입에서 나온 말이었다. 여섯 살 아이의 입에서 나온 말이 아니라 어른의 말처럼 들렸다. 혹시 언젠가 자신이 흘린 말, 표정, 말투가 그대로 아이에게 투영이 된 것이 아닌가, 그녀는 그때 자책했다. 아이는 눈물이 많았다. 그녀는 아이의 감성적인 면이 걱정이 되었다. 아침에 학교를 향해 걸어가는 아이의 뒷모습을 가만히 보고 있노라면 그녀는 무슨 까닭인지 눈앞이 깜깜해져 왔었다.

그녀는 아이의 모습에서 자신의 어린 시절을 보곤 했다. 어린 시절의 그녀는 친구들과 잘 어울리지 못하는 아이였다. 아이는 입학 후에 학교로 가는 길을 걷다가 다시 돌아오기도 했으며, 학교 가기 싫다고 고집을 피웠다. 매일 그녀는 아이가 학교에 가서 마음 다치고 올까 걱정이었고 공부는 잘 따라갈 수 있을까도 걱정이었다. 남편은 그녀에게 별일 아닌 것에도 걱정이 많은 편이라고 지적했다. 일어나지도 않은 일을 미리 걱정을 할 필요는 없다고 말하곤 했다. 왜 앞서 걱정을 하냐고? 거리의 저편을 바라보면 왜 눈앞이 깜깜해지는지, 저편에서 기다리는 미래의 모습이 그토록 깜깜한 것이었는지, 그때 그녀가 미래를 미리 내다보았을 리는 없다.

그녀는 강한 엄마가 되기 위해 목소리를 높이곤 했다. 아이가 투정할 때마다 화를 냈다. 한 달여의 실랑이를 끝으로 아이는 학교까지 끝까지 걸어갔고 가다가 되돌아오지 않았다. 그렇게 어린 병아리 같은 모습으로 1학년을 시작했는데 졸업반이 되었을 때 뜻밖의 말을 들었다. 6학년 담임은 아이가 너무 똑똑하다고 칭찬했다. 담임을 맡은 후 미래가 궁금해지는 아이는 주영이가 처음이었어요. 그게 단지 학부형을 격려하는 차원에서 하는 말 같지 않았다.

아이가 그녀와 닮지 않은 점은 또 있었다. 그녀는 올빼미형인데 아이는 아침형이었다. 아무도 시키지도 않았는데 5시 반에 일어나 아침 운동을 하겠다고 그녀를 깨웠다. 아이는 아침에 일기를 쓰고 영어 테이프를 듣고 예습을 하고 학교에 갔다.

"엄마, 수학귀신, 이 책 참 재미있는데." "엄마, 백 점 맞는 것 별거 아닌데." 아이의 입에서 그런 말이 나올 때마다 그녀는 놀라웠지만, 겉으로는 티를 내지 않고 엄한 표정을 지어냈다. 단지 공부를 네 목표로 삼으면 안 된다. 너의 목표는 그보다 더 높은 것이어야 한다. 공부는 그 목표로 가기 위한 사다리 같은 것일 뿐이다. 그런 말을 수시로 밥상머리에서 하곤 했다.

뉴스에서 전해지는 세상은 늘 아이들이 살아가기엔 너무나 위험하고 안전과는 거리가 멀어 보였다. 살아야 할 여러 이유 중에서 가장 큰 이유가 그녀에게는 분명했다. 아이의 곁에서 살아 있는 일만큼 중요한 일은 없었다. 아이를 외롭지 않게 하기. 아이가 계단을 오를 때 그것을 뒤에서 지켜봐 주기. 끝까지 올라갈 수 있도록 응원해 주기. 아이가 계속 살아갈 수 있게 하기 위해서 그녀는 살아 있어야 했다.

CCTV에 찍힌 것은 주영이 춤추듯 길 한가운데를 걸어가는 영상이었다. 몇 분 후에 닥칠 일을 알지 못한 채 아이는 한껏 들뜨고 즐거웠다. 그 모습이 마지막이었다. 그 장면에 이르면 두꺼비집이 내려오면서 그녀의 정신은 암전했다. 두꺼비집이 내려오는 순간 빛이 사라졌다. 하늘은 무너져 내렸다. 매일. 매일. 두꺼비집이 내려오고 하늘은 무너져 내렸다.

그녀는 살아오면서 자신도 모르게 지은 죄가 있는지 자신을 탓해보기도 했다. 언젠가 친구들에게 마음 아픈 말을 한 것, 길가의 유기견을 보고 외면한 것까지 걸렸다. 아이는 유년기 내내 피아노 교습소 운영에 바쁜 그녀보다 그녀의 어머니와 함께 지낸 시간이 더 길었다. 그것도 마음에 걸렸다. 그 생각에 이를 때마다 코뼈와 뒷골을 찌르르하게 울리는 통증이 되살아났다. 찌릿찌릿 전기자극과 같은 통증이 몰려올 때마다 머릿속에서 경고음이 울렸다. 주기적으로 치료를 받아야 한다고 의사는 충고했지만, 일시적으로 나아질 뿐 개선되는 것이 없다는 것을 깨달은 후부터 병원을 더 찾지 않았다.

*

밤마다 악몽을 꾸는 딸을 데리고 그녀의 어머니가 산을 오르고 있었다.

그날 자꾸 휘적휘적 앞서 걸어가는 어머니의 모습은 꼭 허깨비처럼 보였다. 수목 사이로 맑은 바람이 불어올 뿐 이상하도록 고요한 사위에 마치 흰 그림자가 흘러가는 듯이 보였다.

卍(만)의 기호가 아니면 여느 기와집처럼 보이는 한 절집에 도착했다. 백팔 염주를 배꼽까지 기다랗게 늘어뜨린 여자가 그들을 맞았다.

그때까지 그녀는 절도 교회도 다닌 적이 없었다. 불보살 단과 후불탱화들. 천장을 가득 메운 종이 등. 촛대에 꽂힌 양초. 향로의 향불. 매캐한 향은 그녀의 코끝에 밀려들었다.

어머니가 등상 앞으로 다가가 두 손을 합장할 때도 어떤 자세를 취해야 할지 알 수 없어 그녀는 두 손을 공손히 앞으로 모으고 섰다. 회색 바지를 입은 여자가 사각방석을 가져와 바닥에 놓아주며 거기 앉으라고 했다. 그녀는 무릎을 꿇고 방석 위에 앉았다. 고개를 들자 소원성취, 극락왕생, 합격 기원의 간절한 발원문이 천장에 달린 모습으로 그녀의 눈에 들어왔다. 동업중생의 고통에 시달리는 유한 자들. 태어남, 늙어감, 병, 죽음, 이별을 맞닥뜨린 군상들의 얼굴이 간명한 자구의 이면에서 어른거렸다.

제례를 올릴 순서가 되자 어머니는 회색 바지를 입은 여자가 일러주는 대로 등상 앞으로 가서 반배한 다음 향에 불을 붙였다. 제자리로 돌아와 절을 했다. 그녀도 똑같이 따라 해야 했다. 보살은 저만치 떨어져서 북채를 잡고 있었다. 북을 자기 앞섶에 바짝 끌어다 대고 두들기기 시작했다.

둥둥. 둥둥.

보살은 북을 두들기며 경문을 외었다.

어머니는 경문 소리가 멎을 때까지 절을 했고 그녀도 어머니가 절을 멈출 때까지 따라 했다. 그녀는 회색 바지 차림의 여자가 가져온 책자를 읽었다. 처음부터 끝까지 읽으세요. 여자가 조용히 일러주고 갔다.

둥둥. 둥둥.

북소리는 계속 울리고 있었다.

붉은빛 꽃 수술처럼 타오르던 향이 반쯤 타들어 가 있었다. 향이 타들어가면서 피워 올린 매캐한 향 내음이 제당 안을 자욱이 메웠다.

둥둥. 둥둥.

북소리는 독송 소리와 섞여서 그녀의 전신을 두들겼다. 북소리는 그 속에 불똥이라도 튀면 모든 것이 걷잡을 수 없이 불붙어 전신이 다 타버릴 것 같은 도가니 속의 울음들처럼 그녀의 귀에 들려왔다.

둥둥. 둥둥.

처음엔 작았던 소리가 수백 명의 사람들이 일제히 합창하는 소리처럼 점점 크게 들려왔다. 저희는 고통의 불길로 잠 못 이루고 있었습니다. 고통의 불길로 잠 못 이루고 있었습니다. 그들은 한 목소리로 말하고 있었다. 그녀의 머릿속이 하얗게 비워지는 순간이 찾아왔다. 그녀는 껌껌한 땅속 한가운데 외마디를 지르며 떨어져 내리는 자신을 보았다. 눈앞이 시뻘건 불꽃으로 뒤덮이고 있었다. 시뻘겋게 달군 불못을 내리꽂는 듯한 통증을 느끼며 그녀는 정신을 잃었다. 그러나 정신을 잃은 뒤에도 소리는 계속 들려왔다. 이윽고 독송 소리도 북소리도 아니라 물소리처럼 들려왔다. 물속에 빠졌을 때처럼 귓전에서 꼬르륵꼬르륵 들려오는 소리였다. 아득한 저편의 세계에서 투명한 막을 뚫고 나온 귀신들이 그녀의 귓전에서 끊임없이 뭐라고 중얼거리며 꼬르륵꼬르륵 소리를 내고 있었다.

소리들이 들리지 않았다. 누군가, 돌멩이 하나를 얼굴에 올려놓고 간 듯이 차갑고 딱딱해졌다. 돌은 미지근하다가, 뜨뜻하다가, 점점 뜨거워졌다. 돌은 흘러내려서 얼굴에 점점 들러붙었다. 그녀는 숨을 쉴 수가 없었다.

숨을 쉬지 않는 그녀를 깨운 것은 어머니의 곡소리였다.

난 왜 죽지 않고 살아 있는 것일까.

그녀가 그 말을 할 때마다 어머니는 나를 봐서라도 살아다오, 눈물을 흘렸다.

어머니의 울음소리는 점점 잦아져서 꼭 물이 졸졸 흐르는 소리처럼 아득하게 들렸다. 그 물들이 비 내리듯 가슴을 적시고 흘러내렸다. 둥둥. 둥둥. 북소리와 울음소리가 장단을 맞추듯 강약으로 어울리고 있었다.

누군가 그녀를 일으켰다. 그녀는 반쯤 넋이 나간 채 엉거주춤 앉았다. 회색 바지 여자가 단정히 잡힌 베저고리를 양손에 들고 와서 그녀를 이끌었다. 이제 영가를 떠나보내야 한다고 귓전에 속삭였다. 북을 치던 보살이 북채를 잠시 내리고 그녀를 물끄러미 보고 있었다.

이 저고리 양 끝을 잡고 가슴 높이로 들고 있으셔요. 좋은 데로 가라고 빌면 되어요.

여자가 일러주는 대로 베저고리의 양 끝을 붙잡은 채 그녀는 눈을 감았다.

둥둥. 둥둥.

보살이 북을 세게 두드리기 시작했다.

북소리는 강해졌다가 다시 조용해졌다가 강약의 변화를 보이며 울려오고 있었다. 경문 소리도 함께 들려왔다.

시간은 얼마나 흐른 것일까.

몇 분이 흘렀는지 아무 생각도 들지 않고 그녀는 양팔이 저렸다. 그녀는 어느 순간 가슴 언저리에 뜨거운 공기의 기운이 몰려오는 듯한 느낌을 받았다. 마치 단전에 힘을 집중하여 기를 모을 때처럼 손바닥과 손바닥 사이의 공간에 알지 못할 기운과 힘이 느껴졌다. 누군가 등 뒤로 다가왔다. 그녀의 양팔을 부축해 일으켰다. 어머니의 곡소리가 커졌다. 어머니의 넋두리가 끝도 없이 이어지고 있었다. 북을 치는 보살이 애고, 애고, 아프네, 마음이 찢어지는 듯 아프네, 하며 눈물을 흘리며 가슴을 쥐어뜯고 있었다.

마룻바닥에 무명천이 깔린 것이 눈에 들어왔다. 회색 바지 여자가 그곳으로 그녀를 이끌었다. 그녀가 천을 밟자, 여자가 천을 갈가리 찢어 나갔다. 그녀가 천을 다 밟고 나오자 현관 밖이었다. 차상 크기의 사자상이 문밖에 준비되어 있었다. 그녀는 무릎을 꿇고 절을 올렸다. 재배하고 허리를 펴자, 지붕 위의 물빛 하늘이 눈에 비쳤다. 구름 사이로 흰 새가 날아가는 것이 보였다. 땅속에서 날아오른 새였다. 새가 날고 있었다. 새는 점점 흐릿해졌다. 물빛 하늘이 일렁였다.

*

그녀가 다리 힘이 풀려 더 걸어갈 수 없다고 느낄 즈음 절이 나타났다.

오늘도 절에는 제사가 있었다.

법당의 한가운데에 줄을 드리우고 줄 안쪽으로의 출입을 제한했다. 줄 밖에서 개인 불공은 허용되었다.

그녀는 불화가 걸린 오른쪽 벽 구석에 방석을 깔고 엎드렸다. 고무공에서 바람을 빼낸 듯이 모든 기운이 빠져나간 육신은 헐렁한 빈 껍데기 상태로 바닥에 겨우 납작하게 붙어 있는 꼴이었다. 납작한 몸 위를 드르륵 코뼈와 뒷골을 찌르르하게 울리는 통증이 휩쓸고 갔다. 전류가 흐르면 그것이 지날 때까지 꼼짝을 할 수 없었다.

어서 지나가길. 고통은 갑이고 그녀는 을이었다. 그녀는 자신을 살려달라는 기도를 하기 위해 매일 산을 오른 어머니를 떠올렸다.

둥둥. 둥둥.

또다시 북소리가 들려왔다. 독경 소리가 들려왔다. 해안가로 밀려드는 파도처럼 끊임없이 그녀의 귓전으로 밀려드는 소리였다.

중생의 간절한 마음 메아리 되어 울려 퍼지면 언제 어디서나 감응해 오시는 아미타 부처님……

여기 영가를 여의고 힘들어하는 식구들 모두에게 심신이 안정될 수 있도록 큰 가피를 내려주시옵소서……

이 세상에 와서 못다 한 일들은 훌훌 털어버리고 대자대비 언력 바다 영화장 세계로 극락왕생하시어 무생 법인의 법락을 누리소서. 영가께서 왕생 극락 하시기를 발원하오니 대원의 가피를 베풀어주소서…….

*

나무를 잘라내고 작은 운동장처럼 꾸민 터에 사람들이 운동할 수 있게 여러 운동기구를 갖춰 놓은 곳이었다. 산동네가 훤히 내려다보이는 자리에는 그녀가 산에 오를 때마다 쉬어가는 그루터기가 있다.

그녀는 나뭇등걸에 걸터앉았다. 산을 내려다보는 위치가 아니라 반대편으로 돌아앉으면 산에 올라온 사람들이 철봉에 매달려 있거나 체조하는 모습을 바라볼 수 있었다. 그녀는 사람들을 바라보았다. 배낭을 멘 사람들이 행인처럼 오고 갔다. 눈앞에서 풍경들은 흘러갔다. 스크린 위에 영사되는 빛 그림처럼 그녀의 눈을 스쳐 간 풍경들은 언제부터인가 시간과 장소가 구별되지 않았다. 그 풍경과 자신은 아무 상관이 없고 풍경은 저 혼자 흘러가는데 풍경의 밖에서 혼자 떨어져 나와 존재하는 별개의 사물처럼 여겨졌다.

하늘이 맑네요.

귓전에서 거멀못이 빠진 듯한 목소리가 울렸다. 그녀가 고개를 돌리자 옆에 여자가 앉아 있었다. 그녀와 비슷한 나이 또래로 보이는 여자는 햇볕 아래 눈가의 부챗살 같은 주름살과 잡티가 선명했다.

어째, 구름 한 점이 없네요.

여자가 또 말했다. 수목 사이로 맑은 바람이 불어오고 있었다. 바람이 신호였는가, 나뭇잎들이 일제히 희미한 방울소리를 내기 시작했다.

이거 좀 드실래요?

여자가 그녀에게 불쑥 떡을 내밀었다. 절에서 받아온 백설기인데 혼자 먹기 많아요.

오늘 제사가 있었나 봐요. 여자의 목소리가 흐릿했다.

그녀는 떡을 받아 들고 한 귀퉁이를 떼어내 입 안에 넣었지만 어쩐지 목이 메어 먹을 수는 없었다. 여자는 주섬주섬 손가방을 열고 그 안에 든 물병을 꺼내어 놓았다. 이윽고 종이컵도 꺼냈다. 떡과 같이 드세요. 그녀는 여자가 준 컵을 들고 가만히 있었다. 여자가 종이컵에 물을 채워주었다. 그녀는 떡은 먹지 못하고 물만 겨우 몇 모금 마셨을 뿐이다.

그녀는 하늘과 구름과 태양을 바라보았다.

가아. 가아.

그녀는 까마귀 우는 소리를 들었다. 메아리처럼 산을 울리는 소리였다. 부모를 따라 산에 온 아이들이 보채는 소리를 들었다. 방울소리가 밀려들었다. 산 아래 절에서 목탁소리와 염불 소리가 올라왔다. 그녀는 비행기가 지나가는 소리를 들었다. 비행기가 가는 방향으로 새가 날아가고 있었다. 비행기가 지나간 후 휘청 일렁였던 하늘이 곧 잔잔한 얼굴로 돌아갔다. 그녀는 희미하게 솟아 있는 산봉우리를 바라보았다. 산봉우리 쪽으로 날아가는 새에 그녀의 두 눈이 따라갔다. 새는 멀리 날아가지 않고 산봉우리 주변에서 빙빙 맴돌았다. 그녀의 눈에 오늘은 그 새가 떠나지 않고 계속 자신의 주변에 머무는 것처럼 느껴졌다.

산그늘이 내려오고 있었다.

| 해설 | 안미영 문학평론가

상실, 생(生)의 또 다른 방식

| 해설 | 안미영 문학평론가

상실, 생(生)의 또 다른 방식

1. 죽음, 상실의 소환방식

작가 백영은 우리 시대 다양한 '죽음'을 통해 사람들의 상실감을 기억해 낸다. 죽음을 소환하여 '죽는 자'와 '그 죽음을 지켜보는 사람'을 조명하고 그들 사이에 놓여 있는 삶을 들여다본다. 「바르트를 읽는 밤」에서 암투병 중인 아버지가 죽고, 수강 중인 강좌의 강사가 죽었다. 「입수지점」에서 아버지는 자살하고 어머니는 암이 재발했다. 작중 딸들은 아버지의 죽음을 수용하고 자기 삶을 관조한다.

이외에도 「강에 두고 온 시」에서 제이의 투신 자살, 「염소」에서 세월호의 유해를 인양한 민간잠수사의 죽음, 「첫, 여행」에서 유람선 침몰로 인한 딸의 죽음, 「루나 이클립스」

에서 용산참사로 인한 안나의 죽음, 연작소설 「내가 다다른 곳」과 「재와 사랑의 미래」에서 남편에게 버림받은 아내의 죽음, 「그늘진 자리」에서 아이의 죽음 등 다양한 죽음과 그 사이에 놓인 사람들을 보여주었다.

작가는 우리의 일상에 존재하는 죽음의 제 양태를 보여주고, 죽음의 의미를 되묻는다. 그 혹은 그녀는 왜 죽어야 했는지, 그들은 죽기 전에 어떤 일을 했으며 어떤 마음으로 살아갔는지, 그들의 죽음은 남아 있는 사람들에게 어떠한 영향을 미치는지 탐색한다. 왜냐하면 그들 모두가 스스로 죽음을 원한 것이 아니기 때문이다. 작가는 '죽음' 앞에 놓인 '죽은 자'와 '죽음을 지켜보는 자'를 통해 삶을 반추해낸다.

2. 노부모의 죽음과 청년의 진작(振作)

「바르트를 읽는 밤」과 「입수지점」은 노부모를 돌보는 청년의 이야기이다. 두 작품의 주인공들은 결혼을 한 것도 아니고 취직을 한 것도 아니다. 그들은 취직 준비의 기간이 길어지면서 연애다운 연애도 못하고 부모와 함께 거주한다. 집 밖으로 나가기 위한 준비의 시간이 길어짐에 따라 처음에는 부모의 돌봄을 받다가 점차 부모를 돌보아야 하는 시기로 접어들었다. 「바르트를 읽는 밤」에서 마흔이 가까운 딸은 아버지 떠나보내고, 요양병원에 있는 어머니를 돌본다. 그녀는 다음과 같이 자조한다.

어머니와 살던 집에서 혼자 지내고 있습니다. 멈춰 있어도 시간은 갑니다. 더디 가느냐 빠르게 가느냐의 차이가 있을 뿐인 시간의 굴레 속에서, 그 굴레를 굴리는 운동을 하고 있는 것입니다. 커다란 원통 속에 들어가 제자리걸음으로 통을 굴리는 여자. 그게 지금의 내 모습입니다. 앞에도 뒤에도 누르스름하고 무거운 병색 완연한 삶의 무거운 외투를 걸친 이들로 가득한 자동차 도로 위에 두 발을 얹은 사람들이 보입니다. 시간은 매우 빠른 속도로, 지금 이 순간에도 지구는 자전하고 동시에 공전하고 있으며… 해가 뜨고 지는 가운데 이따금 고개를 들어 빛의 방향으로 시선을 주는 향일성 식물처럼 그렇게 다들…

노부모의 죽음은 자연의 순리이다. 그녀는 이제 부모와 살던 집에서 혼자 살아간다. 삶의 무거운 외투를 걸치고, 희망을 잃지 않으려고 제자리걸음으로 일상의 바퀴를 굴린다. 바르트를 읽어준 강사도 세상을 떠나고 그녀는 자기에게 주어진 삶을 직시한다. 「입수지점」에서 딸도 아버지의 죽음을 받아들이고 투병 중인 노모를 돌보며 자기 앞의 생을 직시한다. 작은 바람이라도 불어와 지금 이곳의 공기를 바꿀 수 있다면, 앞으로도 바퀴를 굴리며 주어진 삶을 살아가려는 것이다.

3. 아내의 죽음과 노년의 성숙

「내가 다다른 곳」에서 나는 딸의 집에 기거하는 노인이다. 한때는 한국 벼 품종 개발에 앞장선 육종학자였다. 젊은 시절에는 전문 분야에서 걸출한 성과를 쌓으며 명성을 날린 연구자였다. 사람들이 업적을 기리며 인터뷰하러 왔을 때 나는 벼꽃 얘기를 들려준다.

"벼꽃이 피기 시작할 때는 농부도 함부로 논에 들어가지 않습니다."

그 말과 함께 내 눈이 카메라를 향했다.

"식물이 꽃을 피우는 것을 개화라고 하는데 벼꽃의 경우는 개화가 아니라 출수라고 합니다. 벼도 식물이기 때문에 꽃이 피고 꽃가루가 있어 수분이 이루어지고 그 결과 벼알이 생기고 가을이 되면 속이 찬 낟알이 생기는 것입니다. 벼꽃이 피지 않으면 가을에 양식을 얻을 수 없으니까요."

"나는 평생을 시험장에서 보냈습니다. 흙과 볍씨만 들여다보는 시간이었습니다. 빈곤으로부터 탈출하는 그 지난한 과정에 나의 오랜 연구와 시간이 기여했다는 사실 하나만은 부정할 수 없습니다. 빛과 그림자는 항상 존재하는 법입니다."

나의 말처럼, 삶에는 '빛'만 있는 것이 아니라 '그림자'도 있었다. 그중 가장 큰 그림자는 아내를 버린 일이다. 17살의 청순한 아내를 처음 만났을 때는 순애보를 만들었으나, 성공하자 어려웠던 시절을 함께 했던 아내를 배신하고 다른 여자와 살았다. 그럼에도 아내는 죽기 전까지 나를 기다렸다. 17세에 남편을 만난 어린 아내는 다음과 같이 고백한다.

"매일 매일 밥을 지었어요. 어머니께 밥 짓는 법부터 새로 배웠어요. 쌀을 맑은 물이 나올 때까지 서너 번을 씻고 밥을 많이 할 때는 미리 물을 팔팔 끓이다가 쌀을 부면 좋다고, 물이 손등 요기까지만 닿게 하라고. 손등 반이 잠기도록 하면 된다고. 밥을 안치고 한 번 부르르 넘치면 솥뚜껑을 열었다가 닫아서 거품을 가라앉히고 놔두라고. 어머니께서 가르치셨어요. 그렇게 그대로 놔두면 오독오독 소리가 나지요. 그게 밥 처져지는 소리였어요. 한쪽에 보리쌀을 한 귀퉁이에 쌀을 놓고 아침밥을 짓고 또 점심밥을 짓고 곧 저녁밥을 짓고, 온종일 부엌을 떠날 수 없었어요. 밥을 지을 때는 일단 한 번 삶은 꽁보리밥을 안치구요. 그 한가운데를 파고 귀한 쌀 한 움큼을 넣었어요. 시부모님 드릴 건 거기만 뜨면 되고요. 사랑하는 당신에게 쌀밥을 드리고 나는 항상 남은 밥을 먹었어요."

「내가 다다른 곳」에 등장하는 '아내'는 연작소설 「재와 사랑의 미래」에서 '이모'가 되어 조카에게 '벼'와 '쌀'의 아름다운 관계를 들려주었는데, 조카는 다음과 같이 기억한다.

미화 이모의 원래 이름은 귀자. 아내에게 미화라는 애칭을 만들어 준 것은 그녀의 남편이다.

미화를 풀어쓰면 벼꽃이다. 미화. 米花. 벼꽃. 세상에서 가장 아름다운 꽃이 있다. 나는 한 번도 보지 못한 꽃이다. 미화 이모를 통해서만 그 꽃을 떠올릴 수 있을 뿐이다.

이모가 밥상머리에서 한 말이 있다.

이 밥이 어디에서 왔는지 알고 먹어야 해.

볍씨에서 싹이 나 모가 되기 위해서 엄마의 배 속처럼 부드러운 흙이 볍씨를 자라게 해야 한다. 곧은 줄기를 가지기 위해, 호수 같은 논으로 옮겨져 자라나야 하고 길고 긴 뜨거운 여름을 견뎌내야 해. 그 시간을 통과한 후 작은 벼꽃은 비로소 낟알을 피워낸단다. 고통 끝에 태어나는 이삭 하나하나, 거기에 피어나는 그 맑고 고운 꽃이 벼꽃이야.

벼꽃이 피지 않으면 지금 네가 먹는 이 밥도 없는 거란다.

남편은 벼의 품종 개량으로 국가의 식량증산정책을 실천했고, 어린 아내는 그렇게 만들어진 벼로 밥 짓는 법을 배워 가족들에게 따뜻한 밥을 먹였다. 그들이 가꾸고 만든 '쌀'과 '밥'이 국가와 가정의 미래가 되었다. 국가는 개발에 성공했지만, 어떤 농부는 농사를 망치고 자살하는가 하면 버림받은 아내는 외로운 죽음을 맞았다. 아내는 아무도 돌보는 이 없는 가운데 생을 떠났으며, 뒤늦게 사람들이 그녀의 주검을 발견했다. 노령의 나는 죽은 아내를 그리워하며, 이제 그녀 곁으로 가려 한다. 나는 아내의 죽음을 통해 생(生)을 반추하며 성찰한다. 자신이 발견하고 만들어 나간 아름다움, 米花의 가치에 뒤늦게 눈을 뜨는 것이다.

3. 타자의 죽음과 애도의 윤리

여기 또 다른 죽음들이 있다. 그들은 육신의 쇠락으로 죽은 것이 아니라 누군가에 의해 죽음을 당한다. 「염소」에서 세월호 학생들의 죽음, 「첫, 여행」에서 유람선 침몰로 죽은 딸, 「루나 이클립스」에서 용산참사로 죽은 안나, 「그늘진 자리」에서 아이의 죽음, 모두 예기치 못한 죽음이다. 그들의 육신은 젊다 못해 어렸으며, 부푼 생의 꿈을 간직한 소년소녀들이다. 무고한 죽음들은 살아있는 사람들의 삶에 치명적인 상처를 남긴다. 상실감은 오래가고, 누군가의 삶을 송두리째 바꾸기도 한다. 「염소」에서 잠수사는 자신이 구해내지 못한 사람들을 꿈에서 만난다. 대다수의 사람들은 잊어가기를 원하는데 그는 매일 상처를 소환해 내고 되새긴다.

매일 꿈을 꾸었습니다.

꿈 속의 나는 유능한 수색자입니다. —(중략)— 격실 맨 구석에 이르면 사람들이 모여 있는 것이 보입니다. 서로를 부둥켜 안은 모습입니다. 그런 꿈을 나는 매일 꾸었습니다. 한동안 사람들에게 꿈 얘기를 많이 했습니다. 말을 하다 보면 말을 듣던 사람들의 눈빛이 변해 있곤 했습니다. 외면하거나, 땅을 내려다보거나 더 이상 말을 하지 말아줬으면 하는 기색입니다. 나는 점점 아내 외의 다른 사람들에게는 꿈 얘기를 좀처럼 하지 않게 되었습니다.

사람들은 시간이 지나면서 그들을 잊어가지만, 잠수사는 그들을 잊지 못한다. 왜냐하면 그는 그 죽음들에 대한 책임을 지려 하기 때문이다. 그에게 추모관의 수백 개 영정 사진은 일종의 묘지로 보였다. 그가 초래한 죽음이 아니었음에도, 살리지 못한 생명에 대한 상실감으로 일상을 살아내기 어려웠다. 그는 누구에게도 해를 끼치지 않는 대상, 사람이 아니라 염소가 된다.

4. 죽음으로 확장되는 생(生)

죽음은 소멸을 뜻하지 않는다. 그들은 다른 방식의 재현으로 옮겨갈 뿐이다. 육신을 잃었을 뿐, 영혼과 사랑은 다른 사람의 몸속에서 살아 움직인다. 「강에 두고 온 시」에서 제이의 죽음은 이정의 삶에 한 편의 시로 재생된다. 「입수지점」에서 아버지의 죽음은 아버지에 대한 기억과 유품으로 재생되는가 하면, 남아 있는 가족들의 살과 피와 뼈로 살아난다.

> 해와 달 사이에, 숲의 나뭇가지와 매년 살아나는 물의 가장자리에, 세포와 혈관 속에, 흐르는 피와 갈비뼈의 사이에서 그는 떠돌고 있었다. 들숨과 날숨 사이에, 엄마의 몸속에 나비 모양으로 생긴 몸속 기관에 팥 크기로 자라나는 혹에 있었다.

「재와 사랑의 미래」는 「내가 다다른 곳」의 연작소설로서 작중 나는 서른아홉 살이 되어 자신의 삶과 이모의 삶을 반추한다. 나의 삶은 이모의 삶을 재생시킨다. 이모가 남편으로부터 버림을 받았듯이, 나 역시 남편의 미국 유학 시절을 함께 하며 남편을 위해 헌신하지만, 남편은 나를 버리고 다른 여자와 결혼한다. 나는 미화 이모의 아들을 찾아갔다. 반길 리 없는데도, 그가 사는 캐나다까지 찾아가서 그의 삶을 들여다보았다.

> 나는 파랗게 얼어붙은 양손으로 양 귀를 덮은 채 눈을 감았다. 몇 초나 흘렀을까.
>
> 그 순간, 나는 이곳에 혼자 온 것이 아니라는 사실을, 나 혼자서는 올 수 없는 여행이라는 것을 불현듯 깨달았다. 내 의지

가 아니라면 누구의 의지였을까? 나의 몸을 빌어서라도 이 먼 땅에 오고 싶은 영혼은 누구였을까? 나는 그때 호수의 수면 위로 떠오르는 흰 그림자들을 보았다.

미화 이모는 아들의 집에 오고 싶었던 것이다. 그리운 아들을 만나고 가족을 일구어 살아가는 모습을 보고 싶었던 것이다. 미화 이모는 조카의 생(生)을 통해 자신의 의지와 사랑을 실현했던 것이다.

「그늘진 자리」에는 삼대의 여성이 등장한다. 주영이의 죽음은 엄마와 할머니의 삶에 또 다른 변화를 초래한다. 할머니는 뇌졸중을 앓고 발음도, 의식도 불분명하지만 손녀 주영이가 존재하는 시간과 부재하는 시간, 두 개의 시간대를 살아간다.

5. 생(生)에 대한 성찰

백영의 소설에는 무수한 죽음이 존재한다. 그럼에도 원망, 비난, 적대감을 찾아볼 수 없다. '죽은 자'는 물론 죽음이라는 상실을 감당해야 하는 '살아있는 사람'에게조차 깊은 슬픔은 있을지언정 타자와 세상에 대한 불평, 불만, 증

오를 찾아볼 수 없다. 이것은 세상을 바라보는 작가의 가치관에 기인한다. 작가는 자신과 타자의 관계를 대립이 아니라 자신을 둘러싼 세계의 부조리, 혼돈으로 해석한다.

일련의 작품에서 죽음에 이른 그와 그녀는 자신에게 상처를 준 대상을 미워하거나 배척하지 않는다. 그들은 죽음에 직면해서도, 아니 죽어서도 그들이 사랑한 대상을 포용하고 사랑하고 있다. 문제의 근원은 타자가 아니라 세계가 지닌 근원적인 혼돈에 있다는 것이다. 혼돈에 질서를 부여하는 일은 인간의 몫이다. 질서에 다시 균열이 생겨도, '죽은 자'와 '살아 있는 사람' 모두는 타자와 세상에 대한 사랑으로 이를 봉합한다.

이는 그들이 살아가는 일의 가치를 알고 있기 때문이다. 작가가 죽음에 주목한 것도 상실을 통해 생(生)에 대한 성찰에 도달하기 위한 것이다. 생명, 먹고 먹이는 일, 이를 유지하고 존속하는 일, 이것이 사람과 사람 사이에 서로 연결되어 있으며 그런 까닭에 '나'의 삶은 '너'와 '우리'의 살아있음 속에서 의미와 가치를 발한다. 삶, 살아내는 일, 살아가는 일의 가치를 보여주기 위해 생(生)을 둘러싼 일상에 포진된 다양한 죽음을 소환해 내고, '상실'이 곧 생(生)의 또 다른 방식임을 보여주고 있다.

| 발문 | 김해자 시인

몸 없는 존재들이 들려주는 애가

백영의 첫 소설집 『바르트를 읽는 밤』은 그림자가 되어 찾아오는 몸 없는 존재들이 들려주는 애가(哀歌)이다. 삶이 산산이 부서진 자들이 희미한 빛을 찾아가는 여정이다. 꿈과 현실이 뒤섞이고 어제와 오늘이 만나고 산 자와 죽은 자가 삼투압되는 더듬거리는 말이다. 고통을 잊기 위해 무해한 동물로 변신하고 존재 이전을 하는 극단 또한 애도의 방식이다. 실어증과 일시적 쇼크 상태와 기억상실을 동반하는 통점들에 대한 지긋한 응시와 판단을 내려놓는 받아들임과 껴안음을 통해 그림자들은 희미한 빛 속으로 한 걸음씩 내딛는다.

단편 「염소」, 「입수 지점」 「첫, 여행」 등을 통해 백영은 육친과 동료를 떠나보내거나 사회적 참사에 희생되어 그림자로 떠도는 이들에게 넌지시 말을 건넨다. 무엇으로도 위로받을 수 없는 상실을 겪은 이에게는 말 없는 공감만이 우리가 건넬 수 있는 최선의 위로일지 모른다. 떠나간 사람이 남은 사람에게 남겨준 것, 귓전에 잔상처럼 남은 고인의 목소리와 온기가 때로 현재의 생을 지탱하는 원천이 된다. 그것이 비록 말 못 하는 피노키오 인형일지라도. 희미하게 빛나는 그 기억들이 끈질긴 생의 빛이 되어준다. 그러니 고통스럽더라도 그 그림자들을 기억하자고. 그들의 목소리를 들어보자고 작가는 말하는 것 같다. 그러할 때 '여기'와 '그곳'은 하나가 되고 죽은 자와 산 자는 나란히 함께 헤엄쳐 가는 인어가 된다고.

어두운 밤하늘에 저마다 다른 광도의 별들로 흩어져 빛나는 존재들이 있다. 소설을 읽다보면 그들의 목소리에 귀 기울이는 누군가의 한밤중이 지나가고, 한 방울 한 방울 고이 모아 엮어낸 문장 같은 새벽이슬이 만져지는 듯하다. 심연에서 태어난 불꽃이 아니라면, 맹렬히 타오르는 사랑이 없다면 불가능한 일이겠다. 아프고 때로 슬플지언정 어둡지 않은 것은 작가의 눈이 죽음이 아니라 거듭나는 삶과 희망을 향해 서 있기 때문이겠다.

바르트를 읽는 밤

1쇄 발행일 | 2024년 02월 29일

지은이 | 백영
펴낸이 | 윤영수
펴낸곳 | 문학나무
편집 기획 | 03085 서울 종로구 동숭4나길 28-1 예일하우스 301호
이메일 | mhnmoo@hanmail.net

출판등록 | 제312-2011-000064호 1991. 1. 5.
영업 마케팅부 | 전화 | 02-302-1250, 팩스 | 02-302-1251

값 16,000원

ISBN 979-11-5629-174-9 03810